民國文化與文學 研究文叢

十四編

李　怡　主編

第 **11** 冊

趣味化的文化啟蒙：良友出版研究

宋　媛　著

國家圖書館出版品預行編目資料

趣味化的文化啟蒙：良友出版研究／宋媛 著 -- 初版 -- 新北市：花木蘭文化事業有限公司，2021〔民110〕
目 4+196 面；19×26 公分
（民國文化與文學研究文叢　十四編；第 11 冊）
ISBN 978-986-518-522-0（精裝）
1. 良友圖書公司 2. 出版業
820.9　　　　　　　　　　　　　　　　　110011213

ISBN-978-986-518-522-0

9 789865 185220

特邀編委（以姓氏筆畫為序）：

丁 帆	王德威	宋如珊
岩佐昌暲	奚 密	張中良
張堂錡	張福貴	須文蔚
馮 鐵	劉秀美	

民國文化與文學研究文叢
十四編　第十一冊　　　　　　　ISBN：978-986-518-522-0

趣味化的文化啟蒙：良友出版研究

作　　者　宋媛
主　　編　李怡
企　　劃　四川大學中國詩歌研究院
總 編 輯　杜潔祥
副總編輯　楊嘉樂
編　　輯　許郁翎、張雅淋、潘玟靜　美術編輯　陳逸婷
出　　版　花木蘭文化事業有限公司
發 行 人　高小娟
聯絡地址　235 新北市中和區中安街七二號十三樓
　　　　　電話：02-2923-1455 ／傳真：02-2923-1452
網　　址　http://www.huamulan.tw 信箱 service@huamulans.com
印　　刷　普羅文化出版廣告事業
初　　版　2021 年 9 月
全書字數　165013 字
定　　價　十四編 26 冊（精裝）台幣 70,000 元　　　　版權所有・請勿翻印

趣味化的文化啟蒙：良友出版研究

宋媛　著

作者簡介

宋媛，1973 年生，天津人，文學博士。《北京師範大學學報（社會科學版）》編輯。譯注《世說新語》（北京師範大學出版社）。參與撰寫《二十世紀中國文學名作導讀》（作家出版社）、《中國現代文學史》（北京師範大學出版社）部分章節。參與主編《中國現代文學編年史（第六卷 1927～ 1930）》（文化藝術出版社）、《北京小劇場戲劇研究》（北京燕山出版社）。主持教育部人文社會科學青年基金項目「良友出版與中國現代文學的發展」。

提　　要

　　民國時期的良友圖書公司出版了《良友》畫報、《銀星》《藝術界週刊》《電影畫報》《人間世》《文季月刊》「良友一角叢書」「良友文學叢書」《中國新文學大系》（1917～ 1927）、《中華景象》等優秀出版物，贏得了海內外讀者長久的喜愛。良友圖書公司出版物獨樹一幟、製作精美、圖文並茂、雅俗共賞，即使是在百年後的今天，依然散發著迷人的魅力。本書在搜集研究歷史資料的基礎上，梳理了良友公司的百年歷程，勾勒了其年輕勤奮又有才華的編輯群體，從期刊、圖書、畫冊三方面呈現了良友出版當年的風貌，並研究《良友》畫報的文學部分，包括國際時人時事評論、國內外遊記、名人傳記、文學翻譯、影戲小說以及不同流派的文藝創作等，分析畫報上生動有趣的插圖為文學作品帶來的多重闡釋可能。良友出版物具有一種能夠給人愉悅、 催人奮發的魅力，不僅因為良友編輯們富有青春活力和才華，更因為他們以出版強國為己任，具有文化擔當和生命承擔。圖像與文字，趣味與啟蒙，教育與娛樂，優長得失耐人尋味，留給後人無限懷想。本書在附錄部分整理了良友圖書公司的期刊、圖書、畫冊出版目錄供參考。

研治文學史的方法與心態——代序

李　怡

　　我曾經以「作為方法的民國」為題討論過中國現代文學研究的「方法」問題，最近幾年，「作為方法」的討論連同這樣的竹內好－溝口雄三式的表述都流行一時，這在客觀上容易讓我們誤解：莫非又是一種學術術語的時髦？屬於「各領風騷三五年」的概念遊戲？

　　但「方法」的確重要，儘管人們對它也可能誤解重重。

　　在漢語傳統中，「方」與「法」都是指行事的辦法和技術，《康熙字典》釋義：「術也，法也。《易・繫辭》：方以類聚。《疏》：方謂法術性行。《左傳・昭二十九年》：官修其方。《注》：方，法術。」「法」字在漢語中多用來表示「法律」「刑法」等義，它的含義古今變化不大。後來由「法律」義引申出「標準」「方法」等義。這與拉丁語系 method 或 way 的來源含義大同小異——據說古希臘文中有「沿著」和「道路」的意思，表示人們活動所選擇的正確途徑或道路。在我們後來熟悉的馬克思主義哲學中，「世界觀」與「方法論」的相互關係更得到了反覆的闡述：人們關於世界是什麼、怎麼樣的根本觀點是「世界觀」，而借助這種觀點作指導去認識世界和改造世界的具體理論表述，就是所謂的「方法論」。

　　在我們的傳統認知中，關於世界之「觀」是基礎，是指導，方法之「論」則是這一基本觀念的運用和落實。因而雖然它們緊密結合，但是究竟還是以「世界觀」為依託，所以在「改造世界觀」的社會主潮中，我們對於「世界觀」的闡述和強調遠遠多於對「方法」的討論，在新中國改革開放前的國家思想主流中，「方法」常常被擱置在一邊，滿眼皆是「世界觀」應當如何端正的問題。這到新時期之初，終於有了反彈，史稱「1985 方法論熱」，

一時間，文藝方法論迭出，西方文藝社會學、心理學、語言學、原型批評、接受美學、結構主義、解構主義、新批評、現象學、存在主義、解釋學、以及借鑒的自然科學方法（系統論、控制論、信息論、模糊數學、耗散結構、熵定律、測不準原理等等），這些令人眼花繚亂的「新方法」衝破了單一的庸俗社會學的「舊方法」，開闢了新的文學研究的空間。不過，在今天看來，卻又因為沒有進一步推動「世界觀」的深入變革而常常流於批評概念的僵硬引入，以致令有的理論家頗感遺憾：「僅僅強調『方法論革命』，這主要是針對『感悟式印象式批評』和過去的『庸俗社會學』而來的，主要是針對我們把握世界的『方式』而言的。『方法論革命』沒有也不能夠關注到『批評主體自身素質』的革命。」〔註1〕

平心而論，這也怪不得 1985，在那個剛剛「解凍」的年代，所有的探索都還在悄悄進行，關於世界和人的整體認知──更深的「觀念」──尚是禁區處處，一切的新論都還在小心翼翼中展開，就包括對「反映論」的質疑都還在躲躲閃閃、欲言又止中進行，遑論其他？〔註2〕

1960 年 1 月 25 日，日本的中國研究專家竹內好發表演講《作為方法的亞洲》。數十年後，他已經不在人世，但思想的影響卻日益擴大，2011 年 7 月，溝口雄三《作為方法的中國》在三聯書店出版。〔註3〕 此前，中文譯本已經在臺灣推出，題為《做為「方法」的中國》。〔註4〕而有的中國學者（如孫歌、李冬木、汪暉、陳光興、葛兆光等）也早在 1990 年代就注意到了《方法としての中國》，並陸續加以介紹和評述。最近 10 年的中國思想文化與文學批評界，則可以說出現了一股「作為方法」的表述潮流，「作為方法的日本」、「作為方法的竹內好」、「亞洲」作為方法，以及「作為方法的 80 年代」等等都在我們學術話語中流行開來，從 1985 年至 1990 年直到 2011 年，「方法」再次引人注目，進入了學界的視野。

這裡的變化當然是顯著的。

雖然名為「方法」，但是竹內好、溝口雄三思考的起點卻是研究者的立場和研究對象的特殊性。中國何以值得成為日本學者的「方法」總結？歸

〔註1〕吳炫：《批評科學化與方法論崇拜》，《文藝理論研究》，1990 年 5 期。
〔註2〕參見夏中義：《反映論與「1985」方法論年》，《社會科學輯刊》，2015 年 3 期。
〔註3〕溝口雄三：《作為方法的中國》，孫軍悅譯，北京：三聯書店，2011 年。
〔註4〕林右崇譯，國立編譯館，1999 年。

根結底，是竹內好、溝口雄三這樣的日本學者在反思他們自己的學術立場，中國恰好可以充當這種反省的參照和借鏡。日本學人通過中國這樣一個「他者」的來參照進行自我的批判，實現從「西方」話語突圍，重新確立自己的主體性。竹內好所謂中國「迴心型」近現代化歷程，迥異於日本式的近代化「轉向型」，比較中被審判的是日本文化自己。溝口雄三批評那種「沒有中國的中國學」，其實也是通過這樣一個案例來反駁歐洲中心的觀念，尋找和包括日本在內的建立非歐洲區域的學術主體性，換句話說，無論是竹內好還是溝口雄三都試圖借助「中國」獨特性這一問題突破歐洲觀念中心的束縛，重建自身的思想主體性。如果套用我們多年來習慣的說法，那就是竹內好 - 溝口雄三的「方法之論」既是「方法論」，又是「世界觀」，是「世界觀」與「方法論」有機結合下的對世界與人的整體認知。

事實上，這也是「作為方法」之所以成為「思潮」的重要原因。在告別了 1980 年代浮躁的「方法熱」之後，在歷經了 1990 年代波詭雲譎的「現代—後現代」翻轉之後，中國學術也步入了一個反省自我、定義自我的時期，日本學人作為先行者的反省姿態當然格外引人注目。

如果我們承認中國當代學術需要重新釐定的立場和觀念實在很多，那麼「作為方法」的思潮就還會在一定時期內延續下去，並由「方法」的檢討深入到對一系列人與世界基本問題的探索。

在中國現當代文學的領域中，我堅持認為考察具體的國家社會形態是清理文學之根的必要，在這個意義上，「民國作為方法」或「共和國作為方法」比來自日本的「中國作為方法」更為切實和有效。同時，「民國作為方法」與「共和國作為方法」本身也不是一勞永逸的學術概念，它們都只是提醒我們一種尊重歷史事實的基本學術態度，至於在這樣一個態度的前提下我們究竟可以獲得哪些主要認知，又以何種角度進入文學史的闡述，則是一些需要具體處理、不斷回答的問題，比如具體國家體制下形成的文學機制問題，國家觀念與民族意識的互動與衝突，適應於民國與共和國語境的文學闡述方法，以及具體歷史環境中現代中國作家的文學選擇等等，嚴格說來，繼續沿用過去一些大而無當的概念已經不能令人滿意了，因為它沒有辦法抵近這些具體歷史真相，撫摸這些歷史的細節。

「民國作為方法」是對陳舊的庸俗社會學理論及時髦無根的西方批評理論的整體突破，而突破之後的我們則需要更自覺更主動地沉入歷史，進

入事實,在具體的事實解讀的基礎上發現更多的「方法」,完成連續不斷的觀念與技術的突破。如此一來,「民國作為方法」就是一個需要持續展開的未竟的工程。

對文學史「方法」的追問,能夠對自己近些年來的思考有所總結,這不是為了指導別人,而是為自我反省、自我提高。自我的總結,我首先想起的也是「方法」的問題,如上所述,方法並不只是操作的技術,它同樣是對世界的一種認知,是對我們精神世界的清理。在這一意義上,所有的關於方法的概括歸根到底又可以說是一種關於自我的追問,所以又可以稱作「自我作為方法」。

那麼,在今天的自我追問當中,什麼是繞不開的話題呢?我認為是虛無。

在心理學上,「虛無」在一種無法把捉的空洞狀態,在思想史上,「虛無」卻是豐富而複雜的存在,可能是為零,也可能是無限,可能是什麼也沒有,但也可能是人類認知的至高點。是一個複雜的概念。在今天,討論思想史意義的「虛無」可能有點奢侈,至少應該同時進入古希臘哲學與中國哲學的儒道兩家,東西方思想的比較才可能幫助我們稍微一窺前往的門徑。但是,作為心理狀態的空洞感卻可能如影隨形,揮之不去,成為我們無可迴避的現實。這裡的原因比較多樣,有個人理想與社會現實感的斷裂,有學術理念與學術環境的衝突,有人生的無奈與執著夢想的矛盾……當然,這種內與外的不和諧本來就是人生的常態,對於凡俗的人生而言,也就是一種生活的調節問題,並不值得誇大其詞,也無須糾纏不休。但對於一位以實現為志業的人來說,卻恐怕是另外一種情形。既然我們選擇了將思想作為人生的第一現實,那麼關乎思想的問題就不那麼輕而易舉就被生活的煙雲所蕩滌出去,它會執拗地拽住你,纏繞你,刺激你,逼迫你作出解釋,完成回答,更要命的是,我們自己一方面企圖「逃避痛苦」,規避選擇,另一方面,卻又情不自禁地為思想本身所吸引,不斷嘗試著挑戰虛無,圓滿自我。

這或許就是每一位真誠的思想者的宿命。

在魯迅眼中,虛無是一種無所不在的「真實」,「當我沉默著的時候,我覺得充實;我將開口,同時感到空虛」(《野草》題辭)「絕望之為虛妄,正與希望相同」(《希望》)「於浩歌狂熱之際中寒;於天上看見深淵。於一

切眼中看見無所有；於無所希望中得救。」(《墓碣文》) 所以，他實際上是穿透了虛無，抵達了絕望。對於魯迅而言，已經沒有必要與虛無相糾纏，他反抗的是更深刻的黑暗——絕望。

虛無與絕望還是有所不同的。在現實的世界上，盼望有所把捉又陡然失落，或自以為理所當然實際無可奈何，這才是虛無感，但虛無感的不斷浮現卻也說明在大多數的時候，我們還浸泡在現實的各自期待當中，較之於魯迅，我們都更加牢固地被焊接在這一張制度化生存的網絡上，以它為據，以它為食，以它為夢想，儘管它無情，它強硬，它狡黠。但是，只要我們還不能如魯迅一般自由撰稿，獨自謀生，那就，就注定了必須付出一生與之糾纏，與之往返。在這個時候，反抗虛無總比順從虛無更值得我們去追求。

於是，我也願意自己的每一本文集都是自己挑戰虛無、反抗虛無的一種總結和記錄。

在我的想像之中，每一個學術命題的提出就是一次祛除虛無的嘗試，而每一次探入思想荒原的嘗試都是生命的不屈的抗爭。

回首這些年來思想歷程，我發現，自己最願意分享的幾個主題包括：現代性、國與族、地方與文獻。

「現代性」是我們無法拒絕卻又並不心甘情願的現實。

「國與族」的認同與疏離可能會糾結我們一生。

「地方」是我們最可能遺忘又最不該遺忘的土地與空間。

「文獻」在事實上絕不像它看上去那麼僵硬和呆板，發現了文獻的靈性我們才真的有可能跳出「虛無」的魔障。

如果仔細勘察，以上的主題之中或許就包含著若干反抗虛無的「方法」。

2021 年 6 月於長灘一號

目

次

導　論

　　魯迅曾經在《論睜了眼看》中指出中國人的國民性問題,「中國人的不敢
正視各方面,用瞞和騙,造出奇妙的逃路來,而自以為正路。」〔註1〕這篇文
章痛切地指出了中國人要想有所作為必須放棄自我陶醉,必須「睜了眼睛看」。
這裡的「睜眼睛」主要強調的是直面現實的勇氣,但閉關鎖國、世界知識閉
塞已久,如何看、看什麼,同樣是問題。魯迅的這篇文章寫於 1925 年 7 月。
就在同年 7 月的上海,一位廣東籍的年輕人通過銀行貸款創辦了一家印刷所,
他親自下車間認真研究印刷技術,使自己的印刷所能夠印製出水平一流的精
美畫片。第二年他又懷抱夢想、事事親力親為,創辦了一本以國內外新聞攝
影圖片為主體的圖文並茂的大開本雜誌。這位年輕人叫伍聯德,他創辦的畫
報叫《良友》。

　　《良友》畫報不是《點石齋畫報》那樣的手繪刊物,而是主要刊登國際
國內新聞攝影和文化讀物的現代雜誌,有的版面還是彩色的,製作得非常考
究精美。《良友》彷彿一扇時尚的窗,向讀者介紹國內外的時事新聞、社會活
動、人物風景等,讓國人及時見識到外面的世界,據考證,比美國最早的綜
合性影像雜誌《生活》創辦時間還要早十年。《良友》畫報售出後立刻得到讀
者的熱烈歡迎,到第三期印數就已達到一萬冊,幾年時間就有了近百家的銷
售網點,其中一半在海外。國內的讀者可以通過這本雜誌「睜開眼」看世界,
身處海外的讀者也可以通過這本雜誌瞭解中國現實,一時間《良友》讀者遍
天下,號稱「天下良友」。這家很小的民營出版機構也由此得到了擴充,出版

〔註1〕《魯迅全集》,第一卷,人民文學出版社,2005 年,第 254 頁。

多種讀物，把編輯部和門市部搬到了北四川路商務印書館對面的一座三層小樓裏，與伊文思書局和商務印書館做起了鄰居。

良友公司的出版物風格獨特，注重反映時代風尚，尋求社會功用與文化趣味的巧妙融合。它的讀者群非常廣泛，文化層次也各有不同：既有國內讀者，也有海外華僑和西方人士；既有知識分子，又有普通的家庭婦女，因此力求適應各類人群的閱讀需求，追求雅俗共賞。它在期刊、畫冊、圖書出版三方面均有建樹。良友公司除《良友》畫報以外，還創辦過中國第一本電影雜誌《銀星》，早期的體育雜誌《體育世界》，婦女讀物《今代婦女》《婦人畫報》，知識類讀物《知識畫報》《軍事知識》《國際知識》等，以先進的影像方式再現國際國內新聞時事，致力於傳播文化、普及教育。在文字出版物方面，良友公司出版的《中國新文學大系》（1917～1927）〔註2〕影響了中國現代文學史的構建，出版的小品文半月刊《人間世》、倡導通俗文藝的《新小說》、倡導嚴肅文學的《文季月刊》，均成為中國現代文學重要期刊。良友公司的「良友文學獎金」評選、1936年的小說年選也產生過全國範圍的影響。良友公司後來因戰爭的原因和內部管理問題衰落、停業，後又復興，它的發展歷程可視為中國民族出版業興衰的一個縮影。

關於良友出版的研究，主要是圍繞《良友》畫報和《中國新文學大系》展開。《良友》畫報從創辦後就備受關注。《申報》記者黃天鵬1930年作《五十年來畫報的變遷》，回顧了中國畫報五十年的發展歷史，將之分為三個時期：石印時期（1884年）、銅版時期（1920）、影印版時期（1930），認為《良友》畫報「材料更為豐富」「印刷更為美化」「在畫報界開一新紀元」〔註3〕。阿英1940年作《中國畫報發展之經過》，高度評價《良友》畫報的貢獻，認為「在現存的畫報中，刊行時間最長，而又最富有歷史價值的，無過於『良友』」。〔註4〕但對《良友》畫報做負面評價的也有，如沈從文「作進攻禮拜六運動而仍然繼續禮拜六趣味發展的有《良友》一類雜誌。」〔註5〕對由趙家璧主編的文藝叢書《中國新文學大系》（1917～1927），蔡元培、林語堂、冰心、甘乃光、葉聖陶、傅東華、茅盾、郁達夫等人均在出版伊始給予好評。比如，蔡元

〔註2〕此後簡稱為《中國新文學大系》或《新文學大系》。

〔註3〕《良友》第49期，1930年8月，第36～37頁。

〔註4〕《良友》第150期紀念號。

〔註5〕沈從文：《郁達夫張資平及其影響》，《沈從文文集》第11卷，花城出版社，1984年，第143頁。

培認為這部書是「對於第一個十年，先做一總檢查」，冰心認為：「這是自有新文學以來最有系統，最巨大的整理工作」〔註6〕。而學術界關於《中國新文學大系》的研究多針對其中一些撰寫導言的作家，對這部文藝叢書本身研究得不多。

隨著良友圖書公司1945年的停業，良友同人四散工作，關於「良友出版」的研究暫告停歇。1957年春，趙家璧受《人民日報·海外版》的編輯姜德明邀請，寫了兩篇「編輯憶舊」的文章，但因此成為「一貫頌古非今、妄圖復辟」受批判的口實〔註7〕。趙家璧、馬國亮二人均受到衝擊，研究工作更無從談起。新時期以來，情況逐漸發生變化。趙家璧、馬國亮二人均在1979年前後開始動筆撰寫回憶文章。其中，馬國亮九十年代移居香港後連續發表並結集出版的《良友憶舊——一家畫報與一個時代》〔註8〕對關於《良友》畫報的研究影響較大。趙家璧則在大陸筆耕不輟，於1981年完成專著《編輯生涯憶魯迅》，此後連續出版《編輯憶舊》《回顧與展望》《文壇故舊錄——編輯憶舊續集》和《書比人長壽》系列回憶錄。這些回憶錄翔實記錄了他與眾多新文學作家的交往，以及一些良友文藝書籍的成書過程，為新文學研究者提供了珍貴的史料。1997年趙家璧逝世，上海魯迅紀念館和上海文藝出版社聯合編寫了一本《趙家璧先生紀念集》在1998年出版，分「回憶·哀思·研究」「輓聯·唁電·唁函」「自傳·年譜」三部分，內收40多篇對趙家璧的回憶文章，附趙家璧兩篇自傳以及後人所編年譜。而趙家璧主編的《中國新文學大系》則成為中國現代文學研究者的重要學術資料，該書的導言部分再次結集出版，楊義在所作序言中對其歷史價值進行了評析〔註9〕。羅崗將《中國新文學大系》作為研究現代文學確立問題的個案，認為《中國新文學大系》是現代出版業深刻地介入到「現代文學」體制之中的產物〔註10〕。吳果中的專著《〈良友〉畫報與上海都市文

〔註6〕《良友》第103期，1935年3月出版，廣告插頁。

〔註7〕趙家璧：《編輯憶舊》，中華書局，2008年，第100頁。

〔註8〕該書2002年1月由北京生活·讀書·新知三聯書店出版，2003年第二次印刷。

〔註9〕參見楊義：《新文學開創史的自我證明——為〈中國新文學大系導言集〉所作導言》，《文藝研究》，1999年5期。

〔註10〕羅崗：《解釋歷史的力量——現代『文學』的確立與〈中國新文學大系（1917～1927）〉的出版》，《開放時代》2001年5月，第74頁。羅崗的系列論文還有《現代「文學」與現代「文學觀念」》，《文學評論》1999年青年學者專號；《「分期」的意識形態——再論現代「文學」的確立與〈中國新文學大系（1917～1927）〉的出版》，《華東師範大學學報（哲學社會科學版）》，2001年3月。

化》〔註11〕視野較廣且具有深度，不僅從新聞史的角度深入地評價了《良友》畫報與都市文化之間的關係，對良友公司的出版情況及其獨特性也做了開創性的研究。由於良友出版物涵蓋新聞、文學、美術、電影、體育等眾多專業領域，內容多而雜不易深入，很多資料因戰爭破壞和時間久遠而遺失，因此全面深入地進行良友出版研究的難度也比較大。

在海外漢學界，《中國新文學大系》和《良友》畫報則一度成為「上海學」的關注對象之一，其中以李歐梵對《良友》畫報的研究和劉禾對《中國新文學大系》的研究為代表。1995 年，劉禾出版了她的專著 *Translingual Practice: Literature, National Culture, and Translated Modernity——China*, 1900~1937〔註12〕，其漢譯本《跨語際實踐——文學，民族文化與被譯介的現代性（中國，1900～1937）》於 2002 年 6 月由北京的三聯書店出版。〔註13〕劉禾在該書中討論現代翻譯對不同國家文學及語言的影響，她將趙家璧的編輯出版工作和《中國新文學大系》的出版作為個案，認為：

> 從某種意義上說，《中國新文學大系》是一個自我殖民的規劃，西方成為人們賴以重新確定中國文學的意義的終極權威。例如，《中國新文學大系》把文類形式分為小說、詩歌、戲劇和散文，並且按照這種分類原則來組織所有的文學作品。這些文類範疇被理解為完全可以同英語中的 fiction, poetry, drama 和 familia prose 相對應的文類。這些『翻譯過來』的文學形式規範的經典化，使一些也許從梁啟超那個時代就已產生的想法最終成為現實，這就是徹底顛覆中國經典作為中國文化和中國文學的意義的合法性源泉。〔註14〕

她的這一觀點在研究界受到一些學者的質疑，王彬彬連續發表兩篇文章，稱

〔註11〕 參見方漢奇：《〈良友〉畫報與上海都市文化·序》，湖南師範大學出版社，2007年，第 2 頁。

〔註12〕 Stanford University Press, 1995.

〔註13〕 參見王彬彬：《花拳繡腿的實踐——評劉禾〈跨語際實踐——文學，民族與被譯介的現代性（中國，1900～1937）〉的語言問題》，《文藝研究》2006 年第10 期；王彬彬：《以偽亂真和化真為偽——劉禾〈語際書寫〉、〈跨語際實踐〉中的問題意識》，《文藝研究》2007 年第 4 期。馮憲光：《也論中國現代文學文體分類形成的原因——有感於劉禾教授的〈跨語際實踐〉》，《江西社會科學》2008 年第 5 期，第 20 頁。

〔註14〕 劉禾：《跨語際實踐——文學，民族文化與被譯介的現代性（中國，1900～1937）》，宋偉傑譯，生活·讀書·新知三聯書店，2002 年，第 332 頁。

這本書為「花拳繡腿的實踐」〔註 15〕，認為劉禾對這一課題並不精通。馮憲光認為其「自我殖民」的論點不符合中國文學從古代到現代發展的基本歷史事實〔註 16〕。李歐梵的專著 Shanghai Modern: the Flowering of a New Urban Culture in China, 1930~1945 〔註 17〕 及其漢譯本《上海摩登——一種新都市文化在中國 1930～1945》〔註 18〕 指出《良友》畫報是構造上海現代性的傳媒因素之一。這兩本漢譯本出版後都引起過爭論。如據李劼回憶，施蟄存批評李歐梵的這本書寫得浮躁了，「那個李歐梵，跑到我這裡來，又是錄音，又是錄像，弄了好幾個星期；然後回去寫了本書（即《上海摩登》），裏面全是我說的話呀。」〔註 19〕呂新雨也在《讀書》上發表《國事　家事　天下事——〈良友〉畫刊與現代啟蒙主義》，質疑李歐梵的研究角度。〔註 20〕李歐梵的論述著眼於上海都市文化形成的歷史，因此從都市文化的視角將《良友》作為個案進行解讀，而呂新雨強調的是《良友》的現代啟蒙主義特色，二者研究的關注點不同，結論自然不同。這種爭論是學界對中國現代文學研究進行不斷調整和反思的一個反映，也是良友出版的豐富性使然：彷彿一座富礦，可以提供給研究者多角度的閱讀體驗。

　　通過上述梳理也可見出，關於良友出版的研究主要集中在幾個熱點問題上，對出版良友的整體情況認識不足。良友公司究竟是怎樣的一家出版機構，良友的編輯們除了趙家璧之外都是什麼樣的人物，良友都出了哪些出版物、有什麼總體特點？理清這些基本的問題，有助推進今後研究的開展。因此，本書立足史料，主要從以下幾方面進行研究：

　　一是對民國時期良友圖書公司發展歷史的梳理。闡述良友公司的創辦人

〔註 15〕見王彬彬：《花拳繡腿的實踐——評劉禾〈跨語際實踐——文學，民族與被譯介的現代性（中國，1900～1937）〉的語言問題》，《文藝研究》2006 年第 10 期；王彬彬：《以偽亂真和化真為偽——劉禾〈語際書寫〉、〈跨語際實踐〉中的問題意識》，《文藝研究》2007 年第 4 期。

〔註 16〕馮憲光：《也論中國現代文學文體分類形成的原因——有感於劉禾教授的〈跨語際實踐〉》，《江西社會科學》2008 年第 5 期，第 20 頁。

〔註 17〕Cambridge: Harvard University Press, 1999.

〔註 18〕李歐梵：《上海摩登——一種新都市文化在中國 1930～1945》，毛尖譯，北京大學出版社，2001 年，第 73～90 頁。

〔註 19〕李劼：《施蟄存：生命在苦難中開花》，《粵海風》，2006 年 6 期，第 21 頁。

〔註 20〕參見呂新雨：《國事　家事　天下事——〈良友〉畫刊與現代啟蒙主義》，《讀書》2007 年 8 期，第 62 頁。

伍聯德先生的出版理想與歷史貢獻，展現良友公司從興盛走向衰落、解體後又經歷幾度復興的發展歷程。

二是對良友編輯群體進行整體闡述。良友圖書公司是一家比較小的民營書局，人員少而精。這些良友人年輕而富有才華，勤奮創業，彌補了閱歷與學養的不足。本文按專職編輯和作家主編兩種進行闡述。專職編輯裏面寫了《良友》畫報主編梁得所和馬國亮，圖書編輯趙家璧，美術編輯萬籟鳴、丁聰以及文字編輯孫師毅等人；對在良友公司擔任過兼職主編的作家周瘦鵑、鄭伯奇、林語堂、靳以等人，重點分析了他們在良友公司的經歷以及影響。其他一些良友人同樣貢獻甚多，但由於資料有限，對余漢生、陳炳洪、張沅吉、明耀五、李旭丹、李青等人沒能做更為詳細的研究。筆者今後會繼續關注相關問題，研究圍繞「良友」展開的人際文化網絡，這定會是一個有趣的研究課題。

三是對良友公司出版物進行整理和研究。良友出版物數量巨大，種類龐雜，筆者分了期刊、圖書、畫冊三大類進行研究，每一大類又分若干小類歸納。比如在「期刊研究」中，將良友期刊分為文學、藝術、電影體育等五類進行研究。其中文學類期刊中，對《人間世》《新小說》《文季月刊》這三種純文學期刊，還原歷史情境分析它們的創辦過程及特點，對其他領域的出版物重點進行史料的整理和歸納。在「圖書出版研究」中，以趙家璧正式到良友公司工作的 1932 年為界，探討他來之前和之後良友公司的出版成績。由於《中國新文學大系（1917～1927）》學界的研究已經很充分了，因此重點介紹趙家璧策劃的幾部大型叢書出版和舉辦的文學活動，如「良友文學獎金」的全國評選。對良友公司出版的一些精美的單行本，如探險家莊學本的中國西部遊記《羌戎考察記》，電影明星胡蝶的歐洲遊歷紀實《胡蝶女士歐遊雜記》，都做了重點闡述。在「畫冊研究」中，筆者考慮到當時特殊的時代背景，以「非戰時」和「戰時」為題各分一節，對曾經產生過較大影響的《中國大觀》《中華景象》《活躍的蘇俄——俄國五年計劃畫刊》《濟南慘案畫刊》《日本侵佔東北真相畫刊》等畫冊進行闡述。

四是對《良友》畫報的文學部分進行研究。《良友》的文學天空與其影像世界同樣絢麗多彩，魯迅、郁達夫、田漢、施蟄存、穆時英、茅盾、丁玲、鄭伯奇、黑嬰、巴金、老舍、予且、豐子愷等知名作家都在《良友》上發表過作品，不同的文學流派以《良友》為舞臺各自粉墨登場。《良友》為這些文學作

品配上了精彩有趣的插圖，對其文本進行了獨特的影像化演繹。圖文對讀，讀者可以體會到與純文學刊物相比完全不同的閱讀效果。另外，《良友》的傳記文學、遊記文學等紀實性作品以及外國作品翻譯都別具一格，筆者也對此進行了解讀。

在文稿的最後一章，筆者對良友出版的文化姿態進行總結闡述。良友出版物具有一種能夠感染人的青春活力，不僅因為其編輯者都非常年輕，充滿青春的朝氣，還因為他們以出版強國為己任，具有一種文化擔當和生命的承擔。良友人所進行的文化傳播工作，採取的是一種平等親切趣味化的姿態，是適應相對廣泛讀者群的趣味化啟蒙。其採取的影像化、趣味化的表達方式有時候會影響啟蒙深刻性的表達，但有時候又因圖像與文字相互印證，達到了僅有文字所無法企及的閱讀效果，具有震撼人心的力量。圖像與文字，趣味與啟蒙，教育與娛樂，個中優長得失耐人尋味，啟迪我們思考。

在附錄部分，筆者整理了三個良友出版目錄：期刊目錄、圖書目錄、畫冊目錄，其中很多是為撰寫此文稿在圖書館翻閱民國文獻中搜集得來的，有的書目則來源於《良友》畫報的廣告頁。希望對學界同好者進行深入研究有所助益。

良友出版用清晰的影像和精彩的文字記錄了現代中國風雲激蕩的百年歷史，記錄了一個時代的激蕩、艱辛、趣味與奮鬥，記錄了良友人熱愛祖國、不畏艱險、勇於擔當的時代風華，這是那個時代獨有的光彩。隨著科技的進步以及電視網絡的發達，一個時代結束了，但它所凝固的歷史值得我們認真解讀。良友老人趙家璧曾說：「書比人更長壽」，願我們能真正讀懂「良友」，讓良友出版經典傳承。

第一章　良友圖書公司的發展歷程

　　良友圖書公司在民國時期的上海應時而生。它的創辦沒有任何來自外界的政治和經濟支持，公司創辦人白手起家，依靠募集股份獲得運營資金，它的發展也是完全依靠讀者的認可和股東的支持，憑藉獨特的文化市場定位和良友人的努力而達到繁榮。良友公司後期因戰爭的原因和內部管理上存在的問題從全盛走向解體，此後歷經波折餘脈綿延，它的發展歷程可視為中國的民族出版業興衰的一個縮影，其成功的經驗和失敗的教訓都值得借鑒。

第一節　公司的創辦及興盛

一、創始人伍聯德

　　張靜廬在談及出版商與書商的區別的時候，曾說過這樣的話：「『錢』是一切商業行為的總目標。然而，出版商人似乎還有比錢更重要的意義在這上面。以出版為手段而達到賺錢的目的，和以出版為手段，而圖實現其信念與目標而獲得相當報酬者，其演出的方式相同，而其出發的動機完全兩樣。」〔註1〕倘若如張靜廬所言，以是否具有出版信念和目標來衡量出版家的話，伍聯德應當符合他這一標準。

　　伍聯德還在念書的時候，就對美術很感興趣。他在上大學預科時，和同學陳炳洪共同翻譯了一本關於美術的譯著《新繪學》。嶺南大學校長鍾榮光曾稱讚伍聯德為不可多得之青年，幫助他將譯著推薦給商務印書館，該書於

〔註1〕張靜廬：《在出版界二十年》，江蘇教育出版社，2005年，第137頁。

1923 年 8 月出版。伍聯德在去上海參觀商務印書館的時候產生了對出版事業的興趣。他在讀完大學預科後，拒絕了父親要他到美國讀大學的想法，在鍾榮光校長的引薦下，被上海商務印書館的總經理張元濟錄用。當時商務的編譯所所長王雲五分配伍聯德主編《兒童教育畫》，並為商務出版的《兒童世界》寫美術圖案字。1925 年，伍聯德與一位姓莫的同事合作創刊了一份四開單張的兒童讀物《少年良友》，「內容皆手繪圖之畫，雜以少年德育故事，蓋純以兒童為對象，偏重兒童教育者」〔註 2〕可惜並沒有成功。但《少年良友》的失敗為伍聯德積累了出版經驗，使他認識到「要做出版工作，必須有自己的印刷所，才能減輕成本，才能不受制於人。」〔註 3〕此後，伍聯德在上海先施公司總經理歐彬夫人的幫助下，幫助他申請到銀行貸款，低價購得歐彬先生經營的印刷所。歐彬夫人的信任與賞識也成為伍聯德勇於創業的動力之一〔註 4〕。

伍聯德在經營方面重視學習外國出版經驗，應用新技術。他為此赴美遊歷，不斷在公司的發展中進行各種新技術的嘗試，如多色套印、採用影寫版等，終於獲得成功，不僅降低了畫報成本且更為清晰美觀，開創了中國畫報印刷的新紀元。伍聯德在用人方面也很擅長，知人善任，培養了知名編輯梁得所、馬國亮、趙家璧等人。

伍聯德在公司發展的不同時期，均撰寫文章對讀者闡述自己的出版理念，這些文章有：伍聯德到東南亞和美國參觀考察時撰寫的遊記，1928 年 4 月在良友初獲成功時撰寫的《為良友發言》，1929 年 7 月在良友公司創辦第四年撰寫的《再為良友發言》，為紀念《良友》創刊 100 期在 1934 年 12 月撰寫的《良友一百期之回顧與前瞻》等。伍聯德在第一篇文章《為良友發言》〔註 5〕中，分「良友的使命」「良友的貢獻」「良友的過去」「良友的希望」四部分來為良友發言。他在文章的開篇，用大號字體突出顯示「出版業可以保國育民！印刷業可以強國富民！」兩行大字，在「良友的使命」一欄中說：「良友的使

〔註 2〕伍聯德：《良友一百期之回顧與前瞻》，《良友》第 100 期，1934 年 12 月，第 4 頁。

〔註 3〕馬國亮：《良友憶舊——一家畫報與一個時代》，生活・讀書・新知三聯書店，2002 年，第 12 頁。

〔註 4〕歐彬夫人不幸不久逝世，伍聯德在《良友》刊登了她的靈堂照片並配文哀悼。見《歐彬夫人遺容》，《良友》第 2 期，1926 年 3 月，第 11 頁。

〔註 5〕《為良友發言》一文發表於《良友》第 25 期，1928 年 4 月，第 7 頁，佔了整整一版的篇幅。

命是來普及教育的，發揚文化的」。「我們恐怕我們的實力或有不足，所以聯合多數沒有黨派的同志來組織『良友』」。他認為：「振興教育的方法，各有各的主張；有的以為設立學校，有的以為創辦圖書館，這都是提倡教育的重要的企圖。但是，有了學校而沒有書報給學生們讀，有了圖書館而沒有書報來供給，也是無濟於事的。那麼教育之於學校，學校之於書報，都是有密切的關係，和同樣的功能是顯而易見的了。」他認為中國的問題在於：「我們今日的中國，民智未開，教育不振，我們可以武斷的說，就因為書報太缺乏的原故。我們要民智開，教育興，惟一的門路，就要多出版書報。但是出版書報，必有賴乎印刷了。」因此，伍聯德在「良友的貢獻」中指出：「所以我們『良友』的任務，是出版和印刷。我們也深信出版印刷的職業，是開導民智，普及教育的惟一工作，故我們勤奮，努力，來為『良友』，更希望『良友』對於我們中國也有普遍的貢獻。」

伍聯德在 1929 年《良友》第 37 期《再為良友發言》的一文中，繼續闡述自己的出版思想。文章導語為：「力求進步改良，決毋固步自封。中國現今不患出版物多，只患多而不精。出版界今日之呼聲——努力，合作，進取，和改善！」伍聯德在文中寫道：

> 以商業的方式而努力於民眾的教育文化事業，這就是我們的旨趣。也許還有人未認得清楚罷，所以間有指為某派某派的宣傳機關，為某人所把持，這些捕風捉影的話，本無須置辯，頭腦清楚的閱者，都能明白《良友》就是民眾的良友；內容不務深奧，不偏不倚，惟以建設的友愛的精神，與閱者結不解緣，運用淺明的圖畫文字，傳播與時俱新的知識；希望藉這點微薄的實力，對內提高國民的知識和藝術，對外則表揚邦國的榮光。這就是《良友》的態度。

> 我國出版界的朋友們，我們今日的事業，不是為個人謀利益的，乃是為一般國民求幸福的事業啊！在社會事業沒有充分發達，人民知識參差不齊的中國，我們的責任更重。在我們所負責任之下的呼聲，就是努力，合作，進取和改善！〔註6〕

1934 年，公司達到全盛時期的時候，伍聯德在《一百期之回顧與前瞻》中再次明確提出了良友的出版宗旨，「不以營業為目標，但以服務社會為宗旨，益

〔註6〕伍聯德：《再為良友發言》，《良友》第 37 期，1939 年 7 月，第 37 頁。

自奮勵，邁步前進。」〔註7〕這種「不以營業為目標，但以服務社會為宗旨」的態度，體現了伍聯德的出版理想。

「良友出版」在伍聯德主持下注重知識性和趣味性。他在描述《良友》的特點時說：「我們中國的雜誌，在出版界歷史最長的，不過四十年，而它們在這個時間裏，照樣的編輯，循例的出版，沒有什麼改良，也不見到有什麼進步；還是白紙印了黑字，也還是永遠彈著沒有時間性的老調文章。我們不敢說在今日我國的出版界裏，有什麼過人之處，但卻不是白紙印黑墨了，也不是只談空理的老調文章了。印刷方面：我們加了許多的顏色，使人看了總感覺有趣而生美的觀感，內容方面：除了那蒼蠅般的文字之外，並加插許多圖畫，使人目靚而易明。」〔註8〕伍聯德說別的雜誌沒有什麼改良，自然是非常主觀的判斷，顯示出他自負的一面，但同時他所指出的《良友》特點：色彩的豐富、不談空理、有時代感、有許多圖畫使人「目靚而易明」，卻是《良友》畫報乃至良友出版的整體特點，顯然也是伍聯德的出版追求——「使人看了總感覺有趣而生美的觀感」。

伍聯德具有實業救國、傳播文化、普及教育的出版思想；具有善於開拓市場、擴大出版業務範圍的經營頭腦和敏捷的行動力；具有愛惜人才、誠懇慷慨的豪爽性格，這種人格魅力使他從無到有地創建了良友公司，團結了一批有才華的年輕人為良友工作，使良友公司洋溢著一種年輕、團結、向上的氣氛。與良友同人合作過的傅延長等人曾這樣描述良友這一群體的年輕可愛：「某洋行司理到良友公司後對同人笑道：『你們頗不像在營業 Business 上的人。』這話驟聽起來似是不好的批評，其實正是一難得的褒獎。不錯，他們——良友公司職員——還像在學校一般的。例如前晚他們高興起來，自己動手陳設臥室，鋪地席、掛畫……又趁著春天在室外露臺弄成小花園來。聽說布置時梁得所君因事忙——大概編第十四期良友罷——沒有動手，致被判罰管留聲機一夜，唱到其他幾位都睡著為止。」〔註9〕從這段描述中我們可以想見良友同人的年輕和充滿活力，這種青春的特質加上勤奮和機遇，是良友成功的主觀原因之一。

伍聯德在良友後期被董事會排擠，《良友》畫報版權頁上的「創辦人伍聯德」的名字也被隱去。他在 1937 年上海「八一三」事變後，「應張似旭

〔註7〕伍聯德：《良友一百期之回顧與前瞻》，《良友》第 100 期，1936 年 12 月，第 4 頁。
〔註8〕伍聯德：《為良友發言》，《良友》第 25 期，1928 年 4 月，第 7 頁。
〔註9〕《藝術界》第十期「同人消息」，第 11 頁，原刊未署出版時間，據文內所述《良友》第 14 期，應為 1927 年 4 月前後。

之邀，主編《大美晚報》，後辭職隱居江灣，1947 年遷居香港」〔註10〕。

　　伍聯德一生創辦了三種名為「良友」的畫報。第一次是和同事一起創辦的手繪畫報《少年良友》，以失敗告終；第二次是依託自己的良友印刷所創辦的著名的《良友》畫報；第三次是 50 年代在香港創辦的《良友》畫報「海外版」，可謂一生心繫出版事業，心繫「良友」。馬國亮評價他說：「他就是這樣一個把事業看得比金錢重要的人。……良友公司的成功，出版了許多書刊，獲利相當豐厚，奠定了發展的基礎，這一切，恐怕誰都不能否認是他的魄力和眼光獨到而達致的。沒有他就沒有良友，也沒有良友後來的輝煌成就。他不僅是這事業的始創者，而且是一手扶植、事事躬親，直至良友公司成為享譽中外，在出版界佔有相當地位的人。」〔註11〕多年共事，晚年回想，馬國亮對伍聯德的這一評價是充滿誠摯感激之情的。

二、創辦

　　1925 年 7 月良友印刷所成立後，由伍聯德的同學余漢生負責經營，伍聯德本人向印刷工人學習印刷業務。印刷所在他們的努力經營下很快業務興隆，為創辦《良友》畫報的出版打下了物質基礎〔註12〕。1926 年 2 月 15 日，由伍聯德單槍匹馬收集稿件編寫並親任主編的第一期《良友》畫報出版，其英文名字 THE YOUNG COMPANION 即為紀念他早年創辦的《少年良友》而命名。伍聯德為《良友》畫報親筆手書刊名「良友」二字。他後來還為畫報設計了「雙鵝」圖標，成為良友出版物的標誌。

〔註10〕吳果中：《〈良友〉畫報與上海都市文化》，湖南師範大學出版社，2007 年，第24 頁。

〔註11〕馬國亮：《良友憶舊——一家畫報與一個時代》，生活・讀書・新知三聯書店，2002 年，第 284 頁。

〔註12〕良友印刷所最初承接的業務有：中西書報、簿冊單據、股票仿單、證書日曆、卡片喜帖；發售：印刷材料、銅模鉛字、學校用具、紙張油墨、兒童玩具；專制：鋅版銅版、珂羅版、三色版、雕刻銅板、橡皮圖章。由於質量上乘，口碑載道，生意興隆。

　　《良友》畫報出版第一期時沒有發行渠道，也沒有經過註冊。雜誌印好後，由排字印刷的學徒在印刷所附近的影戲院門前兜售，沒想到一問世即獲好評。經理余漢生回憶創刊情景時說：「良友出版時，因事屬嘗試，未敢存奢望，故出版僅印三千冊。出版後聯德先生即攜回港粵謀推銷，該報至港粵，亦大受歡迎，故即以電來囑再版二千，其後續又再版二千，皆於印就後數日內全部銷去，無一存餘。致近數年來，讀者每懷巨金求一創刊號而不可得，良覺歉仄。蓋吾人當日，亦初不料其出版即如是暢銷也。」〔註13〕《良友》不僅在零售方面受歡迎，訂閱也很踴躍，「不到半年間竟達二千餘份，尤以學界為多，具見關愛，良用感激。前以暑假期間各校訂閱者諸君大都來函囑改住址……」〔註14〕這說明這本雜誌在當時受歡迎的程度。一位讀者評價為「在畫報業中，良友以帶有創作性，卓然風行全國；繼起效尤者（如香港畫報，女子畫報格式相彷彿的）也日有所見。」〔註15〕

《良友》第一期，封面人物電影明星胡蝶

　　伍聯德是一位雄心勃勃的出版家。在《良友》畫報業務基本穩定後，1926年5月，他禮聘「禮拜六」派的著名作家、《禮拜六》和《紫羅蘭》等雜誌的主編周瘦鵑擔綱《良友》主編，自己轉而去開拓公司業務。很快，在《良友》

〔註13〕余漢生：《良友十年以來》，《良友》第100期，1934年12月，第4頁。
〔註14〕《良友》第8期，1926年9月，第1頁。原文為豎排未加標點，引文標點為筆者所加。
〔註15〕《良友》第9期，1926年10月，第1頁。

的目錄頁上（《良友》第六期，1926 年 7 月），刊登出「銀星雜誌，不日出版」的廣告，對《銀星》的宗旨、內容、圖畫、撰述、封面、大小、價格發布了很詳細的預告，如「內容：銅版紙占三分之一道林紙占三分之二」「封面：用銀粉三色印女明星照片」「大小：全書共四十八頁道林紙一開十六大小」「價格：每月一冊每冊洋貳角，訂閱全年洋一元四角，半年七角郵費在內」這些細節都介紹得如此周詳，顯然《銀星》的創刊是良友公司醞釀已久的。到 1926 年 9 月的《良友》上，已經在目錄頁上赫然刊登了大幅《銀星》第一期內容的廣告。僅僅不到 4 個月的時間，一本全新的雜誌就順利創刊，良友公司編輯出版速度之快，依託自己的印刷廠之便捷可見一斑。

伍聯德的創業計劃不止於此。《良友》第七期又登出了《上海週報》的廣告：「大規模之社會定期刊——上海週報，每逢星期六出版一大張：本報鑒於畫報潮流見衰，小報風起雲湧汗牛充棟，特組織一大規模之小報為小報界中放一異彩。」廣告介紹報紙的編輯人員：「劉恨我先生主編，特約海內諸名家撰述社會珍聞趣史、小說雜作，內容豐富並請萬古蟾先生按期擔任滑稽畫稿，莫澄齋先生按期擔任紅樓夢圖畫，較諸小報可謂鶴立雞群」，廣告同樣介紹了雜誌品相：「用上等報紙精印，每期顏色不同，較尋常四開小報加大一倍，精緻異常。」署的是「良友出版部發行」〔註16〕。

伍聯德此後又醞釀了良友公司進一步的發展計劃——在鞏固國內市場之餘開拓海外，在華僑中覓得股金資本和銷售市場。1926 年 11 月，伍聯德赴南洋考察，將此行的見聞寫成《南遊記》刊登在《良友》第十三期上（1927 年 3 月）。回國後，伍聯德重新調整了公司的人員構成，不再禮聘周瘦鵑，而是讓年輕的廣東同鄉梁得所擔任《良友》主編，並變革雜誌風格，使雜誌更具有時代氣息。

1927 年 3 月，「良友印刷公司」更名為「良友圖書印刷有限公司」，並搬遷新址到北四川路二十號 B，在商務印書館分館對面，伊文思書局右側，成為「上下三層，樓下前面是門市部，後面是印刷所。二樓是總經理和經理室，三樓是編輯部」的印刷公司，並宣布「添加資本擴充營業，擬於中國出版界作大貢獻。印刷界創新紀元。」〔註17〕。良友公司陸續推出了四種定期刊物：《藝術界》《現代婦女》《體育世界》《汎報》。這些刊物均有自己固定的主編，

〔註16〕《良友》第 7 期，1926 年 8 月，第 12 頁。原文為豎排無標點，引文標點為筆者所加。

〔註17〕參見《遷移大擴充啟事》，《良友》第 13 期，1927 年 3 月，刊末插頁。

分別為：《良友》月刊——梁得所；《銀星》雜誌月刊——盧夢殊；《汎報》週刊——孫師毅〔註18〕；《藝術界》週刊——朱應鵬、傅彥良、張若谷、徐蔚南；《體育世界》季刊——余巨賢、李偉才〔註19〕。但後來除《良友》之外，良友公司早期創辦的這些期刊存在時間都不長，如《汎報》，出版幾期即夭折，現在已無從查閱原貌，但它們以更換刊名的方式斷續延續下去。

良友公司編輯室

畫冊出版也是良友公司的業務特色。良友公司最早以《良友》特刊的形式發行了《中山特刊》，以多幅圖片配文字介紹孫中山先生的一生，很有震撼力和收藏價值，銷售了數萬冊。這一出版嘗試的成功鼓舞了伍聯德，此後又編輯出版過《北伐畫史》《遠東運動會特刊》《全國運動會特刊》《奉安大典畫刊》等及時報導重要新聞的畫冊。其他方面的畫冊也偏重知識和藝術性，如《故宮圖錄》等。

書籍出版始終是良友公司的擴展設想，我們可以從《良友》最初的廣告上看出良友在圖書出版方面的發展計劃——在《良友》第13期的遷址擴展啟事上，曾開列出了一份長長的一份書單，上面寫著「茲將本公司已出將出各種書報雜誌公布於次，敬請國人注意。」這份長長的書單覆蓋面廣，文藝、地理、歷史、藝術無所不包。雖然作者群中孫師毅、梁得所、張若谷、徐蔚南、

〔註18〕此處原版印刷有誤，將孫師毅姓名印刷為「孫毅師」。
〔註19〕參見廣告《本公司現已發行之定期刊物》，《良友》第13期，1927年3月，刊末插頁。

明耀五、傅彥良等人均為公司編輯，但已有田漢、倪貽德、葉鼎洛等文壇知名人士的加入。這一時期的文藝書籍出版並沒有形成氣候，很多書籍很多只是打出了廣告，並沒有真正出版。

《良友》第 22 期，畫報代售處目錄

良友公司是一家民營股份公司，曾經面向社會公開招股三次。前兩次招股為在 1926 年底至 1927 年初，由伍聯德東南亞、美國之行募集得來。經費的補充和發行的順利使良友公司保持了良好的發展勢頭，逐漸行進到全盛期。我們可以通過《良友》畫報發行的迅速擴展，一瞥公司蒸蒸日上的經營：1926 年 2 月《良友》發行第一期的時候，雖然在版權頁署著「全國各埠均有代售」的字樣，但並沒有一個固定的代售處。3 月出版第二期的時候，已經在北京的東城騎河樓華城公寓、廣州的潮音街達生行、香港的大道中華人行八樓南華體育館設置代售處。5 月增設新加坡的代售處一家（南洋影片公司），香港的代售處增加了萃文書局〔註20〕。6 月代售處繼續增加，計有外埠代售處五家，其中香港三家；上海本埠代售處四家，均為書局〔註21〕。到 1927 年 5 月，已經在香港設有一家專門的分發行「大道東良友公司支店」，在 10 個城市設有「各埠分銷處」：上海（7 家），蘇州（3 家），杭州（1 家），廣州（1 家），成都（1 家），

〔註20〕第 5 期版權頁未署體育館而改為萃文書局，到第 6 期仍保持體育館的代售處。
〔註21〕上海的代售書局為大東書局、泰東書局、民智書局、青春書店。

南寧（1家），新加坡（3家），檳榔（3家），怡保（1家），加拿大（1家），6月又增加菲律賓的分銷處一家，其他分銷處也不斷調整。8月，良友公司香港分局繼續擴充，營業地點遷至香港大道中七十號，業務範圍增加出售新體文字書籍，和代售國外的體育用具。到1927年底，《良友》畫報刊登了一份密密麻麻的代售處地址，佔了封底版面近一半。此時《良友》及其姊妹刊代售處已經有上海本埠10家，外埠代售處18家，國外及南洋群島各代銷處36家，地點遍布加拿大、美國、越南、朝鮮、秘魯、爪哇、菲律賓、緬甸等地。

三、興盛

　　1928年，良友公司註冊成立股份有限公司，取得了合法的出版身份〔註22〕。此前良友公司曾召開了股東參加的公司創立大會，宣布公司資本總額為國幣二十萬元〔註23〕。1929年初，良友公司面向社會進行第三次招股〔註24〕，對外界彙報了自己七年來的經營情況：「在過去的六年中，良友事業由輔助文化的印刷工作，進而直接經營出版，業務規模，依程序而擴展。

〔註22〕原文為：「茲據當事人良友圖書印刷有限公司聲稱，本公司於十七年九月二十七日呈准國民政府前全國註冊局註冊，並領到公司註冊第三類第二二八號執照一紙及以「良友」商標在商標局註冊領得註冊證一〇〇八號專營圖書照片書籍新聞雜誌以及其他出版印刷品……」（《陳霆銳律師代表良友圖書印刷有限公司敬告全國印刷及出版書業同業》）該聲明刊登在1931年7月的《良友》畫報上。

〔註23〕該數據為鄭瑜博士根據上海市資料館《良友圖書印刷股份有限公司註冊文件》以及《良友圖書印刷股份有限公司營業概算書》卷宗號Q90—1—616得出，見華東師範大學鄭瑜博士的畢業論文《虹口的空間網絡與1930年代上半葉虹口民營出版業》（2008），第55頁。

〔註24〕良友公司在《良友》畫報上刊登《本公司第二次擴充招股章》，詳細列出了十五條章程，面對社會公開招股「第五條 本公司規定資本大洋二十萬元，分為三次招足。第一次招四萬元，第二次招六萬元，第三次招十萬元。現經董事會會議決遵照原定招股計劃實行第三次招股，添招大洋十萬元以達成原有二十萬元之資本總額」；「第十一條 根據本公司歷年年結及營業布告幾位有利。依理舊股東應有特別權利，惟因本公司以宣揚文化為主旨，不專以個人獲利為目的十一經董事會及股東會議決將以前獲得之商譽及營業之所得之利益盡行規劃共有，故自民國十八年一月起新舊股東共享公司所有一切同等之權利」；「第十二條 本公司股份十股以上者方有被選為董事及監督資格。本公司董事由股東會選舉之，每股作一股權」；「第十四條 本公司每年總決算之後如有盈餘先提百分之廿五為公積金再提取股息週年一分外，其餘分為六十五份，分派以三十份為股東紅利，十五份為發起人紅利，二十份為董事及職員工友酬勞費，見第34期《良友》插頁。

就顯而易見的事實為證，辦事工作場所，七年間，已增大二十倍，每年營業總額，由一萬四千餘元，長至五十三萬四千餘元。良友報，每期刊數，由三千躍為四萬。其他定期刊物，和單行本書籍等，也得讀者熱烈的歡迎。」〔註25〕

　　1929年初，良友公司在公布《本公司第二次擴充招股章》的同時，刊登了公司決策人的名單：「現任董事：李自重，陳炳洪，伍聯德，黃保民；余漢生，陳爵信，伍永高，李偉才，洪我仙。現任職員：經理：伍聯德，余漢生，李偉才」。其中，伍聯德是良友公司的創辦人兼總經理，余漢生是伍聯德的創業夥伴，長期擔任公司的經理職務，陳炳洪也是伍聯德的同學，曾長期擔任《良友》畫報的英文編輯，他的父親陳爵信也是良友公司的大股東之一，馬國亮、趙家璧將他們三人稱為公司的「三位一體」。〔註26〕

　　良友公司規模小、人手少卻又取得了很多出版成績，這與良友公司敢於用人、善於用人有關。創辦人兼總經理伍聯德「思路靈敏、行動迅捷，一想到什麼，立刻著手進行，從不猶豫」〔註27〕，他在禮聘周瘦鵑的經歷中體會了「用人惟名」不一定是明智的，應該「用人惟才」〔註28〕，對挑選員工獨具慧眼。他取代周瘦鵑的第三任《良友》主編梁得所，來良友公司之前沒有過編輯畫報的經驗，並且當時只有22歲；馬國亮到良友公司編輯《良友》畫報時年僅21歲，也沒念過大學，當時還讓他兼任良友《今代婦女》的主編；而伍聯德請趙家璧主編《中國學生》時，趙家璧還只是光華大學的一年級學生。馬國亮回憶說：「良友公司似乎有一個異乎尋常的傳統，那就是大膽使用和信任新人。就像當年信任梁得所一樣，他們也相信我這個缺乏經驗的新手，竟把畫報的重責交給我。」良友公司不僅愛惜年輕員工，在緊急情況下還能全力保護自己的員工，這是需要管理者有膽識和魄力的。〔註29〕在良友公司門

〔註25〕見《良友》第62期《良友七週年紀念第貳次公開招股》啟事：「此次招股添招新股一千股，每股大洋一百元，一次繳足。其中四百股先盡舊股東分任，其餘六百股全數向外界公招，為中華民國國民均得認股為本公司股東。」
〔註26〕《良友圖書印刷公司七週年紀念，業務狀況之概述》，《良友》第62期，1931年10月，插頁。
〔註27〕馬國亮：《良友憶舊——一家畫報與一個時代》，生活·讀書·新知三聯書店，2002年，第15頁。
〔註28〕馬國亮：《良友憶舊——一家畫報與一個時代》，生活·讀書·新知三聯書店，2002年，第17頁。
〔註29〕馬國亮：《良友憶舊——一家畫報與一個時代》，生活·讀書·新知三聯書店，2002年，第58頁。

市部櫥窗被毀事件中，伍聯德、余漢生二位經理不受國民黨當局脅迫，不僅沒有開除趙家璧和馬國亮，此後對他們的工作依然不加干涉，「我們一如已往的編輯方針並無改變，公司也絕不干預我們，這是非常難得的。」〔註 30〕這種用人思路培養出了精明強幹的良友編輯群體，使良友出版能夠在有限的條件下取得較為出色的成績。

在公司經營方面，《良友》畫報始終是良友公司經營情況的晴雨表。隨著良友市場的開拓和讀者認可度的增加，《良友》畫報越辦越厚，從最初的 24 頁一路飆升到 56 頁之多，從銅版印刷發展到影寫版的印刷，印製越發精美，其價格也從最初的大洋一角（實售小洋一角）加價到三角，後又升至大洋四角並穩定下來。良友公司曾在第 25 期為讀者解釋加價是保證《良友》質量、印數、美觀等方面高水平所必須採取的方法。有趣的是，良友公司將自己的加價放置到了世界大的經濟文化背景上，與美國的暢銷雜誌相比，說明其加價的充分合理性，「如商務印書館代理世界銷數最大之美國雜誌 Saturday Evening Post 最近發出通告，由一九二八年二月起，定價由美金五分增至四角（原價之八倍）——本報固非效尤，不過在此處舉出一例，以證本報加價，乃有充分理由而非苟同者也。」〔註 31〕儘管不斷地加價，但《良友》畫報依然能夠保持銷量的穩固提升，可見當時受讀者歡迎的程度。良友公司曾對讀者許下訂閱的「三大保證」〔註 32〕和「訂閱良友雜誌之五大利益」〔註 33〕。

〔註 30〕馬國亮：《良友憶舊——一家畫報與一個時代》，生活・讀書・新知三聯書店，2002 年，第 123 頁。

〔註 31〕原文列舉三條加價理由，並稱「本報固以閱者利益為中心，以全布廣遍為目的；同時不能作超於力量所及之犧牲。夫經濟充裕，百端改革始易著手，取材自可精益求精，深信此次加價，必得閱者原諒」。參見《良友》第 22 期《兩歲後之良友 刷新並加價之預告》，1927 年 12 月，插頁廣告。

〔註 32〕「三大保證」為：一、基礎牢固：本公司成立七載，工商部立案，歷年營業順利，信用昭著，刊物從無脫期之弊；二、戶口過萬：最近訂閱戶口，已八千餘份訂報存款二萬二千五百餘元。足以證明社會人士之信任。三、信譽卓著：本報刊行六載，博得閱者熱烈贊許；年年改良，期期進步，事實為閱者所共見。參見《良友》第 61 期，1931 年 9 月，插頁廣告。

〔註 33〕「五大利益」為：一、按期先睹：一經訂閱，每月出版即按址寄奉，可省閱者零購之麻煩。二、全套無缺：本報往往出版不久即告罄，過後無從購買，惟有訂閱者接續收存，期期齊全。三、訂閱連郵費計算，比零沽較廉；至於國外匯金幣訂閱，折算更為便宜。四、凡介紹或聯合定六份者，奉送一份，人人有不費錢得閱報之機會，辦法另列。五、本報雖不規定贈品為號召，惟年中每有各種精美印刷品，按訂戶之地址寄贈。《良友》第 61 期，1931 年 9 月，插頁廣告。

「三大保證」說明了良友公司經濟基礎已達到一定的規模，穩定而安全；「五大利益」則是吸引讀者訂閱雜誌的一種方法，是應對競爭的生存策略了。作為中小規模的民族出版業，良友公司只有完全依靠讀者和市場，才能在激烈的競爭和動盪的環境中生存。

《良友》第 100 期紀念號，封面人物電影明星徐來

　　然而，大環境在 1932 年突然發生了變化：上海發生「一二八」事變，日軍在閘北侵略轟炸 28 天，給閘北造成了極大的損失。包括商務印書館在內，境內共有 103 條里弄街坊、數萬間房屋被毀，其中商務印書館被炸、東方圖書館被焚尤為令人痛心，「三十餘年來致力我國文化事業之基礎盡付一炬，物資上精神上之損失均極重大」〔註34〕。良友公司連帶受到影響，「滬案發生以來，本報久未與閱者相見，原因影寫版印刷，向與商務印書館聯絡，此次日軍轟炸閘北，商務印刷所全部被毀，本報一期稿件焚去，戰時影響，出版延遲，惟閱者諒之。目前繼續出版，印刷不能不有所變更，茲定暫行辦法為『改用銅版，縮小面積』。蓋銅版印刷須用銅版紙方見精美，其價較影寫版所用之道林紙昂貴一倍有奇……」〔註35〕它雖自稱「幸無直接大損失，一切繼續進行，關於批發、函購、訂閱、投稿，各方良友，照常來往為盼。」〔註36〕但

〔註34〕商務印書館善後辦事處編：《上海商務印書館被毀記》，商務印書館，1932 年，
　　　　4 頁；轉引自蔡亮、蘇智良：《日本侵華對中國現代化建設的破壞──以上海
　　　　閘北為例》，《民國檔案》，2006 年第 4 期，第 85 頁。
〔註35〕《本報特別啟事》，《良友》第 65 期，1932 年 5 月，廣告插頁。
〔註36〕《本報特別啟事》，《良友》第 65 期，1932 年 5 月，廣告插頁。

因上海整體文化環境和經濟環境的受創、大蕭條而隨之元氣大傷。

1932 年後，良友圖書公司雖然在經營方面有衰弱的趨勢，但它在編輯幹將趙家璧、梁得所、馬國亮、鄭伯奇等人的努力下，迎來了出版成果最輝煌的時期。期刊出版和圖書出版都碩果累累，二者形成了良性的互動，提高了公司的社會聲譽和文化地位。

在期刊出版方面，良友的綜合性期刊《良友》畫報取得了四萬餘份的銷量，號稱「良友遍天下」。1933 年梁得所離開良友公司時，《良友》畫報已穩居畫報界頭牌的位置。在其他期刊方面，良友又創辦了幾本有一定知名度的期刊：鄭伯奇主編（後由陳炳洪繼任主編）《電影畫報》，文學期刊《新小說》《人間世》（小品文半月刊）和《文季月刊》。其中，《電影畫報》和《新小說》是鄭伯奇主編的兩本文藝通俗化運動的期刊，帶有左翼文學的色彩；《人間世》由林語堂主編。伍聯德 1934 年與林語堂簽訂出版合同，負責提供編輯費和一定的辦公條件。這本小品文雜誌出版後影響很大，在文壇引來諸多的爭論，成為 1934 年出版界的大事之一。《文季月刊》為原北京純文學期刊《文學季刊》的續刊，由巴金、靳以主編，保持了原先嚴肅、厚重的出版風格，刊登了許多青年作家尤其是左翼作家的作品，成為三十年代新生代作家作品集中發表的雜誌之一。

在畫冊出版方面，良友公司在 1932 年 9 月到次年 5 月舉辦了一次由梁得所率團、影響較大的全國巡迴攝影活動，受到社會各界的熱切關注。對此行的攝影見聞，《良友》畫報連續予以報導。攝影團返回上海後，良友公司立即在全國各地舉辦攝影圖片展覽，並出版了《中華景象》等巨幅畫冊以及梁得所的西北之行遊記。這項全國巡迴攝影活動不僅於國家貢獻甚大，也提高了良友圖書公司的社會影響力。

在文藝圖書出版方面，年輕的趙家璧挑起了良友出版的重擔。在鄭伯奇等人的幫助下，趙家璧聯繫上了包括魯迅在內的大批作家，他們都喜愛這家印刷品位獨特、製作精美、作風正派、沒有政治背景的民營書局，於是將自己的心愛之作交給良友，這使得良友的圖書出版——尤其是文藝圖書業務的出版突飛猛進，在圖書出版界聲譽日隆。著名的「良友文學叢書」、《中國新文學大系》是良友公司這一時期圖書出版方面的驕人成績。

作為一家沒有任何政治背景和經濟支持的公司，良友從公司創立到三十年代初期，它的言論立場與當局基本保持一致。趙家璧描述他剛到良友

公司工作時，良友公司彷彿是一個「世外桃源」。他分析其中的原因時說：「由於良友公司本身所具有的許多特點，例如專業方向是畫報畫冊，主事者是廣東人，所在地又僻處北四川路等，因此，在業務上或人事上與四馬路上中小進步書店很少交易或接觸。國民黨反動派對它十分放心，進步文化界也沒有重視它。」〔註37〕隨著時局的發展和戰爭風雲的日益濃烈，《良友》追求政治進步的特色也越來越突出。左翼著名作家鄭伯奇進入良友公司後，良友出版顯示出比較明顯的左翼傾向，出版了過不少左翼作家的文藝圖書。《良友》的政治傾向也漸趨激進，左聯和一些進步作家的名字也登上了《良友》的版面。

1932 年，趙家璧為組織「良友文學叢書」稿件，在鄭伯奇的幫助下結識了魯迅，出版了魯迅的兩本譯著。1933 年良友讀者門市部被歹徒搗毀事件激起了魯迅的極大憤慨，將此事寫進雜文中。魯迅還為良友的出版出謀劃策、推薦青年作者稿件，並為《中國新文學大系》撰寫導言。魯迅在逝世前一週還與趙家璧通過信，並親自到良友公司的辦公樓上商談工作。魯迅逝世後，良友公司同人懷著悲痛編輯了「一代文豪魯迅之喪」專題報導。良友公司與魯迅的關係一直延續到他的身後，許廣平曾在《良友》刊登過徵集魯迅信件的啟事〔註38〕。可見，當時的良友圖書公司已經成為一家思想進步、有一定影響力的出版公司。

第二節　公司的衰落與復興

儘管良友出版在文化界地位日隆，但因內部管理問題和外界環境的日益

〔註37〕趙家璧：《編輯憶舊》，中華書局，2008 年，第 16 頁。

〔註38〕原文為：魯迅先生給認識的和不認識的各方面人士所寫的回信，數量甚大，用去了先生的一部分生命。其中或抒寫心緒，或評論事象，或報告生活事故，不但熱忱不苟的精神和多方面的人事關係，將為製作先生傳記時之必要材料，而且，不囿於形式地隨想隨寫的思想討論和事態描畫，亦將為一代思想史文藝史底寶貴文獻。故廣平以為有整理成冊，公於大眾的必要，現已開始負責收集，凡保有先生親筆書信者，望掛號寄下，由廣平依原信拍照後，負責寄還，如肯把原信和先生的遺稿遺物永存紀念，願不收回，當更為感謝。此為完成先生的文學遺產的工作之一，受惠者不特一人，想是為諸位所熱心助贊。寄件祈交「上海商務印書館編譯所周建人轉交為禱。廿五年十二月」。見《良友》第 125 期，1937 年 2 月，第 55 頁。

惡劣，公司發展到 1935 年的時候已經顯現衰落的跡象，1937 年上海「八一三」事變給予良友公司更大的打擊，最終在 1938 年走向破產。

一、衰落

趙家璧在回憶 1935 年前後的情況時說：「當時的經濟情況已不及當年，應付稿酬拖拖拉拉，可從魯迅給蕭軍一信中得到證明。……這說明現金周轉不靈，連一二十元的稿費都開期票了。」〔註 39〕良友公司走向衰落的最明顯標誌是創辦人伍聯德離開良友公司，而圖書大廉價等活動也使良友經營問題顯露出冰山的一角。良友公司走下坡路不僅因為大環境的日益嚴峻，還因為良友公司內部財政管理混亂、人員不和。良友公司的三位經理伍聯德、余漢生、陳炳洪都是廣東人，中學時期是同學，他們手下的良友員工一半是上海人，一半是廣東人。良友公司 1927 年底開股東大會的時候，「股東名簿上共有 59 位（其中有三席是廣東的余慶堂、佩正堂、至誠堂，而非個人），其中上海方面的股東只占 7 席，廣州方面的股東佔了 15 席，香港方面股東占 16 席，另外還有一席蘇州方面的股東，而遠在太平洋彼岸的股東們竟然占到了 20 席。……由此見良友的資本構成，北方地區沒有任何股東，上海也不多，而廣東、香港、海外的股東佔了絕大部分。」〔註 40〕良友公司的股東和決策者多為廣東同鄉，在管理上存在以人情替代管理、財政管理不嚴、制度制定混亂的問題。

良友公司財務方面從註冊之日起就存在一個隱患，即大部分股東都沒有繳足股金。「在目前可查的出自潘序倫會計師事務所的最後一份關於良友招股數的證明（時間約為 1927～1928 年間）中，顯示截至當時，良友只招得 597 股，金額為 59700 元，尚餘共計 1403 股，金額為 140300 元。也就是說，在良友改製成股份有限公司時，規定的註冊資金只有不到 30%的現金到帳，另外的超過 70%的所謂資金可能被隱埋在了廣袤的人情圈子裏。」〔註 41〕據鄭瑜分析，良

〔註 39〕趙家璧：《編輯憶舊》，中華書局，2008 年，第 261～262 頁。
〔註 40〕以上數據為鄭瑜根據上海市資料館《良友圖書印刷股份有限公司註冊文件》以及《良友圖書印刷股份有限公司營業概算書》卷宗號 Q90—1—616，進行的統計，見鄭瑜：《虹口的空間網絡與 1930 年代上半葉虹口民營出版業》，華東大學博士畢業論文（2008），第 55 頁。
〔註 41〕鄭瑜：《虹口的空間網絡與 1930 年代上半葉虹口民營出版業》，華東大學博士畢業論文（2008），第 56 頁。

友公司賬面上也有許多黑洞。到 1935 年底，存貨方面估價總值為 113000 元，但實際上僅良友《歌曲》小冊子一項，由於「一二八」戰事時良友附近的電影院被日本便衣隊焚燒，導致原本「一本萬利」的《歌曲》沒法銷售出去，這方面估價就多計了 23000 餘元。另外，良友公司還有許多應收賬款無法提取，約占其中的 20%。公司本身也有不少沒有收回的借款，其中伍聯德、余漢生兩位公司決策人分別向公司借款 11023.21 元和 24779.99 元沒有歸還，「據余漢生聲稱：『上述兩項欠款，經董事會決議，伍君欠款，在貴公司應付伍君退職金項下，分期照付，如數扣轉。又余君欠款償付辦法，在每月支付特別公費三百元時轉帳』〔註 42〕，顯然，這樣的扣款是很難將資金迅速收回的。伍聯德、余漢生都是公司的創辦人、決策者和大股東，1927 年改制時各擁有十份股份，他們將良友公司視為自家的產業，這種混亂管理是中國民族企業發展的大隱患。

　　1935 年，公司創辦人兼總經理伍聯德離開良友公司一事被處理得悄無聲息。當初梁得所離開良友時，公司曾在《良友》畫報第 79 期上發布通告，梁得所也寫了大段的臨別文字《告別良友》。而伍聯德離開他一手創辦的良友公司時卻沒有在《良友》上留下隻言片語，只表現在版權頁上「伍聯德」名字的消失，從「創辦人兼總經理伍聯德」變為 1935 年 7 月的只餘「創辦人」一個頭銜，再到 9 月不再署伍聯德的名字，「伍聯德」就這樣在《良友》消失了。馬國亮事後回憶說：「當時我微聞說，他太會花錢。這也是我目睹的事實。不過，據我所知，他花錢有時是屬於『仗義疏財』這一類的。伍聯德性格開朗，樂於助人，對金錢從不斤斤計較。這是他的弱點，也是優點。」〔註 43〕他分析認為是董事會作出排擠伍聯德的決定：「當時內部——應該是董事會，為什麼會作出這個決定，我不知情。說他不宜於作總經理，董事會完全有權根據一定的條款，作出這樣的決定。但連創辦人這樣的一個歷史事實也否定掉，是否有點不太公平？」〔註 44〕

　　馬國亮當時對前文所述的良友公司具體的財務困境問題並不知曉，但他還是憑直覺認為，造成公司伍聯德、余漢生、陳炳洪「三位一體」分崩離析的

〔註 42〕鄭瑜：《虹口的空間網絡與 1930 年代上半葉虹口民營出版業》，華東大學博士畢業論文（2008），第 59 頁。
〔註 43〕馬國亮：《良友憶舊——一家畫報與一個時代》，生活·讀書·新知三聯書店，2002 年，第 283～284 頁。
〔註 44〕馬國亮：《良友憶舊——一家畫報與一個時代》，生活·讀書·新知三聯書店，2002 年，第 283 頁。

主要原因是經濟問題，爭奪的主要對象是公司穩定的財源——《良友》畫報。「《良友》畫報是公司最有聲譽、獲利最可靠的刊物。（雖在抗日戰爭爆發後銷路有所減縮，余漢生有一次還對我說過，畫報除去一切開銷，每期可淨賺三千元，那是五十年前的三千元啊！）」〔註45〕馬國亮對良友的內部分裂感到非常痛心，又無力調停爭端。兩年後，馬國亮辭職離開良友公司。

　　1935年鄭伯奇的拂袖而去，也證明當時良友公司的人心已經有些渙散了。鄭伯奇之所以離開良友，一方面是因為電影公司邀請他當顧問，但直接導火索是他與良友經理的爭吵：「他當時充滿信心，認為第二卷出齊時一定可以大有起色。不料八月下旬，經理又和伯奇為了銷數、成本、稿費開支等問題鬧了一場。伯奇耿直為懷，經理錙銖必較。一怒之下，伯奇於第二天拂袖而去，從此離開了良友。」〔註46〕鄭伯奇在此之前因為稿費的事與經理就有過衝突，「我記得有一次良友公司內部開會時，伯奇就為此與經理當面頂了起來，不歡而散。」〔註47〕趙家璧談及當時的感受：「一位對良友的文藝出版事業作出過卓越貢獻的老作家、老編輯就這樣被經理輕易地撬走了，這對良友是一個無可彌補的損失；對我來說，身邊失去了一位隨時可以請教的好老師。」〔註48〕趙家璧的這篇《記鄭伯奇在良友圖書公司》的回憶是寫於1979年，裏面的用詞「錙銖必較」「輕易地撬走了」反映了他對此事的強烈不滿。伍聯德此時已離開良友，這位管財政的經理應當就是余漢生。趙家璧1985年寫回憶錄的時候，再寫到余漢生時評價已經發生了變化：

　　　　所以余漢生先生一直是伍聯德事業上之左右手，伍任總經理時，余任經理兼會計；我在良友工作期間，余漢生先生對我同樣地重視和培養……他在伍離職後，仍保持經理名義，為人比較謹慎細緻，闖勁雖不及前者，但經營管理，有他的一套；守成方面，建有殊功。……

〔註45〕馬國亮：《良友憶舊——一家畫報與一個時代》，生活·讀書·新知三聯書店，2002年，第283頁。

〔註46〕趙家璧：《記鄭伯奇在良友圖書公司》，《編輯憶舊》，中華書局，2008年，第262頁。

〔註47〕趙家璧：《記鄭伯奇在良友圖書公司》，《編輯憶舊》，中華書局，2008年，第262頁。

〔註48〕趙家璧：《記鄭伯奇在良友圖書公司》，《編輯憶舊》，中華書局，2008年，第263頁。

今天回顧，我對余漢生先生，同樣表示深切的懷念和衷心的感謝。他現年八十有三，在美國洛杉磯市安度晚年；馬國亮兄前年去美，和他互通電話中，還承他殷殷垂詢我的近況，順此，敬祝他在海外健康長壽。良友全體同人，當時在余漢生先生領導下，同心協力，把伍聯德先生開創的事業，不但繼續維持，在文藝圖書方面，有了飛躍的發展。我們大家把良友的事業當作自己的第二生命，悉心維護，通力協作，直到抗戰爆發。」〔註49〕

但我們也應注意到，趙家璧的這篇回憶文章較回憶鄭伯奇的那篇文章又晚了六年。當年負責財務的余漢生在經濟周轉不靈的困難時期自然會在財務上對不掙錢的雜誌《新小說》有所計較，這本在常理之中。趙家璧的一句「今天回顧，我對余漢生先生，同樣表示深切的懷念和衷心的感謝」是多年後的反思，也是對余漢生比較客觀和公正的評價。而當年的趙家璧也就27歲，看到對他幫助甚多的鄭伯奇氣憤地離開良友自然內心憤怒，稱余漢生「錙銖必較」也可理解。不過通過此事我們可以看出，良友公司在經營方面確實遇到困難，人心動搖。此前良友公司核心層一直比較穩定，即便是1933年辭職的梁得所也是在良友工作了七年之久，但1935年後伍聯德、鄭伯奇、馬國亮相繼離去使良友公司元氣大傷。

良友公司的廉價廣告同樣顯示出良友經營的頹勢。1935年8月，良友公司刊登「空前的廉價」「一折至五折」的廣告，宣布「自九月一日起至九月三十日止，以上海總公司為限」，將早已出版的甚至才出版不久的圖書拋售。如雜誌類，90期以前售價為每冊四角的《良友》畫報廉價為九分售出，90至99期《良友》畫報以原價二角廉價五分的價格售出，其他雜誌也以四分至八分的售價拋售，合粜五本原價一元五角的《中國學生》和《今代婦女》現僅售一角，圖書方面，定價每冊大洋九角的「良友文學叢書」、定價每冊三角的「萬有畫庫」、定價每冊大洋一元的《中國電影女明星照相集》均已半價拋售，印製精美、新近出版的《中國現象》畫冊也以七折的價格兜售，而十種一粜、原價一元的「一角叢書」竟然以一角的價格拋售，低至一折，原價兩角一張的《歌曲》「一元百張」，實際上是一分一張〔註50〕。1936

〔註49〕趙家璧：《追懷良友創辦人伍聯德先生》，《書比人長壽：編輯憶舊集外集》，中華書局，2008年，第50頁。
〔註50〕《良友》第108期，1935年8月，封底廣告。

年9月，良友公司再次「大廉價」一個月，將良友庫存的文藝圖書「照原價減至一折至七折」售出：《中國新文學大系》七折，「良友叢書特大本」七折，「良友文庫」五折，「精裝文學書」五折，「萬有畫庫」另購七折、全套購五折，人間世叢書四折，「婦人叢書」五折，《全國獵影集》七折，最近新書九折，其他文藝書籍自二折至六折不等，共有一百餘種。兒童讀物十餘種二折半至五折。西洋歌譜五百餘種，每紮一百張，每紮一元。趙家璧主編的「良友文學叢書」（45種）減價期內每冊減售大洋六角三分。〔註51〕這不僅顯示出良友公司庫存積壓的問題，而且也印證了公司急於收回現金以維持運營的心態。

二、解體

　　也許沒有戰爭的影響，良友公司依然會維持一段時間。「八一三」事變的炮火加速了良友公司解體的速度，直接導致良友公司解體，宣布破產。

　　1937年7月7日，日本悍然擴大侵華戰爭，發動了震驚中外的「盧溝橋事變」。8月9日，侵滬日兵衝擊上海虹橋機場，受到中國駐軍反擊，國民黨政府加速向上海地區調集軍隊，8月13日，中國軍隊發動「八一三」戰役，奉命攻擊侵滬日軍，次日，國民黨政府發表《自衛抗戰聲明書》，抗日戰爭正式開始。上海由繁榮的現代化大都市成為彈雨紛飛、硝煙彌漫的戰場，「其中僅在炮火中受到不同程度毀壞的工廠既有兩千餘家，完全被毀的有九百餘家，占戰前上海所有工廠總數的一半以上。……處於戰區的洋浦、虹口、閘北等區，斷牆殘壁成片，廢墟焦土相連，即便蘇州河以南的南市區和租借區，也遭到炮火轟炸，不時樓毀人亡。」〔註52〕良友公司位於上海虹口區的北四川路，日本人一直將其視為勢力範圍，在「八一三「事變中，北四川路成為日軍的基地，淪為戰區。「戰火初燃，秩序蕩然。良友公司內的存書，在兩日之內被盜竊一空。損失之大，自不待言。」〔註53〕因《良友》第131期也隨印刷廠的被炸而毀於一旦，良友公司決定迅速將《良友》畫報遷至香港出版，在重新編輯的《良友》第131期（八九十及十一月號合刊）目錄頁刊登《良友

〔註51〕《婦人畫報》第40期，1936年8月，廣告插頁。
〔註52〕陳青生：《抗戰時期的上海文學》，上海人民出版社，1995年，第7頁。
〔註53〕馬國亮：《良友憶舊——一家畫報與一個時代》，生活·讀書·新知三聯書店，2002年，第242頁。

圖書公司緊要啟事》，宣布將《良友》畫報遷址香港出版，並另出號外〔註54〕。此後在香港出版的《良友》畫報（至第138期止）對抗戰新聞做了大量的報導。但位於上海的良友公司內部問題更加嚴峻，余漢生在香港把《良友》畫報用他岳父的名字登記作為獨資經營後，1938年向上海偽法院宣告良友公司破產，上海良友圖書公司解體〔註55〕，一家創辦了十幾年的知名民營出版公司就這樣走到了事業的盡頭。

三、良友復興圖書公司及餘脈

　　良友公司1938年宣告破產。經調查得知：「這樣一個負債一萬餘元債務的公司是不必出諸公開宣告破產之一途的。真正的原因是經理余漢生要把能賺錢的《良友畫報》遷到香港繼續出版，作為他個人的財產，而把公司全體職工十年來心血換來的事業以及欠債權人的一萬餘元債款，用宣告破產的方法，全部推給偽法院去處理。」〔註56〕於是，趙家璧帶頭聯絡在滬職工開會

〔註54〕原文為：本公司北四川路原址自淪為戰區後營業損失無可估計，棧房存書因事起倉促未能運出，又被竊取一空，公司資財雖受嚴重之損害，然值此全面抗戰時期仍不忘以出版事業服務國家民族。故自八月十五日起遷至江西路二六四號新址，繼續營業，另在香港分設辦事處於香港德輔道國民銀行五樓並即日編印戰事畫刊以期鼓勵全國軍民之抗敵情緒，報告前線將士之英勇戰績。惟念吾政府既下長期抗戰之決心，供給國民精神糧食之出版機關，尤應詳察環境之需要，繼續過去之工作，乃將本公司主要定期刊物良友圖畫雜誌先行恢復，值此復刊第一期出版之時，謹將本公司今後出版方針略述如後。邦人君子幸垂鑒焉。本公司定期刊物原共有四種：良友圖畫雜誌、電影畫報、婦人畫報及知識畫報，滬戰爆發後因印刷紙張問題不得不暫告停頓，自十一月份起先將良友圖畫雜誌復刊，本期因戰事影響不能用影寫版印刷為一時權宜計。暫時改用銅版。下期起既可恢復影寫版，每月仍出一冊，售價四角，訂戶照常寄發。為適應戰時需要起見，另出良友圖畫雜誌號外兩種，第一種為戰事畫報（月刊），版本與良友圖畫雜誌相同，每冊五角，暫由香港良友分公司代為發售，以便銷售於華南及南洋各埠。第二種為戰事畫刊（五日刊），為十六開本，每冊一角，逢一六出版，由上海總公司代為發售。戰事畫報（月刊）已出至第二期，戰事畫刊（五日刊）已出至第十六期，每六期另訂合訂本，售價六角，已出二本，迄今尚可整套配購。見《良友》第131期，1937年11月出版，刊末通告。

〔註55〕關於良友公司破產的回憶，《趙家璧先生紀念集》第296～297頁有誤，出現多處將1937年誤為1936年、1938年誤為1937年的錯誤，如將全面抗戰爆發的「八一三」事變時間印為1936年。

〔註56〕上海魯迅紀念館、上海文藝出版社編：《趙家璧先生紀念集》，上海文藝出版社，1998年，第296頁。

商議，又用職工會的名義召集所有債權人開會，要求他們和職工合作想辦法要回良友圖書公司的全部資產，並把在香港出版的《良友畫報》出版權收回。「經過一年十個月的時間，克服了錯綜複雜的人事糾紛，說服了債權人的要錢思想，又打通了偽法院的鬼門關，終於獲得全盤勝利。」〔註57〕趙家璧維護股東利益，爭回了「良友」招牌。

1939年1月，良友復興圖書公司成立。由律師袁仰安任董事長，經理由陳炳洪擔任，趙家璧任副經理兼總編輯，地址在上海四川中路215號企業大樓五樓的一套辦公室。他們每月花三百大洋聘請一位美國律師密爾斯出面，使公司掛上了美國公司的招牌，不受日方書報的檢查，可以自由出版。趙家璧專程從上海到香港邀請馬國亮繼續主編《良友畫報》，但馬國亮婉謝之，與原先的同事丁聰等人一起在香港編輯出版《大地》畫報。於是，由良友圖書公司原攝影記者、趙家璧的同學張沅恒繼續主編《良友》畫報。1939年2月出版《良友》第139期復刊號。

《良友》第139期復刊號，封面人物「新時代之中國女性」

這一時期的《良友》畫報以攝影為主，發表了大量的國際國內新聞圖片，包括有關新四軍、八路軍、「工合組織」的圖文報導，刊登過彩色木刻畫《抗日門神》。由於上海租界已成孤島與內地交通阻隔，《良友》大部分銷在香港和國外華僑讀者間。

〔註57〕上海魯迅紀念館、上海文藝出版社編：《趙家璧先生紀念集》，上海文藝出版社，1998年，第297頁。

復興後的良友公司除了出版原良友公司的各類書籍及《良友》畫報外，還出版了「良友文學叢書」：沈從文《記丁玲》（續集）、張天翼《一年》（2 種），第二次世界大戰叢書（3 種）、俄國文學名著叢書（2 種），《現代散文新集》《第二次世界大戰畫報》（約 14 期）。最有影響的是由鄭振鐸個人整理並出資、良友承辦印刷出版的《中國版畫史圖錄》（4 函 16 冊）巨著。1941 年底太平洋戰爭爆發後，良友復興圖書公司被日本侵略者認定宣傳抗日有罪，與商務、中華、世界、大東、生活、光明等七家宣傳抗日的書店一同被日寇查封。1942 年 3 月後又全部啟封。這時公司的董事長袁仰安提出與日方合作的要求，為日本人宣傳「大東亞共榮圈」，趙家璧、陳炳洪和其他股東職工均反對，上海的復興良友公司至此結束經營。

《良友》第 150 期紀念號 封面人物馬相伯先生

良友公司被查封後，總經理陳炳洪返回香港，趙家璧與張沅恒二人趁黑夜喬扮商人逃往桂林，由此把良友公司一併遷往桂林，趙家璧全權負責良友管理。1943 年 2 月 1 日，良友公司在桂林懋業大樓復業。這一時期的出版條件非常艱苦，《良友》畫報因戰時印刷紙張條件的限制無法復刊。在圖書出版方面，趙家璧等人用土紙將部分「良友文學叢書」重新出版土紙本，又創刊了「雙鵝叢書」，並出版了金仲華序、鄔侶梅譯《日本還能支持多久》、薩空了譯（時在監獄中）、美國作家法斯脫的《公民湯·潘恩》，趙家璧譯、美國作家斯坦貝克的《月亮下去了》等等。這一時期還出版了王西彥的《村野戀人》和端木蕻良的《大江》這兩部「良友文學叢書」，以及沈從文的《從文自傳》，在

「雙鵝叢書」中還重印了馬國亮的《偷閒小品》和其他幾種。〔註 58〕

1944 年 6 月，湘桂戰爭爆發，趙家璧攜全家老小被迫遷至重慶。1945 年 3 月，趙家璧在老同學張華聯的幫助下，無條件借到了民生路英年大樓二樓，並得到銀行的一筆貸款，1945 年 3 月 1 日，良友重慶公司再次復業，此時，張沅恒早已因《良友》畫報無法出版轉而從商，良友公司只剩下趙家璧和一位從 30 年代起就在良友公司工作的老工友王九成。趙家璧在王九成和一些朋友的幫助下從零做起，用土紙重印「良友文學叢書」，出版了老舍先生的著名長篇小說《四世同堂》（第一、二部），巴金的《第四病室》。為紀念良友公司成立二十週年，趙家璧仿照開明書店出版《十年》的方法，請十位名作家各寫一篇散文，這就是後來的《我的良友》紀念文集，內收錄巴金、冰心、艾蕪、老舍、沙汀、茅盾、郭沫若、洪深、曾虛白、靳以十位作家的散文。這一時期，趙家璧還簽署《抗戰八年中國新文學大系》（8 冊）的合約，但後來並沒有實現。

抗戰勝利後良友公司遷回上海，再次遇到股東紛爭的問題。律師袁仰安運用手段收購了良友最大股東兼董事長張瑞芝的全部股份，要挾趙家璧與之合作重建良友公司。趙家璧拒絕合作，袁仰安無法自己經營，於是良友公司再一次停業。此後，趙家璧在鄭振鐸等友人的鼓勵下，與老舍先生合作，用老舍作品的海外譯本稿費成立了「晨光出版公司」。由此，良友圖書公司的出版歷程在 1945 年 12 月宣告結束。

1956 年，伍聯德在香港重新創辦良友圖書公司並出版《良友》畫報「海外版」，後來又於 1960 年 5 月創辦了面向兒童讀者的附刊《小良友》。香港良友圖書公司辦公地點位於香港中環禧利街九號三樓，發行刊物面向菲律賓、新加坡、越南、港澳臺等地。海外版的《良友》內容偏於藝術介紹，「它和一九二六年在上海自創刊以後的一百七十二期的《良友》比較，由於時代有別，環境有別，有顯著的不同。」〔註 59〕而這本《小良友》半月刊的內容和欄目設計上與面對成人的《良友》畫報很相像，既有對世界知識和對新事物的介紹，又有童話世界、民間故事，並且與《良友》畫報一樣，設「編者的話」，每一期都有主編伍聯德撰寫的與小讀者交流的文字，語氣非常和藹親切。雜

〔註 58〕趙家璧：《書比人長壽：編輯生涯集外集》，中華書局，2008 年，第 193 頁。
〔註 59〕馬國亮：《良友憶舊──一家畫報與一個時代》，生活·讀書·新知三聯書店，2002 年，296 期。

誌設置了面向小讀者的「小良友園地」欄目，還經常在封底介紹香港小明星的故事，自稱「是兒童生活的良師，是兒童學習的益友，內容健康，故事最多，圖畫美麗」〔註60〕。《小良友》封面彩印，印有良友公司出版物的標誌「雙鵝」圖案。1967年時值《良友》創刊四十週年之際，香港良友公司還出版了一本大型畫冊《錦繡中華》，全面顯示了祖國各地富饒美麗的大好河山。全書五百餘頁，重磅粉紙，七彩精印，裝潢和印刷都超過《中華景象》，出版後行銷世界各地，大受歡迎，重版八次〔註61〕。海外版《良友》中間經歷過一次停刊，後出版至1968年伍聯德年屆高齡，無法從事編輯工作為止。

　　1984年，伍聯德的公子伍福強在香港再次創辦《良友》畫報，同年促成民國時期的《良友》畫報在上海和臺灣同時影印。他還邀請馬國亮等人赴港擔任《良友》畫報的顧問。「《良友》之所以能停停復復，只能說明，它的生命力強得很；只能說明，它已深入人心，非繼續出版不可……和讀者已結下不解緣。」〔註62〕2007年，香港良友國際發展有限公司重新印刷了民國時期的《良友》畫報，使這本老雜誌再度煥發了青春。

　　回顧良友圖書公司的出版歷程，可以看到：良友人沒有與商務印書館、中華書局等大的出版機構在教科書、典籍出版領域一爭短長，而是另闢蹊徑，開創出了自己的一方園地。良友公司從創辦到發展乃至破產解體都與時代尤其是戰爭影響息息相關，內部管理問題也是造成良友公司衰落的關鍵原因，這在某種程度上反映出中小型出版機構的脆弱。良友公司餘脈綿延至今說明了它頑強的生命力。如馬國亮所言，「這是個未完的故事，今天它還在出版、還在發展」〔註63〕，研究這個富有特色的出版機構，對我們思索文化出版問題具有一定的啟迪。

〔註60〕《小良友》第97期，香港良友圖書公司，1965年2月，第1頁。

〔註61〕馬國亮：《良友憶舊——一家畫報與一個時代》，生活・讀書・新知三聯書店，2002年，第295頁。

〔註62〕馬國亮：《良友憶舊——一家畫報與一個時代》，生活・讀書・新知三聯書店，2002年，第298頁。

〔註63〕馬國亮：《良友憶舊——一家畫報與一個時代》，生活・讀書・新知三聯書店，2002年，第299頁。

第二章　良友圖書公司的編輯群體

　　良友圖書公司是民國時期上海一家比較小的股份制民營出版公司，即使在全盛期的 1932 年前後，全體工作人員連總經理、普通事務人員都包括在內也沒有超過 20 人〔註1〕。公司的編輯們大致可以分為兩類，一類是受公司聘用的專職編輯，如《良友》畫報主編梁得所、馬國亮、趙家璧、鄭伯奇等人；另一類是兼職編輯，如比較有社會聲望的作家周瘦鵑、林語堂等人，良友公司為其支付酬勞，他們為良友公司主編刊物但並不屬於公司內部人員。創辦人伍聯德奠定了啟蒙與趣味兼重的良友出版基調，並為其良友同人提供了比較寬廣的事業空間任其發揮。良友年輕的編輯們則是迅速成長，各展所長，推出各種圖文並茂、雅俗共賞的精品出版物，在出版史上寫下了精彩的一頁。

〔註1〕1932 年良友公司為紀念成立七週年，在《良友》第 62 期上公布了全體工作人員的名單：「創辦人兼總理伍聯德；經理余漢生；編輯主任梁得所；雜誌編輯：謝恩祈；雜誌編輯馬國亮；叢書編輯趙家璧，叢書編輯孫師毅；藏書管理鄧倩文，編輯部職員諶士榮，姚金英，孔子真，常如新，郭偉民；攝影主任：張建文；事務部：曹仲良，汪國瑞，伍聯英；孫汝梅，譚逸夫」。《良友》第 62 期，1931 年 10 月，插頁。

第一節　專職編輯

一、伍聯德

伍聯德（1900～1972），廣東新寧人。其父伍禮芬，早年漂洋過海在美國唐人街當洗衣工人，後來開洗衣店，血汗所得，供養國內的妻兒。貧苦家庭中往往走出勤奮刻苦的子弟，馬國亮回憶伍聯德「一直是個思路靈敏、行動迅捷的人。一想到什麼，立刻著手進行，從不猶豫。良友公司這一個規模不算大的出版機構，在以後的十多年中，出版了許多期刊和大小畫冊書籍，多半都是他計劃出來的。」〔註2〕伍聯德不僅勤奮能幹，而且正直熱情，在一定程度上使所辦的雜誌富於理想和以天下為己任的責任感。

此前在第一章我們已經闡述了伍聯德的出版業績，在此再簡單介紹他主編《良友》的情況。《良友》最初四期由良友創辦人伍聯德親自編輯。我們可以從這幾期的內容上捕捉伍聯德最初的辦刊品味。從《良友》第一期之始，伍聯德就將其設計為中國和世界時事文化的窗口，提供給國內讀者和身在海外的華僑最新的國際國內時事報導。在從創刊初期刊物整體的定位及追求方面來看，伍聯德顯然更看重趣味，看重雜誌的休閒性和娛樂性。

在第一期的扉頁上，伍聯德刊登了一幅 12cm*15cm 的「春之神」雕塑照片，上面撰寫了一條「卷首語」：「《良友》得與世人相見。在我們沒有什麼奢望，也不敢說有什麼極大的貢獻和值得的欣賞。但只願。像這個散花的春神，把那一片片的花兒。播散到人們的心坎裏去。」〔註3〕這一期還刊登了署名「李作人」寫的《祝良友》：「良友印刷公司新刊良友月刊。內刊世界珍畫海內名文及種種使我們讀之愉快的作品。這不得不說是我們的良友了。願良友介紹我們世界上的一切良友。良友再介紹我們以良友。良友就是我們永遠的良友。」〔註4〕

〔註2〕馬國亮：《良友憶舊——一家畫報與一個時代》，生活·讀書·新知三聯書店，2002 年，第 15 頁。

〔註3〕《良友》創刊初期的很長一段時間內，內文行文僅用「。」作標點，還常有使用不當、斷句不順的地方，此段引文斷句就不順，下段引文亦如此。為保持原文樣貌，筆者對此沒有改動。

〔註4〕《良友》第 1 期，1926 年 2 月，第 2 頁。

從中可以看出，《良友》畫報的自我定位是讀者的良友，而「讀之愉快」為伍聯德所重視。

在《良友》第二期的卷首語中，《良友》為讀者設計的閱讀場所為「做工之後」「電影院裏」「家裏」「床上」，沒有書房、教室、圖書館之類正規的閱讀場所，突出它的生活化；設計的閱讀姿勢為「看了一躺」，這是非常休閒、放鬆的動作，可見《良友》是可以非常輕鬆地閱讀的；閱讀的效用是「包你氣力勃發。作工還要好」「比較四面顧盼還要好」「比較拍麻雀還要好」「比較眼睜睜臥在床上胡思亂想還要好」，說明《良友》是用來放鬆娛樂的，閱讀《良友》是一種健康的休閒娛樂方式。《良友》第七期更是將刊物對趣味性的追求在「編輯漫談」明確地指了出來：「很指望讀者諸君隨時將良好的照片。有趣味的文字。淵源供給我們。幫助我們。」〔註5〕

伍聯德辦刊追求「趣味性」的這一特點，不僅表現在「卷首語」「編輯漫談」中，從刊物內容上也可以看出。如，自第一期封面刊登電影明星蝴蝶女士的照片開始，此後幾期接續刊登的王漢倫、黎明輝人像照片均為女明星照，此後也刊登過女畫家、名媛、女學生的照片，即使受到香港學生讀者的批評，伍聯德也並沒有改變這種封面風格。再如，《良友》刊登的照片極其豐富，其中很多是注重趣味的，如經常刊登的嬰兒照片（《良友》第 1 期「紙上嬰兒展覽會」；第 2 期「天真活潑的兒童」；大量刊登的影藝人照片，如第 1 期「上海名伶黃玉麟便裝」；第 3 期「名伶尚小雲、梅蘭芳、毛韻珂、馬連良、黃玉麟」；女子時裝樣式，如第 3 期「婦女新裝設計」等，均與一些新聞時事照片同時刊登在雜誌上，充分說明了伍聯德追求趣味性並一以貫之的特點。

伍聯德對趣味性的追求在邀請周瘦鵑擔任《良友》主編一事中有所調整。由於周瘦鵑所編輯的刊物上刊有很多鴛蝴派、禮拜六派的文學作品，其中的不雅文字被讀者指出和批評，這件事促使伍聯德做出調整，使良友追求的「趣味性」由舊派趣味轉變為新派。他在題詞中寫道：「得所良友：願你栽著的美麗之花，在人們的心坎裏結得善果。」〔註6〕這裡我們也可以看到伍聯德對趣味和啟蒙教化的雙重強調：「美麗」要求《良友》做到令讀者喜聞樂見，具有

〔註5〕《良友》第 7 期，1926 年 8 月出版，第 1 頁。此時，雖由周瘦鵑擔任《良友》主編，但「絕大部分的編輯工作還是落在伍聯德身上」，而從編輯漫談的行文語氣來看，還提到了良好的圖片，應為伍聯德所寫。參見馬國亮：《良友憶舊——一家畫報與一個時代》，生活·讀書·新知三聯書店，2002 年，第 17 頁。
〔註6〕《良友》第 25 期，1928 年 4 月，第 39 頁。

趣味性；「善果」則是具有教化作用，使人「思想轉移，學問進步，心靈得無限的慰藉」，尤其是「思想轉移」，無疑又具有啟蒙色彩。這種出版旨趣保證他的出版物既擁有大量市民讀者，具有大眾化的特點，同時又緊跟時代發展步伐，呈現出注重理想、銳意進取的精神風貌，不因追求趣味而使出版物品格降低甚至趨於低俗。

伍聯德很尊重讀者閱讀心理，會及時調整出版計劃滿足讀者需求。他在創刊《良友》期間，開始時連載長篇文言文小說，當他得知讀者希望閱讀短篇小說時，便接續刊登徵稿啟事，說明徵稿原因：「前接來函糾紛，均嫌良友無短篇小說，本定本期起，多加短篇小說二段，但此種稿件極少，不能一時登到，希望下期可能實行。」〔註7〕為此他將盧夢殊、劉恨我二位作家創作的、有舊派味道的長篇小說版面位置調到後面，最終有始無終、停止刊登。他在發覺周瘦鵑的辦刊風格受到讀者反對後，果斷改變用人安排，聘用大學輟學的梁得所取代大牌編輯周瘦鵑。在無法滿足讀者要求降價的要求時，他重視與讀者溝通，與讀者細算經濟賬求得理解〔註8〕，並向讀者坦陳：雖然抱有普及教育的使命，但也要顧及經濟收益，不能作過大的犧牲，坦率地說出了一個民營出版人真實的想法。

二、梁得所

梁得所（1905～1938），廣東人，家境貧寒，少年苦學。他的父親早年曾在香港教學，篤信基督教，後來回鄉做牧師，一向自己苦學，對音樂很感興趣，在多方面給梁得所的影響很大。梁得所中學在廣州花地的美國教會設立的培英中學讀書，半工半讀，在學校時以勤奮見稱。中學畢業後，往山東齊魯大學攻讀醫科。但念了不到一個學期，因發現志趣不符便離開學校來到上海。1926年10月，梁得所進入上海良友圖書公司，從第13期開始正式

〔註7〕此為《良友》再次刊登的徵稿啟事，刊登在《良友》第4期，第19頁。
〔註8〕「本來印行書報和雜誌的目的，是求普遍，求普遍便要材料好，價格公道。『良友』材料好壞，我們都盡了力量了，但價格還沒有使它再廉，這是我們的缺陷，也不是我們的初意。……我們『良友』力謀他的材料的精良，同時廣告收入幫補又很少，所以只可照今日的定價了。這是我們以為最缺陷的事。我們雖然有抱普遍書報的使命，但以商業上的原則來顧存血本，不能作過大的犧牲」伍聯德：《為良友發言》，《良友》第25期，1928年4月，第7頁。

接任《良友》主編一職，年僅 22 歲。

從外表看來，梁得所「並沒有一副使人一見傾倒的儀表。相反，他矮小瘦削，終其一生，體重未超過八十磅。舉止文弱，說話也提不起嗓子。」〔註9〕梁得所曾這樣評價自己：「俗語有所謂『驢子命』，沒有事做就不自在。我的性格大概就屬於這一類罷。……我沒有聰明去學人領受黨政機關的津貼，也沒有本領去充什麼交際，然而在生活之培植中，在成就和過失的經驗中，我獲得做事的訓練，這便是莫大的酬報，莫大的賞賜了。……」〔註10〕他將伍聯德對他的評價「我現在才知道，你一輩子樂於負責」〔註11〕引為知遇的話，並以自己的人生經驗鼓勵青年讀者：「合作精神，不計你我；辦事手續，公私分清。在自己的時間和能力範圍內，盡義務，不要怕吃虧；把你所有的好處儘量獻出去，那些好處自然加倍的回到你身上。」〔註12〕

梁得所在《良友》上任後，以新文學風格取代舊派文人風格，還通過連載個人譯著的西方美術史以提高《良友》的藝術層次。他在《良友》上開創紀實文學如遊記、成功人士傳記的欄目，充分發揮了《良友》畫報圖片豐富的專長，寓教於樂，提高了《良友》的文化檔次，並將伍聯德所提倡的「開啟民智」、「普及教育」，「對內提高國民的知識和藝術，對外則表揚邦國的榮光」〔註13〕落實到了實處。

在出版思想方面，梁得所注重以「求真」「求美」的方式進行文化啟蒙。他在每期「編讀往來」和隨筆中點評實事、縱橫談論，試圖尋找國民性弱點，以對讀者有所觸動。他在第 40 期刊登的《日本訪問記》中，將日本與中國比較探討中華民族存在的問題，比如「中國人最瞧不起別人，看見日本人，說是我們分支的子孫……我們應該特別留意別人的長處，來警惕自己的弱點。自尊自大的根性非剷除不可。專捉別人的痛腳，掩飾自己的弊病，這是天下世界第一蠢事。」〔註14〕在第 59 期《編後話》中指出：「……現在提倡國貨，常用愛國兩字為激勵，使人每每覺得不買洋貨而買國貨，是割愛犧牲的事，

〔註 9〕馬國亮：《良友憶舊——一家畫報與一個時代》，生活‧讀書‧新知三聯書店，2002 年，第 21 頁。
〔註10〕梁得所：《學校生活之一頁》，《良友》第 61 期，1931 年 9 月，第 49 頁。
〔註11〕梁得所：《學校生活之一頁》，《良友》第 61 期，1931 年 9 月，第 49 頁。
〔註12〕梁得所：《學校生活之一頁》，《良友》第 61 期，1931 年 9 月，第 49 頁。
〔註13〕伍聯德：《再為良友發言》，《良友》第 37 期，1939 年 7 月，第 37 頁。
〔註14〕梁得所：《日本訪問記》，《良友》第 40 期，1929 年 10 月，第 24 頁。

這樣提倡國貨是不能持久的。」〔註15〕在第 60 期「編後話」中談及中央體育場的趕工建造時聯繫到了國民性弱點，認為「中國的運動會裏，除運動員之外，評判員太多而啦啦隊太少，因為中國人善於指謫譏議，而缺乏讚揚的熱情。」〔註16〕這種敏銳和毫不客氣的時評風格一改周瘦鵑時期的鴛鴦蝴蝶派風格，為良友帶來了更多的「求真」的嚴肅氣息。

梁得所在注重雜誌「求真」的同時，還注重「求美」，鼓勵讀者自信，改變自己的命運，以此進行文化啟蒙。他在評論不願拍照的轎夫時說：「倘若他所持的理由，是謂我現在抬轎，做你們的牛馬，是暫時的；你為我拍照，就在紙上作永久的牛馬了。若然，我們應該向他道歉」〔註17〕當梁得所率全國攝影團目睹了中國現實狀況後，他對國家有了進一步的認識，對民族自信有了進一步的理解。他在登門採訪馮玉祥時，馮玉祥對他說：「內地平民生活的苦況，是都市闊人所不懂的，希望你們的雜誌多發表窮苦狀況。」梁得所回答：「這回到內地旅行，一部分的目的就是訪攝生活實況。至於雜誌發表，我覺得同時要注重中國的希望。過去的天災人禍慘象暴露了不少，現在我們要看一點未來的希望。當外侮迫人的時候，我們人民應保持一點有自信力的勇氣。我不主張消極的發表平民的牛馬生活……」〔註18〕

梁得所本人擅長寫作，他的隨筆散文帶有很濃重的英式隨筆痕跡。如《酒和煙》，一開頭即引英國詩人朋斯的詩作，洋派十足，隨後的議論也如此，「酒的命運既不能卜，我惟有希望，每一瓶，每一杯，都在 Auld Lang Syne 的歡唱聲中而飲盡，因為酒能增人的歡情，卻不能解人愁緒。」〔註19〕他談及人生的隨筆有時也流露出憂鬱的情緒，主體性非常強。他的小說詩歌創作數量雖然不多，但頗具新文學作家風格。其著譯出版內容廣泛，除編譯《西洋美術大綱》外，尚著有隨筆集《若草》等三本，中篇小說二本，編有《音樂辭曲》一本，翻譯外國散文集、外國民間故事各一本。

梁得所在良友公司工作的七年時間裏，把《良友》初創期雜亂無章的內容加以充實、調整和提高。《良友》由此形成了穩定、成熟的風格位列畫報界排名

〔註15〕梁得所：《編後話》，《良友》第 59 期，1931 年 7 月，第 2 頁。

〔註16〕梁得所：《編後話》，《良友》第 60 期，1931 年 8 月，第 2 頁。

〔註17〕梁得所：《不要為我拍照——隨筆之十二》《良友》第 19 期，1927 年 9 月，第 8 頁。

〔註18〕梁得所：《拿蘋果來——馮玉祥談話》，《良友》第 78 期，1933 年 7 月，第 9 頁。

〔註19〕梁得所：《酒與煙》，《良友》第 61 期，1931 年 9 月，第 43 頁。

第一的位置。他為良友公司編輯了第一套文藝圖書「良友讀者叢書」，還在 1932
年率領攝影團歷盡艱辛赴全國各地巡迴攝影，這一壯舉為人所矚目。馬國亮對
梁得所的評價很高，認為梁得所是在伍聯德的基礎上「明確了畫報的使命，確
立了它的規範，從而成為後來許多繼之而起的同類畫報的楷模」的功臣〔註20〕。

　　梁得所後來因為良友公司出力良多，但始終是以職員的身份存在，「不甘
心總做保姆」，「為求工作上理想之實現」，「多一點勞悴而能滿足意志的企求」
而於 1933 年離開良友公司〔註21〕。此後，梁得所與黃式匡合作創辦大眾出版
社，出版《大眾畫報》（1933 年 11 月創刊 1935 年 5 月停刊，共出 19 期）、《小
說半月刊》《科學圖解月刊》《文化》《時事旬報》四種刊物，足見他的雄心和才
幹確非尋常，一時間成為良友公司實力最強的勁敵。但由於資金周轉不靈，大
眾出版社僅維持了兩年時間就經營不下去了。梁得所一直身體瘦弱，平時工作
又過於勞頓，加上創業失敗的打擊，年僅 33 歲就因肺結核逝世。

三、馬國亮

　　馬國亮（1908～2002）生於廣州，原籍廣東順德。他的
家境並不寬裕，無法接受高等教育，於是中學沒有畢業就
來到上海學習美術，後經校友梁得所介紹進入良友圖書公
司工作，從此與《良友》畫報結下不解之緣。馬國亮剛到良
友公司時主要協助梁得所編輯《良友》，後來因《今代婦女》

〔註20〕馬國亮：《良友憶舊——一家畫報與一個時代》，生活·讀書·新知三聯書店，
　　　　2002 年，第 22 頁。

〔註21〕梁得所在《告別良友》中寫道：「事業是大眾的，其成就不是個人的成就。比
　　　　如八年來良友雜誌銷數由三千進到四萬，關鍵非常之多，營業得法，時機適
　　　　應，閱者愛護，投稿踴躍，然後加上編者的工作。自己既明白是參與的一分
　　　　子，時刻提防免誤事，留不敢謂守成，去更無所居功。或者說，『怪不得，你
　　　　對事業看得那麼輕，一旦有優厚安閒的職位自然可以吸引去了。』人終歸是
　　　　人，誰都愛享受。犧牲二字是我們平常人談不到的。但如果只求安樂享受的，
　　　　大概早已改行了。我們這輩人生活需求是很簡單的，事實上現在已夠安定，
　　　　離此而去勢必沒有現在的舒適，但我相信此後可因服務效率策進而增愉快。
　　　　如果多一點勞悴而能滿足意志的企求，我承認這是一種自私，戴不上犧牲的
　　　　冠冕。為求工作上理想之實現，我認定環境有變換之必要。雖然公司和同事
　　　　誠懇的挽留，而我在情感上亦未嘗不覺得同樣難捨。但結果同事朋友們不能
　　　　不瞭解我處事一經決定絕少猶疑的特性。……我愛良友，正如保姆辭職後仍
　　　　然愛那少主一樣。」《良友》第 79 期，1933 年 8 月，第 1 頁。

編輯辭職，於是從 1928 年 6 月，年僅 20 歲的馬國亮開始兼職擔任《今代婦女》主編一職。這本雜誌除了內容主要為面向婦女的讀物以外，其編輯風格與《良友》畫報很相似。1932 年，梁得所率領攝影團赴全國攝影，馬國亮從第 69 期開始代理《良友》畫報主編一職。梁得所 1933 年離開良友公司後，良友公司緊急啟用馬國亮接任《良友》畫報主編。

馬國亮本人能寫會畫，性情幽默詼諧。他經常自己動手，為《良友》繪製插圖和漫畫，如第 38 期就刊登了他的《請聽一聽，聽我這個可憐的浪人底歌聲》的插圖和《三時代》等三組漫畫：《三時代》畫的是「三個時代」的讀書場景，也可以看成一個青年男子的讀書歷程，「過去」一幅畫的是兩個學生呆坐讀書，旁邊身穿長袍的教書先生抽著長煙袋，斜倚著身子督促學生讀書；「現在」畫的是穿著西裝的男子，看書時走神睡覺；「將來」畫的是一男子捧著一本書在教學生，而一個淘氣的學生以書為掩護，舉彈弓想打他。《理髮師的兩種表情》描畫了青年理髮師給人理髮時愁眉苦臉、在背後偷看顧客手中畫報後笑逐顏開的兩種表情；還有一幅漫畫沒有題名稱，畫的是身穿時裝兩個人的大幅背影，角落裏有一個老太太和另外一人在竊竊私語，猜這穿時裝的兩個人到底是男是女。在《良友》第 39 期，馬國亮還作過《夏日的讀書》的一幅漫畫，畫的是一個在夏日午後坐在躺椅上讀書的男子，結果越讀越困的幾個畫面。他還為徐悲鴻和魯迅畫過漫畫人像，用的都是單線條的白描方法，適度誇張，饒有趣味。

馬國亮的性格和創作風格與梁得所相比有很大的不同。馬國亮更活潑、幽默，辦刊姿態更放鬆。他早期創作的散文都是詩化的，很多散文作品寫得像情詩，如他的散文集《昨夜之歌》（1929 年 11 月初版，良友公司），扉頁上寫的是「獻給夢裏的安琪兒」，內收散文 20 篇，如《醒來時不見了你》《幹了這杯，朋友》《請聽一聽，我這可憐的浪人底歌聲》《黃昏》等，從題目就可以看到鮮明的散文色彩；他的散文集《回憶》扉頁是浪漫的英文抒情詩「Let fate do her more, There are relics of joy, Bright dreams of the past, Which she cannot destroy.」裏面的散文敘述方式是獨白式的訴說，如《當黃葉飄舞時》《叩門者》《百合》《沙場前奏曲》等，《應許》：「讓我的手，我的人，安放在你的胸膛上，那藏著的心，說罷，愛，說你的心，你將永永、遠遠不與我分離」〔註22〕《沙場前奏曲》：「不要再依戀我，再幹唱這一杯，你得趕上行程！門外的號

〔註22〕馬國亮：《回憶》，上海良友圖書公司，1932 年，第 49 頁。

聲已在吹，弟兄們都得預備奔入行伍，我們也只有這一刻相聚。」〔註23〕散文集內附 16 幅作者的自繪插圖，風格優雅抒情。他的抒情作品與梁得所的時事評論尤其是那些憂國傷時的小說、隨筆相比，差別還是挺大的。他曾說自己不喜愛充滿生硬名詞的艱澀文章：「至於其他的外國雜誌文章也是我愛悅的讀物種種之一。我愛它的作者們肯用我們最常見的字眼，來抒寫我們日常生活的見解，較諸我們國內的許多作家的文章動不動堆滿了學理上的名詞，連普通寫一篇電影的欣賞也滿夾著『現階段的社會意識形態』等等的艱澀的名詞是看起來舒服得多了。」〔註24〕

馬國亮在任主編初期提出了這樣的辦刊想法：

> 一個雜誌的能否永遠牢站著，命運是在讀者們的手裏的。然而一個雜誌的能否永為讀者所愛悅，命運卻操在他自己的手裏。……一般畫報的最大錯誤，就是把報的本身太消遣化。這是不對的。畫報的作用，應該是和其他的文字雜誌一樣，不僅供消遣，而是貢獻實益。不過它的解釋方法是實際的圖片而不是抽象的文字，使讀者更有興趣去和它接觸，和更現實地認識那事件的本質而已。我們牢握著這一點，我們將盡力去實現這一點。一九三四本志的編排方針便是根據這一點出發的。但是不要誤會，以為這樣說來，則本志將成為一艱深難讀的畫報，將成為一本要養足精神才能讀下去的畫報，這是錯了。我們的性質不是這樣的。

> 說得幽默點，如果你讀本志，無論採取任何一種姿態，或臥讀，或坐讀，或立讀，或蹲讀，均無不可。時間更是隨便。吃飯時候可讀，睡前可讀，茶餘飯後，舟中車上，皆可看讀。甚至學生於上堂時間，偷看本志，編者亦不反對。不過讀本志雖可如此隨便，然而本志決不是像其他的只供消遣的無聊刊物一樣，讀後等於未讀。至少，這裡有一點藝術，有點科學的知識，有點人生實用的常識。務使讀者於趣味中得獲實益，於不知不覺中彷彿飽讀了許多實際有益的書籍一樣。

> 人生壽命有限，而知識的寶庫無窮，欲於短短的生涯中，飽覽群籍，實為能力所不許。本志的計劃，便是要使讀者於簡短的時間，

〔註23〕馬國亮：《回憶》，上海良友圖書公司，1932 年，第 125 頁。
〔註24〕馬國亮：《談讀書》，《良友》第 128 期，1937 年 5 月，第 18～19 頁。

獲得多量的智識，是求知的捷徑，等於把壽命延長的益壽丹。〔註25〕
這裡有個有趣的對照：馬國亮關於「讀本志，無論採取任何一種姿態」的提法與伍聯德在《良友》第二期「卷首語」描述的如出一轍，都是強調其休閒的姿態以及實用性，而馬國亮更加明確指出的是：「於趣味中得獲實益」，可見，《良友》的辦刊思路經過梁得所的「真實」「美」的提高後又繞了一圈，繞回了原點。

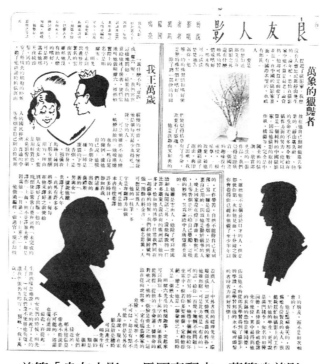

首篇「良友人影」，馬國亮配文，萬籟鳴剪影

馬國亮做主編給《良友》帶來的最明顯變化，是趣味性比梁得所編輯《良友》的時候要多一些。這一方面的原因與二人性格不同有關，梁得所出生於虔誠的基督徒家庭，因此處事更為嚴謹刻苦；馬國亮學畫出身，擅長寫抒情散文，更重感性。其實早在馬國亮開始代理主編的《良友》第68期，萬籟鳴畫的漫畫《陸小姐》和予且的海派系列散文就開始登載在《良友》上；第86期登出《都會的興味》的圖文報導效果很好，於是馬國亮在編者的話中對讀者說：「有許多讀者來信對於這類的題材很感興味。所以從這期起，我們又特闢了『如此上海』一欄，每期把上海的事事物物作系統的介紹。上海是我國

〔註25〕《編者與讀者》，《良友》第83期，1933年12月，第36頁。

最大的一個都會，還有第二巴黎之稱。自然其中有許多事物，是許多未曾到過上海的讀者所欲知道的。」〔註 26〕馬國亮經常以剪紙的方式處理圖片、進行圖片組合，還曾與萬籟鳴一起創作幽默風趣的「良友人影」發表在《良友》上。

另一方面，馬國亮之所以如此明確提出「知識性」「趣味性」的旨趣，與良友公司的「如臨大敵」有很大的關係，這就是梁得所出走後與黃式匡創辦的大眾出版社。大眾出版社接連出版了以《大眾畫報》為代表的幾種質量不錯的雜誌，良友公司為此頓感受到威脅並試圖尋找應對的方法。良友公司的決策層決定縮短週期把《良友》月刊改為半月刊，並將《良友》的售價由四角降低為每冊二角。馬國亮為了執行公司決策，在第 90 期也作如此表態：「月刊改為半月刊，我們將不惜更大的精力使內容上作更進一步的改善。關於選材，是將要更嚴格地，力求精選，趣味和實際的智識並重，而且將用更精密的整理方法使趣味不流於胡鬧，實際而不使人頭痛，在閱讀本志的時候，軟性的不覺其空無一物，硬性的卻不嫌其艱澀難讀，人生微妙的哲理，世界實際的常識，互相融合於一爐，各使本志成為一種滿含著不枯燥的學問，不浪費的消遣的良好讀物，正如諸君的一位知己良友一樣，於笑談中貢獻人生的至理和實益。」〔註 27〕然而，什麼是「更精密的處理方法」呢？什麼方式更能吸引讀者、留住讀者呢？我們通過《良友》第 90 期可以看到變化：

這篇「編者的話」《更進一步》只佔了《良友》第三頁左側三分之一豎條的位置，旁邊配著的，卻是影星黎灼灼的五幅泳裝照片，其中一張是佔了將近三分之二版面的黎灼灼低胸泳裝照近景特寫，圖像遠遠搶了文字的地位。而第二頁，題目是《華氏表九十九度》，描述的是高溫下的都市景象，一張夏威夷草裙美女的照片佔了版面二分之一的面積——通過放大美女照，尤其是裸膚美女照的方式來吸引讀者，《良友》的辦刊風格調整得有些耐人尋味了。而從這第 90 期的版式來看，由於改半月刊的緣故，頁碼比以往減少很多，而儘管如此，良友圖片的尺寸卻比以往更大，同時文字的字號更小，顯然，此時的良友與「高深」與「文字」要離得遠些了。雖然馬國亮強調「使趣味不流於胡鬧，實際而不使人頭痛」，從實際的效果來看，更側重雜誌的「趣味」，尤其是都市化的世俗趣味，所謂「軟性的不覺其空無一物，硬性

〔註 26〕《編者的話》，《良友》第 86 期，1934 年 3 月，第 36 頁。
〔註 27〕《更進一步》，《良友》第 90 期，1934 年 7 月，第 2 頁。

的卻不嫌其艱澀難讀」，只是說「軟性的」有內容而已，過於強調《良友》的「消遣性」了。

由於《良友》改版後頁碼減少，內容一下子縮水許多，失去了《良友》畫報一貫的內容豐富厚重的特點，這種改版的嘗試終以失敗告終。第一百期《良友》又改回了月刊，不僅恢復了以往厚重豐富的風格，而且又增加了頁碼，售價仍每期四角，從此再無變動。馬國亮經過此改版風波後更看重《良友》內容的豐富性：「彩色版雖美麗足供欣賞，窮不若將內容頁數增加之更能普及一般讀者也。」〔註28〕「頁數雖然加增，但我們頗自信，在選材方面並不濫用。因為如果沒有充分材料的把握，我們決不敢貿然的增加了比從前月刊更多三分之一的頁數的。頁數的增加只是給我們更能有系統和詳細地介紹更多的材料罷了。……恢復月刊後，圖片固力求充實，即文字的選材亦極注意質的方面，務使篇篇有內容，不流於空洞。」〔註29〕

隨著時代的影響，馬國亮編輯的《良友》畫報更加注重調整趣味與啟蒙之間的關係，注重反映時代風尚，即使對文學部分也更強調其社會功用性。比如，在第110期「讀者廣播臺」，馬國亮在回答海外一讀者「對於文學方面，卻嫌偏重文藝小說而缺乏科學介紹及宣揚民族主義的文章。無聊文藝不過是食飽飯無事幹的勾當，對於國家社會有何裨益？」的問題時，回答道：「本志文藝小說每期只有一篇，不能說是「偏重」。並且這些小說也並非無聊，倘若你能夠比較實際地批評那一篇，我們極為歡迎。科學民族主義不一定在文字上說說，在圖畫中我們也常常表現了不少。文藝不是吃飽飯沒事幹的勾當，許多作家都是不能有飽飯吃的。文藝在國家社會的影響，古今中外歷史記載著的也有不少。女作家 Harrie Beecher Stowe 所寫的《黑奴籲天錄》，影響了美國的南北戰爭。誰能估計一篇文藝對於社會國家底價值呢！」〔註30〕他還在第114期「每月雜話」中寫過兩篇題為《憂國與救國》《從競選說起》的兩篇點評時局的文章：「續范亭在總理陵前憂國意圖自殺的事件，記者剛在上期談過，事隔未幾，監委杜義氏在同樣的心理下自沉於玄武湖的悲劇又隨以發生。國難深重，再來了英雄氣短，志士消沉，環望破碎的河山，使人不勝其無言的悲戚。尤以杜氏位居監委，卻仍舊不免於飲恨自戕，更使人慾哭無

〔註28〕《良友》第100期，1934年12月，封二。
〔註29〕《良友》第102期，1935年2月，第56頁。
〔註30〕《良友》第110期，1935年10月，第56頁。

淚。……」〔註31〕。為了及時報告世界局勢，他還開設了「國際時人素描」專欄，對國際情況的報導量非常大。戰爭情況報導量更是與日俱增。在抗戰前期開設的「良友茶座」逐漸成為交流戰況的通訊臺，發表過平津流亡學生寫的《脫離虎口》、八十八師五二四團軍人寫的《孤軍瑣記》，描寫了他們保衛四行倉庫的情況。

　　馬國亮在主持日益艱難的主編工作時，仍不忘使雜誌保持一定的趣味成分。如他在「投稿條例」所寫：「文稿及隨筆散文，創作小說，富有趣味及意義之學術常識、各種著譯，苟閱者所愛讀，即本志之所需。一切文稿，每篇字數最多請勿逾六千。能附有插圖，以增讀者興味者，尤為歡迎。」〔註32〕即使在那篇軍人寫的《孤軍瑣記》中，也注意報導給大家一些有趣的事：「下午二時後，我們退入倉庫中，有些敵人再逼近來，我走上屋頂，由窗口扔下幾個手榴彈。當場就擊斃了幾個敵兵，其他的慌慌張張的退走，不一刻敵人派來了幾條獵犬，拖了死屍就走。關於我們怎麼反擊敵人的情形，報紙已經說得很多了，這裡不想再贅述。下面只報告幾樁有趣的事……我們因吃水極缺乏，不敢亂用，拿了幾隻大水桶，把灑下來的溺都儲起來，當作消防藥水，因為敵人時常用火來攻我們，我們不能不預防萬一。」〔註33〕這種艱難時刻的趣味性多少給緊張壓抑的環境中帶來了幾許輕鬆的空氣。在一幅幅令人震撼、使人痛苦壓抑的時事畫面後，有這種趣味的東西作緩衝和調和，是《良友》畫報新聞報導的獨特之處，也是主編馬國亮一直重視的良友風格。

　　馬國亮主編了第69期至138期《良友》畫報。他在梁得所編輯的基礎上進行發展，使《良友》始終保持高質量，佔據畫報界第一的位置。抗戰爆發後，馬國亮在香港編輯過一段時間的《良友》畫報後離開良友公司，主編了《大地畫報》《新中華畫報》《廣西晚報》副刊。馬國亮在這一時期採訪過很多抗日隊伍的英勇戰績，採訪過外交家許世英、黃伯度，訪問過周恩來、宋慶齡、《西行漫記》的作者斯諾、『日本密探』萬斯白。他後來以自己的經歷和目睹的文化人抗日救亡生活為素材，完成了一部長篇小說《命運交響曲》。抗戰勝利後，馬國亮回到上海，與馮亦代、鳳子、丁聰等人合編《人世間》，1947年他應邀到香港長城影片公司任編劇並主編《大公報》電影副

〔註31〕《良友》第114期，1936年2月，第18、19頁。
〔註32〕《良友》第128期，1937年5月，封三。
〔註33〕《良友》第137期，1938年5月，第36～37頁。

刊。1952 年後，馬國亮定居上海，擔任過上海美術電影製片廠編劇，編輯過動畫片劇本，1957 年被打成右派。80 年代，馬國亮被香港《良友》雜誌社聘為顧問，在港生活期間撰述系列回憶文章並結集出版。1992 年馬國亮舉家到美國定居，儘管兩腿患疾但仍筆耕不輟，出版了《浮想縱橫》等書，為研究者留下了寶貴的史料。沈寂先生對他評價很高，說他一生「擁護真理，為人正直，敢說真話」〔註 34〕。

四、趙家璧

趙家璧（1908～1997）江蘇松江人。高小畢業那年，就與好友自編了一本雜誌並油印了幾十本分送級友。在光華大學附中時主編《晨曦》季刊，並在《小說月報》《學生雜誌》《申報·藝術界》發表過文章。1928 年春，趙家璧代表光華附中畢業生參加大學畢業生組成的《光華年刊》編委會，擔任印刷主任，到良友公司印刷《光華年刊》並由此結識了伍聯德先生，很受他的賞識。在與他聊天時談到過良友可以出一種專給大學生看的畫報，並寫了個書面計劃。九月份光華大學開學後，伍聯德駕車來校找趙家璧，邀請他去良友公司擔任兼職編輯。1929 年 1 月，良友公司創刊《中國學生》，由明耀五任主編，趙家璧任助編。第二期起由於明耀五辭職去漢口教書，趙家璧在良友公司開始兼職主編《中國學生》，一直幹到 1931 年。

趙家璧 1932 年在光華大學英國文學系畢業後，進入良友公司任圖書出版部主任。趙家璧在大學畢業前在良友公司已經開始了「一角叢書」的編輯，讀者比較認可，於是他又開始醞釀新的出版計劃。在這個時候他遇到了文壇領路人——鄭伯奇。鄭伯奇此時應左聯文藝通俗化的口號進入良友公司成為一名編輯，在工作的接觸中與趙家璧相識相交，結下友誼。在鄭伯奇的幫助下，趙家璧結識魯迅、鄭伯奇等左翼作家，陸續主編了「良友文學叢書」等在文學界有影響的叢書，並且以圖書裝幀講究而聞名。1936 年，趙家璧在阿英等人的幫助

〔註 34〕馬國亮先生離開良友公司後的生平，主要參考了他的好友沈寂先生為馬國亮隨筆集《生活哲學》寫的《代後記：永遠懷念，永遠記得——哀悼馬國亮先生》，《生活哲學》，上海辭書出版社，2002 年 6 月。

下，邀請魯迅、茅盾、胡適、鄭振鐸等著名作家分別編選的《中國新文學大系》出版，由蔡元培作總序。煌煌十大卷，矗立了一座出版界的豐碑。鄭伯奇在回憶趙家璧時說：「那時候趙家璧同志剛從大學畢業，富於事業心，對新事物很敏感，對人也很熱情。我們彼此有了相互瞭解，便著手商訂《良友文學叢書》和《中國新文學大系》的編輯計劃。在組織稿件方面，他奔走出力最多」〔註35〕。

　　1938 年良友公司宣布破產後，趙家璧在上海《大美晚報》社擔任《大美畫報》的主編，並在多方努力下復刊《良友》畫報，從此在良友有了一個新的身份「良友經理」。他於 1943 年在桂林重建良友公司，繼續出版「良友文學叢書」，後將公司遷往重慶。1947 年他與老舍合作，在上海創辦晨光出版公司，任經理兼總編輯，出版了包括《四世同堂》《圍城》等名著在內的「晨光文學叢書」和「晨光世界文學叢書」。1954 年，調任上海人民美術出版社副總編輯兼攝影畫冊編輯室主任，編輯出版了「蘇聯畫庫」40 種，「新中國畫庫」60 種，很受讀者歡迎。1960 年調任上海文藝出版社副總編輯。1972 年退休後，趙家璧積極地參加上海市政協組織的編輯組，與同事一起用集體筆名伍協力翻譯斯諾的《漫長的革命》《艾奇遜回憶錄》《赫魯雪夫回憶錄》等。1978年以後，趙家璧撰寫了《編輯生涯憶魯迅》《良友憶舊》等百多萬字的回憶錄，曾獲第二屆韜奮出版獎，1997 年 3 月 12 日在上海逝世。相交一生的老友馬國亮對他的評價是：「家璧一生勤懇，才思敏捷，謹慎自持，終其一生，孜孜不息為文化事業殫精竭力，為社會作出巨大貢獻，得到應有的尊重。除在『文革』中受到不應有的挫折外，他的出身、生活和工作都是一帆風順的。他的理想得到實現，他的成績斐然。此外還安享遐齡。中國人所向往的『福祿壽』，他可以說是全得到了。」〔註36〕

　　趙家璧在學生時代最喜歡閱讀的是各種進口圖書，尤其是成套的文學叢書讓他流連忘返，例如「哈佛大學古典文學叢書」「萬人叢書」和「近代叢書」等，這些開架陳列的圖書為他打開了一個圖書出版的寶庫。「不但作品、書名、作者開闊了我的眼界，單單那些叢書的編排、扉頁、封面裝幀、整體設計和大小開本等，都保持統一的規格，我被這種排列整齊美觀、內容豐富多彩的成套書迷住了。」〔註37〕愛叢書、編叢書是他編輯生涯的特點。在圖書編輯

〔註35〕趙家璧：《編輯憶舊》，中華書局，2008 年，第 6 頁。

〔註36〕馬國亮：《生活哲學》，商務印書館，2002 年，第 248 頁。

〔註37〕趙家璧：《編輯憶舊》，中華書局，2008 年，第 17 頁。

工作中，趙家璧有兩個注重：一是注重作者群的組織，二是注重所編輯圖書的裝幀質量。前者使他編輯的圖書藝術價值高、學術價值高；後者使他的圖書在形式上追求完美，不僅有觀賞價值，而且得到了作者的欣賞和信任。他回想三十年代許多著名作家樂意把自己的心血之作交給良友出版，並且至今為作家朋友們所津津樂道的一個原因，那就是良友書籍裝幀好。

最初在編輯「一角叢書」前五種書時，趙家璧推出的圖書遇到過冷遇。他分析原因，認識到「我是否能在這個公司裏留得下去，實現我的理想，就靠我能否找到受讀者歡迎的作者，所以『作者是我的衣食父母』這句話，對我來說，是千真萬確的。」〔註38〕「不考慮到時代的和群眾的呼聲，不闖向社會去找在讀者中有權威的作家，編輯工作勢必面臨失敗之一途。……我開始認識到必須大膽地衝向社會，向具有影響的作家組稿。得不到作家的支持，編輯將束手無策。」〔註39〕除了注重與作者的聯繫外，趙家璧認為要發揮編輯的能動性。「編輯成套叢書，不能僅僅滿足於用統一形式，把作家已寫成的作品，彙集編合在一個叢書的名目之下；更有意義的工作，還在於要把編書當作一種具有創造性的勞動來幹。如果現在編輯頭腦裏醞釀形成一個出版理想，然後各方請教，奔走聯繫，發動和組織作家們拿起筆來，為實現這個出版計劃而共同努力，從無到有，創造出一套具有特色的叢書來；那麼，一旦完成，此種樂處，就別有滋味在心頭了。」〔註40〕因此，趙家璧認為，編輯工作不僅是「『為他人零零落落作嫁衣裳』而已，有些書也可以說是一種從無到有的創造性勞動。如果出了好成果，不但能推動革命，傳佈文化，保存下去，世代相傳，也能為國家民族的文化事業做些積累的工作。」〔註41〕

以往對趙家璧的編輯思想，學界已有較為充分的研究，筆者還有兩點需要補充的：第一個就是趙家璧在出版中是走精英文學之路的，他為編輯「良友文學叢書」而約請的作家都是知名作家，他的《中國新文學大系》邀請名作家做導言同樣提升了叢書的藝術檔次。這與梁得所初次接任《良友》主編之際，以高層次的藝術作品和刊登新文學作家創作、刊物風格「求真」有異曲同工之妙。他們面對的是相似的問題：梁得所面對的有舊文學氣息的、創

〔註38〕趙家璧：《編輯憶舊》，中華書局，2008 年，第 18 頁。
〔註39〕趙家璧：《編輯憶舊》，中華書局，2008 年，第 18 頁。
〔註40〕趙家璧：《編輯憶舊》，中華書局，2008 年，第 12 頁。
〔註41〕趙家璧：《編輯憶舊》，中華書局，2008 年，第 6 頁。

辦不久的《良友》，急需提高雜誌水準、明確整體風格。而趙家璧面對的是良友一片待發掘的圖書出版領域，而良友公司較小的規模不允許他的工作緩慢或者賠本進行。他需要為良友的圖書出版工作迅速開闢市場、迅速盈利、盡快提高知名度，因此，趙家璧走精英文學之路，力邀知名作家撰稿是有其必要性的。同時，為了強化良友文藝圖書的出版品牌，他在編輯工作和廣告設計中有意識地強調「趙家璧主編」這種品牌效應。在此之前，無論是伍聯德主編的《藝術三家言》等書，還是梁得所主編的「良友讀者叢書」，一般很少強調編輯的主體性。而到了趙家璧編輯出版「一角叢書」的時候，在廣告中和書籍的顯眼處開始印上「趙家璧主幹」的字樣〔註42〕，此後，在其他文藝叢書的出版廣告和書籍裝幀中，都有較為醒目的「趙家璧」主編的字樣。他還設計了良友文藝叢書的圖標「播種」，是伍聯德設計「雙鵝」圖案之外良友出版物的最知名圖標，這些都是趙家璧的獨到之處。

　　另一個就是趙家璧在出版中充分考慮經濟問題。這一理念立足現實，對出版文藝圖書來說非常重要。趙家璧在計劃推出一套圖書之前，都要細細計算能否保本，如何會盈利。如早在他初出茅廬策劃出版「一角叢書」的時候，就會「同專管出版印刷和成本會計的同事商量，經過反覆核計，擬訂了一個初步規劃。用半張白報紙六十四開，可得六十四頁，能排一萬五六千字，售價一角，銷三千冊可保本。」〔註43〕這種務實使他能夠做到既出精品圖書提高文化檔次，又不致使公司因此蒙受經濟損失，這是他一直能夠在良友這樣的中小圖書公司維持出版，並在日後復興良友公司成為職業經理人的重要原因。

　　趙家璧編輯過眾多珍品圖書，他非常欣賞美國費正清博士在給他信中說的「書比人長壽」這句話，將之視為名言。這句話集中表達了他一生從事編輯工作的志向：「把更多的好作品送到千千萬萬的讀者手中，發揚文化，交流文化，造福人群」。〔註44〕趙家璧一生以「良友」為事業：他在良友公司初出茅廬之際，就為所編輯的文藝圖書打上了鮮明的良友印記：選題獨樹一格、裝幀精美別致、追求高品質；在抗日的烽煙中堅持出版良友書籍，加強了良友出版的影響力；在晚年的回憶錄寫作中再現了良友文藝圖書的出版歷史，作出了很大的貢獻。

〔註42〕《良友》第 64 期，1931 年 12 月，插頁廣告。

〔註43〕趙家璧：《編輯憶舊》，中華書局，2008 年，第 17 頁。

〔註44〕趙修慧：《書比人長壽·後記》，中華書局，2008 年，第 277 頁。

五、張沅恒

張沅恒畢業於上海光華大學，是趙家璧的大學同
學。他在良友公司的工作分為兩個階段，第一階段是良
友圖書印刷公司時期，擔任公司的攝影記者。1932 年
梁得所率領良友攝影團巡迴全國攝影的時候，他是攝影
團隊的骨幹攝影師，為此次巡遊拍攝了大量的珍貴照
片。回到上海後，他還主編過《桂林山水》等「全國獵
影集」系列畫冊。

第二階段是良友復興圖書公司時期。1939 年 1 月，趙家璧打贏官司要回
「良友」招牌，成立良友復興圖書公司，由於馬國亮辭職後不願再回良友工
作，於是由張沅恒接任《良友》畫報主編一職。張沅恒主編了《良友》第 139
～171 期。這一時期在《良友》畫報的版權頁上，並沒有像以往梁得所和馬國
亮一樣署名「總編輯」的字樣，而只是署名為「編輯張沅恒」，即使是在和助
理張沅吉、李旭丹一起工作的情況下也是如此。在張沅恒的主持下，《良友》
畫報刊載了大量的國際國內時事新聞圖片，版面比以往更多，照片尺幅也更
大，更注重細節刻畫，同時也配有更詳細的英文圖片說明。與此相應的，文
藝類作品篇幅更少，使《良友》的國際性新聞影像雜誌這一特色更為鮮明。
如在 1940 年 1 月《良友》畫報第 150 期紀念號上，張沅恒邀請了郎靜山、王
勞生、陳傳霖等十一位攝影名家撰寫自傳性文字《吾怎樣開始學習攝影》，凸
顯雜誌攝影新聞畫報的特點。他本人經常也會寫一段「編輯者言」介紹國際
國內時局及本期內容，文字簡練冷靜，篇幅都不長。

張沅恒擔任《良友》主編期間，親自拍攝了大量的國內風景、人物圖片
刊登在畫報上。幾乎在畫報每一期都可看到張沅恒的風景攝影系列報導，據
筆者不完全統計有：第 140 期《西北大動脈──西蘭公路》《嘉陵江──四川
遊記三》《北碚之行》，第 141 期《青海在抗戰建設中》《成都小景──四川遊
記之四》，第 142 期《灌縣水利──四川遊記之五》；第 143 期《已成遠東國
際問題中心之鼓浪嶼一瞥》，第 144 期《上海輔幣荒》《峨眉天下秀──四川
遊記之五》《夏之序幕》，第 145 期《漱珠濺玉》《嘉州山水──四川遊記之七》，
第 146 期《塔爾寺曬佛──青海遊記》（彩色圖片），第 147 期《喇嘛跳神─
─青海塔爾寺巡禮》，第 148 期《雲霧變幻中的峨眉》，第 151 期《雷壇壁畫
──老子感應事蹟圖》，第 152 期《霧之春》，第 153 期《青海香女》，第 156

期《西北的心臟——蘭州》《憶蘭州》，第 159 期《騾馬大車——西北旅途特寫》，第 160 期《竹筏與木排》《嵐嶺秋雲——桂林風景的橫斷面》，第 162 期《三峽鳥瞰》，第 164 期《沙漠之旅——綏西旅途雜寫》，第 166 期《華山險》，第 167 期《邠州大石佛》，第 170 期《萬縣——四川第二大商埠》，第 171 期《西寧——青海的省會》等。

　　張沅恒擅長遊記體的文學創作，文字洗練，結構明晰，行文幾乎不夾雜個人感情，有的攝影圖片只配有簡明扼要的敘述文字，不做過多渲染。他的這一寫作風格與梁得所、馬國亮的文字富於感情乃至有些傷感，或者浪漫諧趣有很大區別，非常簡潔冷靜，也可視為攝影師本色吧。1941 年《良友》畫報停業後，張沅恒轉而從商，不再進行文化出版工作。1945 年《良友》復刊由其兄弟張沅吉編輯出版，這也是民國時期的最後一期《良友》畫報。

六、萬籟鳴

　　萬籟鳴（1900.1～1997.10）早在良友公司創辦伊始即與之結緣。萬籟鳴原名萬嘉綜，出生於江蘇南京。他與萬古蟾是孿生兄弟，自幼喜歡繪畫。1919 年萬籟鳴進入上海商務印書館工作，先後在美術部、活動影戲部任職。主要創作廣告畫，並為雜誌繪插圖和封面。20 年代，萬籟鳴受美國動畫片啟發，聯繫中國的走馬燈、皮影戲以及活動西洋鏡的投影原理，開始和他的三個弟弟萬古蟾、萬超塵、萬滌寰研究動畫電影。1925 年與萬古蟾攝製動畫廣告《舒振東華文打字機》，開始動畫創作生涯。1926 年他與萬古蟾合作，為長城畫片公司製作中國首部膠片長達八千餘尺的、中國也是亞洲第一部有聲動畫長片《大鬧畫室》。擔任良友兼職的美術編輯，為畫報繪製或者拍攝封面人物象。萬籟鳴很早就認識伍聯德，《良友》畫報一至十二期的封面人像攝影均為萬籟鳴所攝，還在良友公司出版過畫冊《人體表情美》等。在由梁得所開始接任主編的第十三期，《良友》手繪的美女封面即為萬籟鳴的傑作，這位美女姿態嫵媚可愛，神情微笑慵懶，整個畫面色彩飽滿豔麗，令人見之難忘。他還為《銀星》及其號外的封面繪圖，成為雜誌的賣點之一。比如「這是縮小的封面。是名畫家萬籟鳴先生繪的。統共有四色，異常華麗。」〔註45〕他還為《新小說》繪製了人像的封面，並設計了一隻剪紙的小羊作為《新小說》雜誌的標誌。這隻小羊一直印在雜誌的封面上。萬籟鳴在良友公司的正式任職時間

〔註45〕《良友》第 18 期，1927 年 8 月，第 35 頁。

是在 1933 年至 1935 年，但即使離開了也始終與良友公司有來往。

萬籟鳴繪製的《良友》第 13 期彩色人物封面

　　萬籟鳴的繪畫人物表情栩栩如生，畫面色彩濃烈，如描寫黑龍江戰事的《馬占山大戰嫩江橋》〔註46〕，被《良友》以整版的巨大篇幅刊登在扉頁上。畫面上馬占山手拿望遠鏡，騎一匹高頭戰馬沉著專注地注視著讀者，他背後是烏雲翻騰的天空，一家飛機正在黑雲中穿行。整個畫面攝人心魄。該刊封底的版權頁上方刊登的是《黑龍江戰事畫刊》的廣告，講述的就是馬占山的事蹟，為萬籟鳴的這幅圖作了文字闡釋：「民族英雄馬占山，崛起行伍，以一省抗一國，苦戰兼旬，卒以彈盡無援而失陷，誠現代史中之悲壯事也。」〔註47〕為這本雜誌定下了激昂凝重的調子。由於萬籟鳴擅長捕捉人物情態

〔註46〕《良友》第 63 期，1931 年 11 月，扉頁。
〔註47〕《良友》第 63 期，1931 年 11 月，插頁廣告。

的特點，《良友》經常請他繪製文學作品的插圖，如為杜衡的小說《寒夜》、穆時英的《黑牡丹》、施蟄存的《春陽》等人的知名小說作配圖，用畫面表達人物的內心活動，很好地詮釋了小說的內涵，增強了文章的可讀性，有時候他的畫佔據的版面比文字還要充分，可見《良友》畫報對他的推崇。

萬籟鳴從 1932 年 7 月（《良友》第 67 期）開始，在《良友》上連載《陸小姐》系列漫畫。他的系列漫畫緊扣時代背景，以陸小姐和追求她的李先生為主人公，描述了在他們身上發生的一系列趣事。陸小姐是萬籟鳴塑造的一個身著旗袍美麗潑辣的年輕女子，受到戴眼鏡、中分頭、身材矮小、表情滑稽的李先生的猛烈追求，由此構成一系列滑稽有趣的連環畫故事。第一期《陸小姐》的背景是在上海舉辦的萬國運動會，畫的是：陸小姐開始選擇男友，李先生在一群年輕高大的追求者中間益發顯得身材矮小，別人手中舉的牌子上寫的都是「專攻文學」「專習戲劇」之類的字樣，而他則舉「長於游泳術」被陸小姐看上，結果他到了游泳池苦頭吃足，「我到底是陸地生物，卻非海洋生物，哪能會游泳呢？」「還是拼著命往下一跳罷」，大呼救命，最後滴著水

坐在地上的李先生被陸小姐生氣地拖走：「面子讓你丟完了！」旁邊是湊過來的幾張青年男子笑話的臉，「哈哈，破世界新紀錄的游泳大家！」〔註48〕他的這些漫畫為《良友》增添了很多輕鬆滑稽的氣息。

萬籟鳴還為《良友》畫報量身定製了一種新穎有趣的圖文作品形式「良友人影」。萬籟鳴從 1934 年 1 月（《良友》畫報第 84 期開始，為一些社會名人作頭像剪影〔註49〕，由馬國亮為他的剪影配上隨筆文字。馬國亮在「良友人影」第一期這樣向讀者介紹萬籟鳴的剪紙才華：「閒話少提，言歸正傳，卻說我們良友雜誌的搭檔夥計萬籟鳴先生，不但能繪畫，能雕刻，並且還能剪影。他雖不以此為謀生之道，卻也手法敏捷，剪出來酷肖非常。在編輯室工餘之暇，我們大家往往拉他給我們剪剪，三兩分鐘之內，立刻剪出，有時真比攝影的配光對鏡還來得快。因覺此種剪的藝術，如此興味，何不公開，給良友讀者欣賞欣賞！」〔註50〕在這個風趣幽默的欄目中，萬籟鳴為陳嘉德、穆木天、胡蝶、金焰、王人美、施蟄存、袁牧之、郎靜山、葉靈鳳、等許多名人做剪影，使「良友人影」成為《良友》畫報的特色之一。

萬籟鳴的孿生兄弟萬古蟾也很早就在《良友》上發表作品了。他曾為《良友》繪製過婦女時裝，也是較早在《良友》畫報中發表滑稽漫畫的人。1928～1929 年，萬古蟾在《良友》上發表了滑稽諷刺畫《秘密信箱》（《良友》23 期）、《五覺》（《良友》24 期）等。如《秘密信箱》就是講述了一位青年用計反抗戀愛女方父親阻撓，娶得佳人的故事，整個故事用多幅圖片組成，每三幅圖篇配一短句說明文字「少年王浩與李玉仙小姐由秘密信箱通信，玉仙之父察覺大怒。設法懲戒王浩。王浩伸手取信大吃一驚，指頭腫痛。歸謀對付之法。訪見平日做賊之友告以所謀，玉仙之父又得其信，乃持棍候於大樹下。賊出而劫之。王浩出槍逐賊並為解縛，玉仙之父感甚，有情人終成眷屬。」〔註51〕漫畫單線繪圖，樸拙有趣。

〔註48〕《良友》第 67 期，1932 年 7 月，第 32 頁。

〔註49〕有人說這種剪影形式是萬籟鳴靈機一動發明的，也有人說是由戈公振從國外帶回的一幅外國剪影而得來的觸發。

〔註50〕馬國亮：《人影登場前的鑼鼓》，《良友》第 84 期，1934 年 1 月，第 18 頁。

〔註51〕《良友》第 23 期，1928 年 1 月，第 34 頁。

七、丁聰

丁聰漫畫《傀儡政府成立記》，《良友》1938 年第 136 期

　　丁聰（1916.12.6～2009.5.26）出生於美術世家。父親丁悚是民國時期上海的著名漫畫家，也是 20 年代上海美術專科學校的創辦者之一。丁悚經常在報刊上發表諷刺社會現象的政治漫畫和《美女月份牌》及報紙雜誌的插圖和封面之類的作品，後來進了英美煙草公司繪製香煙廣告，才有了固定的月薪。丁悚為人厚道，愛交朋友，每當閑暇週末，上海文化界的演員、畫家和作家便到丁家聚會。1927 年在上海創辦的中國漫畫會，牌子就掛在丁家門口。雖然丁悚反對兒子丁聰從事漫畫，但家庭中濃鬱的藝術環境為丁聰創造了很好的藝術啟蒙。丁聰經常與一些年輕的夥伴如華君武、張樂平、黃苗子、特偉等人在一起寫生作畫、切磋技藝，同時也與尊稱為「張家伯伯」的張光宇、「葉家叔叔」的葉淺予相從相隨，受益頗深。丁聰成名很早，中學時的丁聰就以其精彩的作品引起人們的注意，曾在魯少飛主編的《時代漫畫》上發表社會諷刺漫畫和幽默作品，還在「新華」和「聯華」兩家電影公司經營的《電影畫報》當業餘編輯。

　　1937 年 2 月，《良友》版權頁的編輯名單上開始印有丁聰的名字，說明 21

歲的丁聰那時已經在良友公司當專職編輯了，他為《良友》畫報創作了不少諷刺時事的漫畫作品。1938年良友公司解體後，丁聰與其他良友老同事馬國亮、李青、李旭丹等一起在香港出版《大地畫報》，直到太平洋戰事香港被日軍佔領為止。丁聰性格詼諧，擅長以幽默的畫筆描摹世事百態，他的老朋友黃遠林稱他為「他有善良的心和洞察時弊的眼」，用四句打油詩形容他「年登耄耋一小丁，滿頭黑髮雙眼明。笑口常開筆鋒利，漫壇松柏藝長青。」〔註52〕

八、陳炳洪、孫師毅等

　　良友公司的專職編輯還有陳炳洪、孫師毅、魏南潛、李旭丹、李青、謝恩祈、張沅吉、鄧倩文等人。由於資料所限，這裡只能略微介紹一二。

　　陳炳洪是公司大股東之一，曾長期在美國留學。伍聯德在美國遊歷時曾與他一起遊玩，並把二人合影刊發在《良友》畫報上，「陳君炳洪，幼時留學於美，嫻習英文，著作甚富，美之著名雜誌，每有其著作發表。余與陳君自駕汽車由支加高城往紐約，合照於自由神像之下，現陳君居美京，日中自修於藏書樓從事著述，……聞不日將歸國矣。」〔註53〕陳炳洪英文嫻熟，愛好攝影，在良友從事英文翻譯的工作，並編輯電影畫報。復興良友公司成立後，陳炳洪擔任經理，與趙家璧合作繼續出版圖書和畫報直至公司再次停業。

　　孫師毅（1904～1975），著名的電影理論家、歌曲家。1924年，孫師毅到上海讀書並開始從事電影活動，寫作並發表《對於省教育會的電影審查說話》《電影劇在藝術中之位置》《影劇藝術價值與社會價值》《電影界的古劇瘋狂症》《往下層的影劇》等理論文章，編寫過由阮玲玉主演轟動一時的《新女性》劇本，並應鄭伯奇之邀為良友的《新小說》寫過電影故事梗概。孫師毅在音樂方面也很有建樹，曾介紹聶耳進百代公司，與聶耳、趙元任一起創作影片歌曲，如《開路先鋒》《新女性》《飛花歌》《西洋鏡歌》等。孫師毅和良友公司接觸較早。《良友》1927年前後，他曾為創辦過一份發行過幾期即停刊的評論性報刊《汎報》。《良友》畫報第18期刊登他與女友的訂婚合影照片，旁邊配文字為：「孫師毅君在上海以文藝負時譽，曾主編汎報及革命的婦女等著名雜誌，其著作散見出版界甚多。最近與江煒女士訂婚。女士號君彤，北京女

〔註52〕黃遠林：《他有善良的心和洞察時弊的眼》，《美術》，1996年第10期，第29～30頁。

〔註53〕《良友》第19期，1927年9月。

師大英文學系學生，於中國文學有素養，在北京以演劇負盛望。孫江在京相
識有年；九月九日，以訂婚消息報告雙方友人，在上海徐園宴客。（光藝攝）」
〔註54〕說明孫師毅在那個時候就已經在上海有一定的名氣了。

孫師毅在良友工作期間，主編過「現代中國史叢書」，但可惜未達成初衷。
這套書原計劃很宏大，八大史書預告年底全部出齊，是「解決中國往何處去
這一重大問題」的學術叢書，但最後僅付印三種，包括施復亮所著《經濟史》、
李達著《社會史》、張心澂著《交通史》。趙家璧事後評價說：「可惜主編者急
於求成，大部分文稿都未落實，有的如鄭振鐸的文學史，據我所知，當時根
本沒有動手，就過早地大事宣傳，發售預約，接著『九一八』事變發生，結果
近乎落空。……孫師毅也很快離開了良友。這部大叢書，是良友試出文字方
面成套書的第一回，卻失信於讀者，使伍聯德頗為苦惱。」〔註55〕馬國亮也
說：「孫師毅博學多聞，堪稱才子。雖然計劃得很好，卻缺乏鍥而不捨的精神，
不能有始有終，導致這套叢書流產。」〔註56〕從兩個人對孫師毅評價來看，
孫師毅這次出版圖書的兵敗麥城，對良友公司還是有負面影響的。

魏南潛畢業於嶺南大學，在作家廬隱逝世後曾寫過女士生平的評述文章
和其他一些時評。李旭丹擅長繪畫，長期擔任馬國亮的助理編輯。李青在《良
友》發表過關於國際問題的系列評述，潘彼得也寫過介紹國際風雲人物的文
章。另外，鄧倩文也曾為良友編輯過小開本的《婦人畫報》，她在良友公司負
責藏書管理。

此外，早期《良友》畫報大量刊登的新聞圖片是萬國新聞通訊社提供的，
為之供稿的記者們與良友公司同人很熟〔註57〕。伍聯德還請過留美歸來的製
版師伍錦源為其加工製作攝影圖片，他們都應算是良友編輯部的編外成員吧。

〔註54〕《良友》第 18 期，1927 年 8 月，第 31 頁。
〔註55〕趙家璧：《編輯憶舊》，中華書局，2008 年，第 121 頁。
〔註56〕馬國亮：《良友憶舊——一家畫報與一個時代》，生活·讀書·新知三聯書店，
　　　　2002 年，第 46 頁。
〔註57〕《良友》第三期曾刊登一張大幅的《萬國新聞通訊社社員》的三位攝影師範
　　　　濟時、雷榮基、黃海升合影，向讀者說明「本報圖畫照片材料多蒙萬國新聞
　　　　通訊社供給，此後關於萬國時事照片全由該社負責採集。除在大陸報刊登外
　　　　只在本報發表，本報同人固然感激莫名，想閱者諸君亦同表謝忱也。右圖乃
　　　　該社攝影專員范君與雷君黃君也。」圖片下方有一篇約為 700 字的三位攝影
　　　　師的詳細介紹。《大陸報》》（China Press）為當時上海最早的美國式編排的報
　　　　紙，創辦於 1911 年。

《良友》第三期刊登的萬國新聞通訊社攝影師範濟時、雷榮基、黃海升的合影

第二節　作家主編

在良友公司兼職做過主編的人中，有幾位是比較知名的作家，如鴛鴦蝴蝶派作家周瘦鵑，創造社元老鄭伯奇，幽默大師林語堂，作家主編靳以，還有主編過電影雜誌《銀星》的盧夢殊，主編過《婦人畫報》、擅長海派繪畫和寫作的郭建英等人。其中，以周瘦鵑、鄭伯奇、林語堂、靳以對良友公司的影響更大，他們的加盟使良友與文壇有了更為密切的聯繫。

一、周瘦鵑

周瘦鵑（1895～1968）主編了《良友》畫報第5 期至第 12 期。在良友的這段工作經歷，他本人很少談及，也少有研究者論及。在他的研究資料《中國現代作家作品研究資料叢書：周瘦鵑研究資料》中的生平部分，這段經歷甚至都沒有被寫進去。

周瘦鵑原名周祖福，字國賢。他照片上的形象經常是身穿皮袍、頭戴墨鏡，顯得富貴悠閒。實際上，周瘦鵑出身並不富貴，生活也不悠閒。他 6 歲失去父親，姊妹兄弟又多，靠母親做女紅掙錢支持家庭。而他常年戴墨鏡，則是為了遮擋早年因得病而脫落的眉毛和睫毛。1910 年，16 歲的周瘦鵑在城隍廟舊書攤上淘到一本浙江留日學人創辦的進步雜誌《浙江

潮》，受到了其中一篇戀愛筆記的啟發，創作了八幕改良新劇《愛之花》，刊登
在商務印書館的《小說月報》上。這部處女作後來被鄭正秋等人改編成話劇「英
雄難逃美人關」搬上舞臺，很受歡迎。由此可以看出，周瘦鵑踏上文壇的「第
一步」即接受了文藝新思潮的影響，其處女作無論思想還是形式均帶有新文學
的印記，並不是陳腐舊文。這篇處女作的成功鼓勵了周瘦鵑，他後來回憶說：
「那時文藝刊物正如風起雲湧，商務印書館有《小說月報》，中華書局有《中華
小說界》，有正書局有《小說時報》，中華圖書館有《禮拜六》《遊戲雜誌》，日
報如《申報》《時報》，也很注重小說。我一出校門，就立刻正式下海，幹起筆
墨生涯來；一篇又一篇的把創作或翻譯的小說、雜文等，分頭投到這些刊物和
報紙上去，一時稿子滿天飛，把我『瘦鵑』這個新筆名傳開去了」〔註58〕。可
見，周瘦鵑在文壇走紅也得益於新的出版環境，他應當算是現代出版業培養出
來的暢銷作家。

　　周瘦鵑本人在創作、編輯、翻譯三方面均有佳作。在文藝創作方面，周
瘦鵑擅長寫纏綿悱惻式的愛情小說，同時也在作品中關心著國家命運，富有
愛國情懷。1911 年周瘦鵑的第一篇愛情小說《落花怨》就是愛國題材的作品。
1915 年袁世凱簽訂「二十一條」後，周瘦鵑創作《亡國奴日記》《賣國奴之日
記》痛斥政客的賣國行徑。1919 年五四運動，他在《申報・自由談》連續發
表 14 篇「見聞瑣言」支持學生和商人的愛國義舉；1923 年至 1926 年，周瘦
鵑在《申報・自由談》開闢「三言二語」言辭犀利地點評時事；1931 年「九
一八」事變後，周瘦鵑在「痛心的話」中呼籲征戰的雙方放下仇恨，聯合抗
日；1936 年 10 月，周瘦鵑與魯迅、茅盾、巴金等 21 人作為文藝界代表聯名
發表《文藝界同人為團結禦侮與言論自由宣言》，可見周瘦鵑在 30 年代已是
文壇具有一定社會影響力的進步作家。在編輯方面，周瘦鵑有敏銳眼光，善
於發掘新人佳作，對刊物裝幀也不斷求新求美。畢倚虹的《人間地獄》就是
在周瘦鵑的督促下在《申報・自由談》持續刊登並成書出版的。周瘦鵑還發
現了張愛玲的文學天才，1934 年不僅在《紫羅蘭》刊發了張愛玲的小說《沉
香屑・第一爐香》《沉香屑・第二爐香》，還寫了文章熱情稱讚張愛玲的才華
「請讀者共同來欣賞張女士一種特殊情調的作品」〔註59〕。在出版裝幀方面，

〔註58〕周瘦鵑：《筆墨生涯五十年》，《周瘦鵑文集》（珍藏版・下卷），文匯出版社，
　　　　2011 年，第 581 頁。

〔註59〕周瘦鵑：《寫在紫羅蘭前頭（三）》，范伯群主編：《周瘦鵑文集》（珍藏版・下
　　　　卷），文匯出版社，2015 年，第 353 頁。

周瘦鵑曾經把《申報·自由談》1920 年中秋節一期的版面設計成圓形，象徵「一輪團圓的明月」；1928 年 1 月，又把《紫羅蘭》封面別出心裁地設計成鏤空的小窗，這些嘗試在當時都是富於創造性的。在翻譯方面，周瘦鵑是我國較早介紹外國文學作品的翻譯家之一。1916 年，他與嚴獨鶴合作翻譯《福爾摩斯探案全集》由中華書局出版，就翻譯的標準而言被華裔翻譯家孔慧怡評價為「里程碑」式的作品。1917 年，他在商務印書館出版譯作《歐美名家短篇小說叢刊》上、中、下三卷，在國內首次翻譯高爾基的作品，被當時在教育部工作的魯迅讚許為「空谷足音」並頒獎，「凡歐美四十七家著作，國別計十有四，其中意、西、瑞典、荷蘭、塞爾維亞，在中國皆屬創見，所選亦多佳作，又每一篇署著者名氏，並附小像傳略。用心頗為懇摯，不僅志在娛悅俗人之耳目，足為近來譯事之光……」〔註 60〕

在周瘦鵑擔任主編之前，《良友》畫報的文學版面幾乎可稱為貧瘠，僅有盧夢殊、劉恨我等幾位鴛鴦蝴蝶派作家的小說連載，不成氣候。從 1926 年 6 月第 5 期開始，周瘦鵑主編的《良友》在文學作品數量與作者群方面都有了巨大的變化：創立專欄「穿珠集」，刊登了范煙橋、范菊高、鄭逸梅等近十篇知名作家的作品以及周瘦鵑本人的譯作；第 6 期在版面編排上調整得更加有序，文學作品數量不減；第 7 期、第 8 期在文學版面中穿插圖片，由此「文學」在《良友》畫報上開始與「影像」平起平坐了。每一期都有進步，說明周瘦鵑並沒有敷衍了事去編輯《良友》。

《良友》畫報最初的定位就是市民階層的休閒雜誌，創辦者伍聯德在第 2 期描述其功用，「作工做到勞倦之時，拿本《良友》來看了一躺，包你氣力勃發，作工還要好。……」〔註 61〕周瘦鵑也說過迎合市民口味的辦刊想法：「在下就一面做餛飩給公公吃，一面又做麵給婆婆吃，總之樣樣都做一些，讓大家各愛其所就是了。」〔註 62〕但伍、周二人把《良友》畫報讀者群給定位錯了。畫報第 8 期刊登的《顫動的心弦》裏面隱晦的色情文字，第 9 期就刊登了署名「綠江」的讀者批評：「令人不能不懷疑良友對於藝術之提倡及對於教育之補助！」〔註 63〕，第 11 期又刊登了署名「人我於香港明新校舍」的

〔註 60〕范伯群、周全：《周瘦鵑年譜》，范伯群主編：《周瘦鵑文集》（珍藏版·下卷），文匯出版社，2015 年，第 719 頁。
〔註 61〕《良友》第 2 期，1926 年 3 月，第 1 頁。
〔註 62〕《良友》第 8 期，1926 年 9 月，第 1 頁。
〔註 63〕《良友》第 9 期，1926 年 10 月，第 1 頁。

讀者來信，指出「出版物應具發展個性而持高標準，這句話的確不錯，而且這種標準要以青年所需要者為標準，萬不能，公要餛飩就給餛飩，婆要什麼就給什麼，這樣不審食品劣優和需要，結果不但難於應付，而且他們的胃力，反被你們弄壞了。」〔註64〕由此可見，讀者來信希望的，是把《良友》辦成一本適合青年閱讀的進步刊物，但周瘦鵑對此並不擅長。他中學畢業即走向社會謀生，編《良友》的時候已經31歲，編了十幾年的暢銷雜誌，更熟悉的是市井百姓的閱讀趣味而非青年學生。

應當講，周瘦鵑在主編《良友》畫報的時候能夠刊登讀者對自己的批評意見，這種做法是坦蕩的，從中可一瞥他的為人。周瘦鵑在出版界口碑甚佳，被稱為「好好先生」。這一方面說明他脾氣好，另一方面也說明他做事情容易礙於面子。筆者推測，《良友》之所以會出現格調不高的稿件，是這位「好好先生」礙於面子造成的。「一天到晚，只在給人家公布他們的大文章，一天百餘封信，全是文稿，又為的朋友太多，不能不顧到感情，只得到處討好，而終於不能討好，偶一懈怠，責難立至，外界不諒，又因來稿未登，或敷衍未周，而加以種種的責備、種種的謾罵。日積月累的苦痛，一言難盡……在我已覺得鞠躬盡瘁，而在人還是不能滿意。」〔註65〕。《良友》畫報的繼任主編馬國亮曾這樣評價周瘦鵑：「一兩篇文稿的選用偶然有欠慎重，事屬尋常，不應因此全部否定編者。」〔註66〕這番評價是比較公平的。

鄭逸梅曾稱周瘦鵑當年「幾乎紅得發紫」。縱觀他一生漫長、豐富的編輯生涯，主動請辭的事情至少有四次。第一次是1929年在編輯《上海畫報》時候發覺「什麼事也終於是吃力不討好的，所以我慢慢地要謀一個退藏於密的辦法」〔註67〕後主動請辭。第二次是在1932年黎烈文接任《申報·自由談》主編之後，周瘦鵑回憶說，「我先還看看稿件，裝裝門面，後來什麼也不管了，就懶洋洋地踅到總理室去，露骨表示了倦勤之意。」〔註68〕在《申報》總經

〔註64〕《良友》第11期，1926年12月，第1頁。
〔註65〕周瘦鵑：《幾句告別的話》，范伯群主編：《周瘦鵑文集》（珍藏版·上卷），文匯出版社，2015年，第372頁。
〔註66〕馬國亮：《良友憶舊——一家畫報與一個時代》，生活·讀書·新知三聯書店，2002年，第17頁。
〔註67〕周瘦鵑：《幾句告別的話》，范伯群主編：《周瘦鵑文集》（珍藏版·上卷），文匯出版社，2015年，第372頁。
〔註68〕周瘦鵑：《筆墨生涯五十年》，范伯群主編：《周瘦鵑文集》（珍藏版·下卷），文匯出版社，2015年，第584頁。

理史量才「各顯神通」的熱情挽留下認真主編《春秋》。對這件事，文學研究界關注的人很多，評價也多負面，著名學者范伯群對此表示不滿：「為這次周瘦鵑的撤離《自由談》，在以後的中國現代文學史中就盡情地對周瘦鵑主持的《自由談》，扣了不少帽子，例如熱衷於『茶餘飯後的消遣』、專喜『奇文軼事的獵奇』、有『鴛鴦蝴蝶的游泳與飛舞的黃色傾向』等等，這些論調都只能算是『受蒙蔽的抄襲』行為。……看到這些帽子在中國現代文學論文中『飛舞』倒使我們感到權威者的誤導，比反面人物的造謠更加危險。」〔註69〕

周瘦鵑的第三、四次辭職都是在 40 年代。1942 年太平洋戰爭爆發，日軍佔領租界接管《申報》，周瘦鵑為保清白第三次辭職。第四次是抗戰結束後，在《申報》工齡滿三十年的時候，他放棄每月三十元的薪金，而「把這敝屣一般的設計委員虛銜堅決地丟掉了」〔註70〕。對周瘦鵑這樣主編過多本雜誌的知名文人而言，接受委託編一本雜誌和主動辭職不再編一本雜誌應當都是很平常的事情，他在抗戰後沒事情做的時候尚且會辭去虛銜，20 年代在出版界如日中天的時候，更不會等著良友這樣的小公司「掃地出門」。

在性格方面，周瘦鵑有著傳統文人的溫良恭謹讓。這除了本性使然，也與他自小家庭貧困有關。「為了父親沒留下財產來，家裏太窮，因此，我常受鄰兒的欺侮，挨了打，只索躲到家裏來哭。後來進學堂去讀書了，見了師長，果然害怕，就是在同學之中，也得讓人三分。」〔註71〕他後來雖然成為紅極一時的作家，卻說自己「要知我實在是個蠢材，不過為了出身太苦，有一些苦幹的精神罷了」〔註72〕。對別人的欺負，他選擇忍讓，「然而十多年來，嘔心瀝血所得，卻多半給親戚們蠶食了去，使我不得不懷著兩葉壞肺，仍在拼命做事。除了贍養一家十餘口以外，還要供應親戚們無厭的誅求，因為我生就是個弱者，不怕我不拿出來的。」〔註73〕對別人的責備，周瘦鵑也從不反

〔註69〕范伯群主編：《周瘦鵑文集》（珍藏版·上卷），文匯出版社，2015 年，第 24 頁。

〔註70〕周瘦鵑：《筆墨生涯五十年》，范伯群主編：《周瘦鵑文集》（珍藏版·下卷），文匯出版社，2015 年，第 585 頁。

〔註71〕周瘦鵑：《幾句告別的話》，范伯群主編：《周瘦鵑文集》（珍藏版·下卷），文匯出版社，2015 年，第 371 頁。

〔註72〕周瘦鵑：《筆墨生涯五十年》，范伯群主編：《周瘦鵑文集》（珍藏版·下卷），文匯出版社，2015 年，第 585 頁。

〔註73〕范伯群主編：《周瘦鵑文集》（珍藏版·下卷），文匯出版社，2015 年，第 371 頁。

擊，「在下本來是個無用人，一向抱著寧人負我，我不負人的宗旨。所以無論是誰用筆墨來罵我，挖苦我，我從不爭辯。」〔註74〕周瘦鵑在《良友》畫報刊登讀者意見的時候沒有做一字解釋，但也許從那一刻起就已萌發離去的念頭了。

　　綜上所述，無論是從周瘦鵑在出版界的深厚資歷、多次主動辭職的經歷，還是從他的低調內斂的性格來考慮，都不大可能是被良友公司「掃地出門」的，更可能是他主動請辭，雙方禮貌道別。《良友》畫報第 12 期「因周瘦鵑先生除主編紫羅蘭，申報自由談等刊物之外，還有不少的著譯工作，委實是忙得很的，所以我們不敢再勞先生了。」〔註75〕應當不是委婉語。馬國亮在回憶錄中也說：「周瘦鵑對圖片的組織、選用和編排都是外行，同時也實在是個忙人，難以兼顧。絕大部分的編輯工作，還是落在伍聯德身上。」〔註76〕但筆者認為，即使周瘦鵑能夠專心編輯《良友》，他也仍然會被取代。這件事在一定程度上反映了《良友》讀者群——中上層市民閱讀口味的變化。

　　周瘦鵑在良友公司工作的時間雖短暫，但卻是將《良友》這本畫報與「文學」結緣到一起的第一人。他自己的翻譯作品也在《良友》上刊登許多，為良友開創了刊登翻譯作品的傳統。良友公司對周瘦鵑始終是很尊敬的，在第 100 期回顧專號中，把他的照片鄭重其事地列在主編之中。現在有些研究者因他的文壇舊派氣息而輕視他在良友公司的貢獻，這是有失史實，同時也是很不公平的。

二、鄭伯奇

　　鄭伯奇（1895～1979），原名鄭隆謹，字伯奇，陝西長安人，創造社元老。1910 年參加同盟會和辛亥革命，後赴日本留學，1926 年回國後任廣州中山大學教授，黃埔軍校政治教官，大革命失敗後，到上海從事文藝工作。曾任上海藝術大學教授、藝術劇社社長。後參加「左聯」。他 1932 年 4 月鄭伯奇化名「鄭君平」進入良友公司成為一名專職的編輯，1935 年夏離開良友。他編輯過《創造月刊》《北斗》，發表過話劇、短篇小說、電影劇本和影評。他為我國電影的理論的建設也填補了多項空白，曾與夏衍分別翻譯了蘇聯普多夫金

〔註74〕周瘦鵑：《闢謠》，范伯群主編：《周瘦鵑文集》（珍藏版·下卷），文匯出版社，2015 年，第 419 頁。

〔註75〕《良友》第 12 期，1927 年 1 月，第 1 頁。

〔註76〕馬國亮：《良友憶舊——一家畫報與一個時代》，生活·讀書·新知三聯書店，2002 年，第 17 頁。

的《電影腳本論》和《電影導演論》，單獨翻譯了蘇聯狄莫辛柯的《電影結構論》一書。

鄭伯奇到良友公司工作時已經 37 歲了，比馬國亮、趙家璧年長十多歲。鄭伯奇在《良友》用盧舟、華尚文、鄭君平、樂遊等多個筆名發表的國際、國內時事述評敏銳、生動、深刻，隨時跟蹤局勢變化，引導讀者看清局勢，鄭伯奇的這種幾乎每期必有的風格凌厲的評論創作對一向偏重生活趣味的《良友》的風格轉換起了很大的作用。1934 年《電影畫報》由陳炳洪接任主編，鄭伯奇轉而創刊《新小說》。鄭伯奇在主編《新小說》的過程中遇到文藝通俗化的實踐問題，儘管不斷革新，但仍無法滿意，銷路也不是很理想，比較苦惱。如葛飛所言，「『良友』定期出版物所走的新海派路線與鄭伯奇的左翼立場是一對矛盾，二者就需要一種調和方式」〔註 77〕正在這個時候，鄭伯奇與良友經理因經營問題發生了爭吵，拂袖而去，於 1935 年 8 月離開良友公司。

我們今日可見的鄭伯奇民國時期的專著，主要是在他良友公司出版的（其他早期專著散佚了），包括創作《寬城子大將》《打火機》《兩栖集》以及譯文《列強在華勢力蓋觀》等，其中，《兩栖集》集中收錄了他的關於文藝大眾化的理論文章，鄭伯奇在《後記》中介紹了自己的經歷以及在良友的工作：「三四年前，中國電影界曾有過一個突飛孟晉的時期〔註 78〕，比較藝術的任何部門，在當時，電影都有走向前面的氣勢。自己雖是一個門外漢，因為對於電影的見解和關心，便也不自揣地跟著一些朋友踏進了這荊榛初闢的新園地。自己曾做過一家影片公司的客卿，也曾參加過電影方面的一些會合，在報章雜誌上也曾大膽地發表過一些關於電影的文字，並且，雖然沒有什麼意義，自己還主編過一本電影刊物。成績固然是談不到的，不過當時自己微薄的力量大概都傾注在這一方面。可惜不過是一個短促的時期，正要怒發的這新興藝術的奇花就受了無情的斜風惡雨的摧打。自己對於電影的因緣從此也就告了結束。但在這短時期中，對於文藝的理解，卻因此得了不少的啟事。尤其是文藝大眾化或通俗化的問題，更提高了自己的興趣，加深了自己的理解。」〔註 79〕這裡所說的「電影刊物」即為良友的《電影畫報》。

〔註 77〕葛飛：《都市漩渦中的多重文化身份與路向——20 世紀 30 年代鄭伯奇在上海》，《中國現代文學研究叢刊》，2006 年第 1 期，第 162 頁。
〔註 78〕原文即如此，似應為突飛猛進。
〔註 79〕鄭伯奇：《兩栖集·後記》，上海良友公司，1937 年，第 247 頁。

鄭伯奇在談及從事《新小說》編輯的時候，又說：「在電影方面所得的教訓，很快地便還原到文字上。於是文學的大眾化或通俗化，我更加迫切地感到。後來有編輯文學刊物的機會，我便把這要求具體地提出了。我編輯新小說的態度就是這樣。我很想把文學大眾化或通俗化的問題作一番具體的實驗。因為自己的力量不夠，這刊物不幸宣告了短命。這一兩年，大眾化或通俗化已經成了一般的傾向了，自己若能再來作一次有系統的嘗試，當然是十分高興的。」〔註80〕

鄭伯奇為良友公司的貢獻主要表現在三方面：一是主編《新小說》和《電影畫報》，為左翼文藝運動尋找到了傳媒載體，通過雜誌倡導文藝通俗化的道路；二是為《良友》畫報創作了大量的時評；三是促進一直立場中立的良友實現政治進步，幫助趙家璧完成「良友文學叢書」和《中國新文學大系》的出版。趙家璧曾在《記鄭伯奇在良友圖書公司》中說：「如果沒有伯奇，我不可能走上進步的文藝工作者的道路，如果沒有伯奇，良友也不可能出版那麼多當時曾發生過一定影響而至今還受人稱道的文藝作品」。馬國亮則說：「鄭伯奇的到來，朝夕相對，他的思想對我和趙家璧兩人都有很大的影響。通過他，我們也認識了魯迅，以及左聯的一些主要人物如周起應、沈端先（夏衍）等等。後來這些前輩對我們的工作都有很大的支持，尤其是魯迅先生」〔註81〕。

三、林語堂

林語堂（1895～1976），這個自稱一團矛盾的人物，由於在良友公司主編《人間世》，使一直以出版畫報聞名的良友公司也捲入了文壇論爭中。

《人間世》創辦之前，林語堂很長時間都是以浮躁凌厲的文化姿態出現於文壇，包括1926年任北京女子師範大學教務長期間支持女師大學生反對楊蔭榆的鬥爭，後遭北洋政府通緝被迫南下，1927年在廈大辭職，赴武漢革命政府任外交部秘書，出版《剪拂集》，1932年創辦並主編《語絲》，與宋慶齡、蔡元培、楊杏佛共同發起成立中國民權保障同盟。但這時候他的思想已經發生轉移。從前期《剪拂集》的浮躁凌厲過渡到後來的提倡小品文，這種「費厄潑賴」式的退場在《語絲》時期已經表現出來，在《人間世》開始集中體現。

〔註80〕鄭伯奇：《兩棲集·後記》，上海良友公司，1937年，第247頁。
〔註81〕馬國亮：《良友憶舊——一家畫報與一個時代》，生活·讀書·新知三聯書店，2002年，第120頁。

　　林語堂在《人間世》之前主編的是《語絲》，由於與邵洵美發生矛盾，就另起爐灶創辦《人間世》。之所以選擇良友公司，是由於簡又文的介紹：「當時，有一位伍聯德的廣東同鄉，嶺南大學同學簡又文，在馮玉祥將軍手下當過秘書的，他曾在別處主編過一種名為《逸經》的雜文月刊（瞿秋白的《多餘的話》就是發表在這個刊物上），他和林語堂趣味相投，對小品文又有同好。一九三四年四月間，簡又文介紹林語堂來良友創刊《人間世》半月刊。」〔註82〕林語堂在良友公司編輯《人間世》，屬於承包的性質。趙家璧回憶說：「由良友每月出一筆編輯費和稿費交給林語堂本人，由他支配，良友擔任總經售，對刊物不加干涉。記得當時林自己從不開上班，由他聘請陶亢德和徐訏二人作助編，良友撥出一間小房間，作他們辦公之用。林語堂也把馬國亮、梁得所和我三人都列入特約撰述人名單中。出版初期，該刊銷路尚佳，能有盈餘。」〔註83〕「辦公室用品及開支由良友負擔。《人間世》的稿酬及編輯人員的薪工，都包括在承包費用之內，據說是 500 元，但不知是每期或按月。此刊辦了一年多些，大約由於無利可圖，另一方面由於伍聯德已離開了良友，別的人不支持了，因而中止了契約，停刊。」〔註84〕

　　陶亢德和徐訏從《語絲》起擔任林語堂的助手，在《人間世》期間也是輔助他編輯。關於這種合作關係，正面反面的評論都有。如，徐訏在回憶與林語堂的合作時說：「我們談編務總是在電話裏聯絡，如果要見面總是在六七點鐘，不是亢德就是我到他的府上去談談，接洽完了就走，編完全稿，他一定會非常認真的閱讀，有些譯作，他核對英文原稿，往往有許多改正」〔註85〕曾與林語堂圍繞《人間世》展開論戰的章克標在談及林語堂與陶徐二人的合作時評價也很正面：「陶亢德原來在鄒韜奮的《生活》週刊當編輯，常用徒然筆名寫點短評，是個有編輯經驗的人。《生活》被迫停刊後，林語堂就去請了他來，成了他得力的助手，以後也一直幫他工作，編《人間世》《宇宙風》都少不了他。林語堂的另一臂助，也是因為徐訏投稿《論語》而相結識的，那時

〔註82〕趙家璧：《文壇故舊錄——編輯憶舊續集》，中華書局，2008 年 7 月，第 144 頁。

〔註83〕趙家璧：《文壇故舊錄——編輯憶舊續集》，中華書局，2008 年 7 月，第 144 頁。

〔註84〕章克標：《林語堂在上海》，子通主編：《林語堂評說七十年》，中國華僑出版社，2003 年，第 120～121 頁。

〔註85〕徐訏：《追思林語堂先生》，子通主編：《林語堂評說七十年》，中國華僑出版社，2003 年，第 137 頁。

徐訏剛從大學畢業出來。這兩人像成了林的左右兩臂那樣，對他大有幫助，也由此可以看出林語堂是識得人才，又善於用人的。」〔註86〕而葉靈鳳則批評林語堂「坐享其成」，「林語堂是靠了《論語》起家的，我曾經參與過幾次《論語》的籌備會議，所以知道一點『內幕』。這個刊物最初能夠辦得很有點生氣，實在應該歸功於陶亢德，根本不關林語堂的事。陶為人精明幹練，很有點辦事才幹，正是一個當時那種典型的『生活』小夥計。……《論語》的編務和事務，全是由他一手包辦，弄得井井有條，林語堂不過坐享其成，每期伸手向邵老闆要錢而已。」〔註87〕葉靈鳳在此文中對林語堂多有譏嘲，甚至說「林語堂現在正在臺灣唱他的反共老調子，這是重抱琵琶，不值一噓。我對他惟一的『好感』，就是他還不放棄中國國籍，申請去做美國人。這裡面也許有兩重苦衷，一是美國人不要他，二是他如果入了美國籍，那就連『吾國吾民』也賣不成了。」〔註88〕拋開時代偏見不談，這種姑妄猜測的語氣也是夠刻薄的。

　　林語堂在三十年代是作家群中收入頗豐的一位。據徐訏分析，由於編《開明英文文法》等英語教材每月七百元版稅，再加上編輯《人間世》等雜誌每月的收入將近一千四百元，而當時普通的銀行職員收入也不過六七十元，這對一位作家而言很不尋常。葉靈鳳和章克標都曾諷刺過林語堂的精明，葉靈鳳說：「每期要由出版者時代公司帶了稿費和編輯費去，才能夠向林語堂取得那一束稿件。不要說沒有錢不給稿，就是開一張遠期的支票也不行，一定要現錢交易，一手交錢，一手交貨，少一個錢也不行。這時我們的『幽默大師』就十分現實，毫不『幽默』。」〔註89〕葉靈鳳很早就認識陶亢德，與邵洵美關係很好，他關於林語堂如何領取編輯費的描述大概從邵、陶二人私下議論得來。章克標儘管在晚年回憶林語堂的系列文章中對他的看法日趨客觀，但承認他對林語堂最早的看法就是「以為此人門檻精，太斤斤計較，對於『為利』

〔註86〕章克標：《林語堂在上海》，子通主編：《林語堂評說七十年》，中國華僑出版社，2003年，第120頁。

〔註87〕葉靈鳳：《小談林語堂》，子通主編：《林語堂評說七十年》，中國華僑出版社，2003年，第106頁。

〔註88〕葉靈鳳：《小談林語堂》，子通主編：《林語堂評說七十年》，中國華僑出版社，2003年，第107頁。

〔註89〕葉靈鳳：《小談林語堂》，子通主編：《林語堂評說七十年》，中國華僑出版社，2003年，第107頁。

有點偏重的樣子。這種看法很可能是不正確的。」〔註 90〕但林語堂也有其厚道的一面：「在林語堂同輩的朋友之中，我聽到過很多人對語堂貶抑輕率的評語，譬如胡適之先生，他就在許多北大同學集會中，說他某本書完全拾英國人的牙慧等等。但語堂對胡適之從未有過輕侮的評語。有人稱他的英文高於適之，他也從不承認。有一次，我對他說，他把各民族的特性分為不同成分的感性，如幽默感什麼感之類，似乎缺一種『神秘感』，譬如魯迅、周作人、胡適之，都缺少這種神秘感。西洋思想家我覺得如羅素，也就缺乏神秘感，巴斯洛（Blaise Pascal）、柏格遜（Hernr Bergson）就具有神秘感。作家中如托爾斯泰、契訶夫、莫泊桑以及紀德都具有神秘感。他很欣賞我的話，笑著說，所以適之碰到了宗教思想問題，往往就沒有一點辦法。這是惟一談到胡適之缺點的話，可是完全不含輕侮的語氣的。」〔註 91〕

　　林語堂由於基督教背景的身世，西洋所受的教育，自身樂天又頗有些直率的性格，經濟上日益富足的紳士派頭與當時很多人的經濟窘迫、左翼激進氣息都顯得格格不入，使得他言行呈現出諸多的矛盾和不合時宜，由此形成對他的毀譽如此參半。而外界對他的集中批評即始於《人間世》時期。因此，若想深入對林語堂的研究，他在良友公司出版的《人間世》是繞不開的一個重點，但這本雜誌由於諸種原因受到的關注仍顯不足。

四、靳以

　　純文學刊物《文季月刊》是在良友公司出版的，其執行主編是靳以。而靳以之所以能來到良友公司工作，是由於趙家璧的促成。

　　靳以（1909～1959），原名章方敘，又名章依，字正侯，筆名靳以、方序、陳涓、蘇麟，天津人。靳以中學時期在南開中學讀書，後考入復旦大學，1932年畢業於復旦大學國際貿易系後以寫稿和編輯為業，一生從事過多本文藝期刊的編輯工作。他於 1936 年 4 月在良友圖書印刷公司任職，與巴金共同主編《文季月刊》，同時編有《現代散文新集》一套新型袖珍本。1937 年初離開良友，又與巴金創辦《文叢》月刊，並在此後的歲月裏主編過《吶喊》《烽火》

〔註 90〕王兆勝對林語堂與章克標的關係曾有專門論述，見《林語堂與章克標》，《江
　　　　漢論壇》2003 年 9 月，第 106～107 頁。
〔註 91〕徐訏：《追思林語堂先生》，子通主編《林語堂評說七十年》，中國華僑出版社，
　　　　2003 年，第 133～144 頁。

《文群·文藝副刊》《現代文藝》《文藝叢刊》大公報館的《星期文藝》，以及與葉聖陶、樓適夷、梅林合編《中國作家》季刊。新中國成立後，曾與巴金合作擔任文藝雜誌《收穫》的主編，1959 年病逝於上海。

　　靳以曾在給友人信中評價自己：「我是一個平常人，我總覺得別人比我好，我不如人的地方太多。沒有一個時候我不是這樣想的，這是切實的。」〔註92〕靳以為人誠懇負責，他與巴金的合作一直為人稱道，據《收穫》雜誌的青年編輯回憶他們的工作交流時說：「他們相互尊重，相互信任，合作得非常愉快……雖然巴金先生不到編輯部來坐班，但編輯工作的大政方針都是由巴金、靳以商量決定的。有時，臨時有什麼事，靳以會和巴金通電話有些重要稿件和約稿信，由我送到巴金先生手上，請他過目或處理後，再由我取回。編輯部很注意團結老作家，也很重視新人的發現，對編委、作者、編輯、讀者，都很尊重。這是主編的一貫思想。」〔註93〕冀汸在回憶靳以的時候說：「在投稿接觸的編輯中，只有三位例外，一位是胡風先生，一位是靳以先生，一位是音樂刊物《樂風》的主編繆天瑞先生。他們不嫌棄年輕人寫得幼稚，每一篇稿子都給一個著落，假若退稿，必有覆信即使寥寥數語，也是肯綮之言，對於學習寫作有著發酵作用。日子長了，就漸漸超出了編輯人與投稿者的一般聯繫，自然而然地建立起亦師亦友的親密關係。」〔註94〕靳以在當編輯的時候對青年作者提攜信任、熱情厚道，為很多人所懷念。

　　最初靳以在北平編輯《文季月刊》的時候，即與趙家璧結識，並透露過對這個刊物的憂慮：「這個刊物雖然是個同人刊物，稿源充沛，青年文學讀者極表歡迎，但受整個國家經濟情況下降的影響，銷數上不去，稿費也發不出，各地讀者來信，也感歎買不到書。」〔註95〕他在與友人的信中也說：「兩年來自己是疲倦了，實在需要點休息所以季刊就要在出完了二卷四期將停頓了。什麼時候能再出實在難說。為別人想，所謂『文壇』這一面當然是顯得寂寞了。」〔註96〕此後《文學季刊》停刊，靳以主編的另一種小型文藝期刊《水星》也停刊了。當趙家璧與良友經理商量好接著出版《文學季刊》後，就與靳

〔註92〕南南編注：《靳以書信選》，《新文學史料》，2000 年第 2 期，第 35 頁。
〔註93〕彭新琪：《我聽巴金談〈雷雨〉》，《檔案與史學》，2004 年第 6 期，第 40 頁。
〔註94〕冀汸：《四十週年祭──紀念靳以先生》，《新文學史料》，2000 年第 2 期，4頁。
〔註95〕趙家璧：《文壇故舊錄》，中華書局，2008 年，第 141 頁。
〔註96〕南南編注：《靳以書信選》，《新文學史料》，2000 年第 2 期，第 34 頁。

以、巴金商量在良友的出版事宜，決定了改出月刊，刊名為《文季月刊》，以「巴金靳以合編」的名義出版。他們沒有採取經理余漢生提出的合同承包制，而是讓靳以享受公司正式成員的一切待遇，靳以來良友上班，但不必像良友員工一樣保證八小時工作。文稿稿酬一律按當時上海通行標準，千字五元左右，出版後即發稿費，對靳以專付一筆編輯費。為了使編輯者對刊物內容行使獨立權力起見，對外發行仍用文季月刊社名義，良友圖書公司擔任總經售。「靳以的辦公室，我提出請他到我所用的一間三樓向西德十平方屋子裏一起工作，原有一張寫字臺，一張三用沙發，一架衣櫃，再放一張寫字臺也可應付了。」〔註97〕

靳以在良友公司主編《文季月刊》時，曾發表過很多知名作家的作品，如曹禺的四幕名劇《日出》等。他還對年輕的無名作家熱情扶持，盡力給他們發表的機會，在他的主持下，作者隊伍越來越大，很多年輕的左翼作家得以在《文季月刊》發表作品。他在良友公司還編輯過《現代散文新集》，這部叢書是為青年作家提供發表創作機會的。

靳以在良友公司工作的時間只有七個月。1936年12月《文季月刊》被當局查封後，靳以也離開了良友公司。關於靳以在良友公司的經歷，趙家璧曾寫過詳細的回憶文字，這裡不再轉述〔註98〕。

綜上所述，《良友》的兩位知名主編梁得所、馬國亮在不同的歷史時期對辦刊主旨的啟蒙與趣味特點各有側重。梁得所在《良友》的上升期，通過「求真」「求美」的文化、時事報導和邀請新文學作家撰寫文藝稿件提高了《良友》的文化檔次，使《良友》的風格更統一、更具有現代性；馬國亮在《良友》成熟期接替梁得所擔任主編一職，他在保持《良友》穩定風格的同時，更注重趣味性的追求，在啟蒙和救國的時代風尚中融進趣味性，在日益緊張的時局中給讀者帶來輕鬆愉悅的閱讀享受，對緩解讀者緊張、壓抑的心情有獨特的意義。而趙家璧在開創良友文藝圖書出版品牌的時候，注重與知名作家的聯繫，走精英文學之路，以職業編輯的身份積極介入文壇，使良友文藝圖書迅速具有了一定的影響力。他在出版旨趣是走精英文學之路，與梁得所的提高《良友》文化檔次具有異曲同工之妙。而趙家璧注重圖書裝幀的特點也在一定程度上體現了良友追求趣味化、追求閱讀美感的出版旨趣。

〔註97〕趙家璧：《文壇故舊錄》，中華書局，2008年，第146頁。
〔註98〕趙家璧：《文壇故舊錄》，中華書局，2008年，第134～171頁。

　　知名作家參與良友公司的編輯工作，使良友更為緊密地與文壇聯繫，為不同類型的作家們提供創作舞臺，甚至使良友捲入文壇論爭中。鴛蝴派作家周瘦鵑使良友更靠近文壇，但也為良友帶來了舊派文學的氣息，幫助良友出版明確自己的出版定位，形成更為統一的出版風格；鄭伯奇不僅幫助趙家璧聯繫新文學作家，起到了指路人的作用，而且通過自己的創作和編輯工作為良友出版帶來了左翼氣息，在一定程度上改變了良友中立的政治立場。林語堂在良友公司創辦了轟動一時的小品文雜誌，但因個人寫作姿態的改變在一定程度上影響了文壇對雜誌的評價；靳以與巴金合作在良友公司繼續主編嚴肅文藝雜誌，為三十年代新生代作家提供了創作舞臺，並推出了一些著名作品。同時，良友的風格也在一定程度上影響了這些作家的編輯風格，如鄭伯奇所編輯的兩本雜誌《電影畫報》和《新小說》不僅版式上具有良友出版物的風格，而且均圖文並茂，比通常的純文藝雜誌更具雅俗共賞的可讀性。

第三章　良友圖書公司出版物

　　良友圖書公司的出版活動在民國時期持續了近二十年時間，出版物涵蓋期刊、圖書和畫冊三大部分〔註1〕，品種多、數量大。從良友發展的歷史角度觀察，在 20 年代後半期到 30 年代初這段時間，「良友出版」以期刊和畫冊為主，文藝書為輔；趙家璧 1932 年正式加入良友公司後，良友公司的出版格局出現了比較大的調整，期刊畫報、圖書各占半壁江山，良友公司在上海出版界的文化影響力也隨之提高。因此，需要對良友期刊、文藝圖書以及畫冊綜合加以考察，才能得出一個綜合的評價。

第一節　期刊出版

　　良友公司的期刊出版基本呈現一種以綜合性的《良友》畫報為中心，向外「輻射」性地設置「專業」期刊的特點。《良友》畫報常設的文學、電影、體育、婦女、藝術國際知識等欄目，有著它對應的文學雜誌、電影雜誌、體育雜誌……這些雜誌除幾本純文學、藝術雜誌具有專業氣質外，其他的大部分雜誌都追求趣味和雅俗共賞性，圖文並茂，寓教於樂。在良友公司的發展中，

〔註 1〕 本文採用的期刊、圖書、畫冊三分法，是為了便於論述而劃分的。其中，「期刊」為連續出版物，「圖書」指以文字為主的出版物，而「畫冊」為以圖為主的出版物，分攝影類和美術類兩種。在良友的出版物中，真正分清畫冊和圖書很困難，很多都圖文並茂，圖像和文字各占很大的比重，而有的攝影畫冊其實也是《良友》或者其他期刊的特刊。另外，本文所述「期刊」和「雜誌」，在所指對象上並沒有區別，只是循用慣常的用法，「期刊」更正式些，而「雜誌」的用法更靈活、普通，更適於具體指稱單本的「期刊」。

這些雜誌幾度更名、更換主編，斷斷續續地存在著。循著它們辦刊趨向的轉變、存在與消失，可以從一側面觀察出中國文化發展的軌跡。

一、文學類期刊《人間世》《新小說》《文季月刊》

良友 20 世紀 30 年代創辦的三本純文學雜誌《人間世》《新小說》《文季月刊》均為當時的知名作家擔任主編，在當時的文壇產生了很大的影響。其中，除鄭伯奇主編的《新小說》略顯單薄外，林語堂主編的《人間世》和巴金、靳以主編的《文季月刊》這兩本雜誌的內容都十分厚重，刊登了大量中國現代知名作家的著名作品，對當時的文壇動態和思潮都有重要的反映，而且印製裝幀都十分精美、考究、大氣，可以稱得上是當時純文學雜誌中的精品。

（一）《人間世》

民國時期的著名文藝雜誌《人間世》，是一本出版後立刻引起論爭、長期被誤讀和忽視的雜誌。《人間世》於 1934 年 4 月 5 日創刊，至 1935 年 12 月 20 日與良友公司解除合同停刊，歷時一年半的時間，共出版了 42 期，後來又出過兩期「漢出」，其後更名為《西北風》。這本雜誌還經常被人與抗戰期間由鳳子等人創辦的《人世間》相混淆。此外，良友圖書公司還出版了「人間世叢書」五種：《人間小品（甲集）》《人間小品（乙集）》《人間隨筆》《人間特寫》《二十今人志》，於 1935 年由趙家璧編輯出版。

近年來，研究者通常將其作為林語堂編輯的三本系列雜誌《論語》《人間世》《宇宙風》之一，在討論林語堂編輯思想的時候被一筆帶過。有學者認為《人間世》之所以受到那麼多人的批判，與魯迅有很大的關係，「對《人間世》的誤讀是和時人對林語堂的誤讀緊密聯繫在一起的。造成打擊《人間世》局面的關鍵人物就是魯迅。」〔註2〕魯迅 1934 年 8 月 13 日致曹聚仁的一封信曾被曹聚仁和研究者多次引用：「語堂是我的好朋友，我應以朋友待之，當《人間世》還未出世，《論語》已很無聊時，曾經竭了我的誠意，寫一封信，勸他放棄這玩意兒。我並不主張他去革命，拼死，只勸他譯些英國文學名作，以他的英文程度，不但譯本於今有用，在將來恐怕也是有用的。他回我的信說，這些事等他老了再說。這時才悟到我的意見，在語堂看來是暮氣，但我至今還自信是

〔註2〕初清華：《關於期刊〈人間世〉的幾點思考》，《新文學史料》，2003 年第 2 期，第 206 頁。

良言，要他於中國有益，要他在中國存留，並非要他消滅。他能更急進，那當
然很好，但我看來是決不會的，我決不出難題給別人做，不過另外也無話可說
了。」〔註3〕魯迅的建議是讓林語堂從事翻譯，即向中國人介紹外國文化，而
林語堂後期尤其是出國後走的也是用英語寫作、向外國人介紹中國文化的路
子。但當時魯迅認為林語堂的回覆「等他老了再說」是諷刺自己老了。「這次事
件為後來對《人間世》的批評埋下隱患。……由於魯迅的批判，使得《人間世》
一創刊，就遭到四面攻擊。……儘管林語堂一再地發表《論小品文半月刊》《論
小品文筆調》《論玩物不能喪志》《時代與人》《關於本刊》等一系列文章解釋說
明，……但終究是難容於那些激進的左翼作家之眼，也因為這種低姿態使他失
去了很多朋友，比如徐懋庸、曹聚仁等。」〔註4〕

　　筆者認為將《人間世》一創刊就遭到四面攻擊的原因歸因於魯迅，是對
魯迅的誤解。究其原因，一方面在於周作人五十自壽詩中那種退隱閒適的姿
態，以及林語堂所提倡的明小品文格調，這在當時那個年代多少有些不合時
宜；另一方面，與廖沫沙等激進左翼作家的批評有重要關係，眾人應和賦詩
更是火上澆油。在這場文化論爭中，魯迅對批評者的一些觀點是不贊成的，
在立場上更像一位旁觀者，而不是攻擊的主力。

　　《人間世》第一期是林語堂頗費心思編輯的，他除約請眾多名人寫稿外，
還精心撰寫《發刊詞》：

　　　　十四年來中國現代文學唯一之成功，小品文之成功也。創作小
　　說，即有佳作，亦由小品散文訓練而來。蓋小品文，可以發揮議論，
　　可以暢泄衷情，可以摹繪人情，可以形容世故，可以簡記瑣屑，可
　　以談天說地，本無範圍，特以自我為中心，以閒適為格調，與各體
　　別，西方文學所謂個人筆調是也。故善冶情感與議論於一爐，而成
　　現代散文之技巧。人間世之創刊，專為登載小品文而設，蓋欲就其
　　已有之成功，扶波助瀾，使其愈臻暢盛。小品已成功之人，或可益
　　加興趣，多所寫作，即未知名之人，亦可因此發見。蓋文人作文，
　　每等還債，不催不還，不邀不作。或因未得相當發表之便利，雖心
　　頭偶有佳意，亦聽其埋沒，何等可惜。或且因循成習，絕筆不復作，

〔註3〕《魯迅全集》第12卷，人民文學出版社，1981年，第505～506頁。
〔註4〕初清華：《關於期刊〈人間世〉的幾點思考》，《新文學史料》，2003年第2期，
　　　　第207頁。

天下蒼生翹首如望雲霓，而終不見涓滴之賜，何以為情。且現代刊物，純文藝性質者，多刊創作，以小品作點綴耳。若不特創一刊，提倡發表，新進作家即不復接踵而至。吾知天下有許多清新可喜文章，亦正藏在各人抽屜，供魚蠹之侵蝕，不亦大可哀乎。內容如上所述，包括一切，宇宙之大，蒼蠅之微，皆可取材，故名之為人間世。除遊記詩歌題跋贈序尺牘，不僅吟風弄月，而流為玩物喪志之文學已也。半月一冊，字數四萬，逢初五二十出版，紙張印刷編排校對，力求完善，用仿宋字排印，以符小品精雅之意。尚祈海內文士，共襄完成。〔註5〕

就是林語堂的這篇《發刊詞》和在第一期刊登的「京兆布衣知堂周作人先生近影」照片以及周作人的《偶作打油詩二首》「前世出家今在家」「半是儒家半釋家」，在當時惹來青年廖沫沙等青年左翼作家的憤怒。廖沫沙第一個站出來批評，寫了檄文《人間何世》，言辭十分尖銳，「……林語堂們的一個《論語》，已經對讀者發生了相當消極的、麻痹的作用，現在再加上個《人間世》，還了得？看了這份期刊的創刊號，尤其是首頁上特大的一幅周作人肖像及他那首以『出家』超凡自詡的五秩自壽詩，我怒從心起。我那時年輕氣盛，管你什麼『林語堂大師』……」〔註6〕由此可見，導致年輕的廖沫沙怒氣衝天的一個主要原因是周作人的肖像和自壽詩，他用了「尤其」二字表示首頁上特大的那幅肖像帶給他的憤怒。

需要指出的是，在當時的文化界，批評的聲音並不是那麼激烈，有很多人愉快應和，這其中就包括為人所景仰的蔡元培先生和新文學運動的大將錢玄同，沈尹默、林語堂等人也參與應和。蔡元培接連著寫了好幾首有趣的應和詩，見《人間世》的第二期《和豈明先生五秩壽詩》和第三期的《新年用知堂老人自壽韻》「新年兒女便當家，不讓沙彌迦了裟。」錢玄同的和詩也題為《和豈明先生自壽詩》，點明了是應和周作人的詩。

魯迅在旁觀察這些事情，認為「周作人自壽詩，誠有諷世之意，然此種微辭，已為今之青年所不憭，群公相和，則多近於肉麻，於是火上添油，遂成

〔註5〕《發刊詞》，《人間世》第1期，1934年4月20日再版，第2頁。這篇《發刊詞》還作為廣告全文刊登在《良友》畫報和《論語》第38期上。

〔註6〕廖沫沙：《關於我在三十年代寫的兩篇雜文》，《廖沫沙近作選》，山西人民出版社，1985年，第28～31頁。轉引自初清華：《關於期刊〈人間世〉的幾點思考》，《新文學史料》，2003年第2期，第208頁。

眾矢之的，而不作此等攻擊文字，此外近日亦無可言。此亦『古已有之』，文
人美女，必負亡國之責，近似亦有人覺國之將亡，已在卸責於清流或輿論矣。」
〔註7〕僅從魯迅這段話中就可以看出，魯迅讀出了周作人詩中的諷世之意，並
不贊成青年們的某些觀點，所以會說「文人美女，必負亡國之責，近似亦有
人覺國之將亡，已在卸責於清流或輿論矣。」

　　即使是後來經常諷刺林語堂的曹聚仁本人，此時也是《人間世》的支持
者。儘管曹聚仁後期經常引用魯迅告訴他的與林語堂通信矛盾的話來說這件
事，但他本人在《人間世》初期發表過多篇「隨感錄「中的文章，比如那篇題
為《人間世》的文章就是肯定這本雜誌的：「『人皆知有用之用，而莫知無用
之用也。』——莊子：人間世……《人間世》所載楚狂接輿故事，和論語所說
大致相同，冷眼最能瞭解用世者的苦心，所以出之以好意的諷勸。……所以，
《人間世》的主張是不錯的，郭象注《人間世》，云：『與人群者，不得離人；
然人間之變故，世世異宜，唯無心而不自用者，為能隨變所適而不荷其累也。』
甚得莊旨，我們生在這時代究竟是躲避現實呢？還是不躲避現實呢？」〔註8〕
這說明曹聚仁給《人間世》投稿時還很肯定這本雜誌——這些應和詩及曹聚
仁本人的言論都證明《人間世》當時是受歡迎的，它的再版暢銷也說明了這
一點。

　　魯迅早在 1933 年就在《論語一年》和《小品文的危機》兩篇文章中談
過小品文的問題，1934 年圍繞《人間世》的創辦，他在與諸位文人朋友的通
信中經常會談到這一話題，但他很多時候只是旁觀者，並沒有參與批評。魯
迅甚至為林語堂出主意，分析他被攻擊的原因，如寫於五月四日夜致林語堂
的信：「語堂先生：來示誦悉。我實非熱心人，但關於小品文之議論，或亦
隨時涉獵。竊謂反對之輩，其別有三。一者別有用意，如登龍君，在此可弗
道；二者頗具熱心，如《自由談》上屢用怪名之某君，實即《泥沙雜拾》之
作者，雖時有冷語，而殊無惡意；三則先生之所謂「杭育杭育派」，亦非必
意在稿費，因環境之異，而思想感覺，遂彼此不同，微詞宵論，已不能解，
即如不佞，每遭壓迫時，輒更粗獷易怒，顧非身歷其境，不易推想，故必參
商到底，無可如何。但《動向》中有數篇稿，卻似為登龍者所利用，近蓋已

〔註7〕　《340430 致曹聚仁》，《魯迅全集》，第十三卷（書信），人民文學出版社，2005
　　　　年，第 87 頁。
〔註8〕　《人間世》第 5 期，1934 年 5 月 20 日，第 18～19 頁。

悟，不復有矣。……先生自評《人間世》，謂談花柳春光之文太多，此即作者大抵能作文章，而無話可說之故，亦即空虛也，為一部分人所不滿者，或因此歟？聞黎烈文先生將辭職，《自由談》面目，當一變矣。又及。」〔註9〕魯迅建議林語堂，認為對批評者不能一概而論，應分析對方是否有惡意，對那些時有冷語但殊無惡意、頗具熱心的批評不必在意。而像登龍君——在《申報‧自由談》《人言週刊》上發表批評文章的章克標，魯迅則認為他是別有用心，因此要另當別論。

　　魯迅也曾在與楊霽雲的通信中評論《人間世》及其論爭：

　　　　……例如《人間世》出版後，究竟不滿者居多；而第三期已有隨感錄，雖多溫暾話，然已與編輯者所主張的「閒適」相矛盾。此後恐怕還有變化，倘依然一味超然物外，是不會長久存在的。

　　　　我們試看撰稿人名單，中國在事實上確有這許多作者存在，現在都網羅在《人間世》中，藉此看看他們的文章，思想，也未嘗無用。只三期便已證明，所謂名家，大抵徒有其名，實則空洞，其作品且不及無名小卒，如《申報》「本埠附刊」或「業餘週刊」中之作者。至於周作人之詩，其實是還藏些對於現狀的不平的，但太隱晦，已為一般讀者所不憭，加以吹擂太過，附和不完，致使大家覺得討厭了。〔註10〕

這種評價顯然是旁觀者的態度。因此認為「由於魯迅的批判，使得《人間世》一創刊，就遭到四面攻擊」，其實是在一定程度上誤解了魯迅的。當我們閱讀《人間世》上面的作品，尤其是「隨感錄」部分，就可以看出它的現實針對性，像曹聚仁、徐懋庸的文字都很尖銳，刊發遭到反動派暗殺的楊杏佛先生的遺稿也頗具勇氣。從戰鬥姿態來講，《人間世》只不過沒有像一些左翼雜誌那樣表現得那麼偏激罷了。

　　受到攻擊的林語堂還是在思索著調整，這可從《人間世》第十五期起開設「西洋雜誌文」一欄，集中發表西洋譯介文字可以看出變化，這似乎可以看作是認同魯迅的建議。但人們的印象一旦形成就很難改變，林語堂所提倡的「幽默」，周作人的「退隱」都為《人間世》上籠上了「非進步」的陰影，作者群漸漸也隨之流散。這些變革導致《人間世》的欄目設計日益零碎，出

〔註9〕《魯迅全集》，第十二卷（書信），人民文學出版社，2005年，第90～91頁。
〔註10〕《魯迅全集》，第十二卷（書信），人民文學出版社，2005年，第92～93頁。

現了「西洋雜誌文」「特寫」「詩」「一夕話」「山水」「思想」「人物」「書評」
「雜組」等多個欄目,失去了《人間世》初期「隨感錄」靈動而針對現實的特
色,所翻譯的西洋雜誌文內容也很難整齊,如第 25 期的 13 篇文章就拉拉雜
雜,包括《中國人對於舞弊所取的態度》《政治家教員與學校課本》《白蟻及
其生活》《美國人眼中之歐洲》《自然界的現象》《新貓》《看我們娘們幹吧》
等,非但沒有開闊西方視野,反而變得瑣碎、脫離現實,譯者的水平也參差
不齊,雜誌質量自然變差。

　　《人間世》逐漸失去了自己的特色,也失去了來自出版者一方的信心。趙
家璧回憶說:「我聽說甘乃光曾向伍聯德談過,他不喜歡良友公司出版《人間
世》這樣違背時代潮流的刊物。一年多後,《人間世》的停刊,銷路跌當然是主
要原因,但伍聯德對這個刊物逐漸失去興趣,甘乃光的進言起到一定的作用。」
〔註11〕趙家璧一直到寫回憶錄的時候,似乎一直認為這本雜誌有問題,「《人間
世》受到當時魯迅等左聯作家的批評和指責。《人間世》出版前,伍聯德曾徵求
過編輯部同人的意見,在舊社會,老闆要出什麼刊物,大家都無權插嘴反對,
而且這一刊物實行的是承包制……」〔註12〕員工「無權插嘴反對」似乎不是伍
聯德的工作風格,他在良友人的回憶敘述中一般是以沒有架子、豪爽慷慨的形
象出現的,筆者認為從趙家璧的這一敘述中,可以看到左翼的批判對《人間世》
這本雜誌的影響之深。一本初創時生機勃勃、眾所矚目的雜誌,就這樣在文壇
的論爭中不斷被誤讀和批判,又因忙於調整姿態而逐漸失去優勢和特色,變得
平庸,無奈停刊,在文化史上劃下了別樣的痕跡。

　　又,這本長期處於輿論漩渦中的《人間世》雜誌,不僅讓我們感歎文化
人、期刊與時代之間複雜的聯繫,也引出一個耐人尋味的話題——為什麼是
「魯迅」?人們為什麼把矛盾核心乃至誤讀的原因都歸到魯迅身上?筆者認
為,這一方面與魯迅雜文給人留下的「匕首」「投槍」「打落水狗」這種鮮明的
犀利風格有關,也與魯迅是文壇的一面旗幟有關係,在需要增強說服力的時
候,人們可能就會拉上「魯迅」,這勢必為魯迅加上了很多標籤,乃至看標籤
說話。因此,我們今天重讀文學史的時候,不僅要儘量還原歷史事實,還需
要有撕去文化標籤的意識,有獨立的判斷。也只有這樣才能撥開歷史的煙塵,
還原一本真實的雜誌,一個真實的魯迅。

〔註11〕趙家璧:《編輯憶舊》,中華書局,2008 年,第 136 頁。
〔註12〕趙家璧:《文壇故舊錄:編輯憶舊續集》,中華書局,2008 年,第 144 頁。

（二）《新小說》

　　良友公司安排鄭伯奇創辦《新小說》原因有二，一是當時文藝界正在開展文藝通俗化運動，鄭伯奇作為左翼成員想以良友為陣地推行這一運動，因此向經理提出這一建議，得到同意；二是當時通俗文學雜誌比較受歡迎，梁得所當時在大眾出版社也創辦了《小說半月刊》，良友此時出版一本通俗文學雜誌，有與之抗衡的意思。於是，這本《新小說》雜誌在 1935 年 2 月 15 日出版了，每冊大洋二角。鄭伯奇任主編，署名鄭君平。

　　鄭伯奇在創刊號的編輯後記中寫道：

　　　　良友要出一個通俗雜誌，叫我來編輯。編雜誌，我本不行，編通俗雜誌，我更是外行。但，要吃飯就得做事，不在行也得學習，我就勉強擔任下來了。

　　　　八方張羅的結果，創刊號總算編出來了。把最後校樣看了一遍，自己覺得還相當過得去。

　　　　……這全靠許多朋友的幫忙，在這裡，我先給大家一總道謝。

　　　　我要特別感謝郁達夫，葉聖陶，張天翼三位先生。

　　　　……孫師毅先生的《新女性》也是本刊的特別貢獻。新女性是蔡楚生先生繼《漁光曲》後的巨製，現在正在全上海市民的熱烈期待之下公映。孫先生以編劇人的資格，特為本刊撰述此篇，將曲折複雜的故事，用對話體，明快地展開。無論本刊讀者或此片觀眾，都很歡迎吧。〔註13〕

在這段既客套謙虛又有些自得的「編者後記」中，鄭伯奇多次強調了「通俗雜誌」的這一特點，表明自己的辦刊意圖。而在道謝中著重點出了孫師毅特意為讀者們改寫的《新女性》，恰好符合當時左翼運動在電影界發展的潮流。電影劇本本身已經很通俗了，他還強調「用對話體，明快地展開」，說明了他對這樣的稿件是十分滿意的。

　　在《新小說》創刊號的封三上，鄭伯奇表明「本刊地位公開，廣徵外界來稿」，並在「徵稿簡則」中提出兩個要求：（二）本刊專載小說，隨筆及中間讀物，凡合於以上性質之文稿，均甚歡迎；（三）來稿文字務求通俗而饒有趣味。文言體及語錄體恕不領教。那麼，什麼是「中間讀物」呢？鄭伯奇在第二

〔註13〕《新小說》創刊號，1935 年 2 月，第 80 頁。

期的目錄中明確標出了三篇作品：洪深的《山東的五更調》、曹聚仁的《劉楨平視》、陳子展的《呆女婿》是「中間讀物」，從標題看，這「五更調」「呆女婿」已經夠通俗了，《劉楨平視》講的也是大臣劉楨平視美女王妃的故事；區別於第二期的其他篇目：《唯命論者》（郁達夫）、《一九二四～三四》（連載小說，張天翼），《十八號的夢》（段克情），《牲羊》（連載小說，柯靈），《劊子手（翻譯）》（穆木天），都更具有民間化的色彩。在「作者，讀者和編者」一欄，鄭伯奇再次強調「通俗」的重要性：「我們要出一本通俗的文字雜誌，這雜誌應該深入於一般讀者中間，但，同時，每個作品都要帶有藝術氣氛的。我們相信，真正偉大的藝術作品都是能夠通俗的，都是能夠深入於一般讀者大眾中間去的。」說偉大的作品都是能夠通俗的，本身就有些武斷，接著說的就更偏激了，「……把作品分為藝術的和通俗的這是一種變態。新小說的發刊，就是想把這不合理的矛盾統一起來的。我們希望跟作者和讀者共同在這方面努力。」〔註14〕

　　與《新小說》內容通俗化相配合，鄭伯奇在雜誌形式上也充分發揮了良友的圖片專長，採用正方形的 20 開本，請萬籟鳴繪製封面和多幅插圖。萬籟鳴為《新小說》設計的「吃草的羊」剪紙印在雜誌封面的右下角，為《新小說》繪圖者有李旭丹、馬國亮、楚人弓、黃苗子、萬古蟾和郭建英等人。謝其章曾盛讚《新小說》的形式之美：「版式殊美，是《新小說》有別於其他刊物的地方，以創刊號上郁達夫的《超山的梅花》來說，篇名和作者名字都是郁氏手跡上版，壓題小畫是一枝梅，版面四框圍以單曲線，文字排得疏密有致，分上下兩截，視覺感不壓抑。葉聖陶的《近來得到的幾種贈品》也是同樣安排，只不過補白處的小品變化成橫排。郭建英的《燈市——金瓶梅詞話風俗考之一》沒了四周的圈線，文字改排為上中下三截，加上插圖，又是一種情趣。這連著的三篇各有其妙，又都是名家名篇，可謂雙美並聚。只可感歎成千累萬的雜誌叢林，如此佳者，鳳毛麟角矣。」〔註15〕

　　當時所謂「文藝通俗化」的問題，其實文壇沒有一致的意見，因此，儘管鄭伯奇在《新小說》方面下了很大的工夫，但讀者仍然認為它不夠通俗化，如王浩祥來信說：「編輯先生大鑒：現代的文學界確實太缺少通俗化的作品了，貴刊之發行，真深合我們的需要。不過有幾篇作品仍不脫考據性質或名士氣，

〔註14〕《新小說》第 2 期，第 1 頁，雜誌上沒有印出版時間，應為 1935 年 3 月。
〔註15〕謝其章：《鄭伯奇與新小說》，《光明日報》，2003 年 5 月 29 日第 8 版。

刊名新小說應當多刊登有故事的作品，以求成為大眾的普遍讀物。這樣才可使啼笑姻緣等的鴛鴦蝴蝶派的東西消滅。」〔註16〕對他的看法，鄭伯奇表示會繼續努力：「我們接到這樣的信很多，可見大眾對於通俗文學需要的迫切了。本刊現在還不能做到我們所希望那樣的通俗化，是很抱歉的。以後要更向這方面努力；也盼望大傢伙兒給我們幫忙。」〔註17〕

《新小說》的價格也成為讀者認為不通俗的一個原因。王任叔來信：「對於新小說，如其要我一定說些意見，那麼篇幅實在太少了。而且名為通俗刊物，這樣薄薄一本要買兩角，也不很『通俗』了。這是書店老闆的事，不關吾兄。……又，我對於這個不大不小的本子也不很順眼。能夠改得大一點，像文學那樣也好，能夠像小說半月刊那麼大也好。這樣本子，會使我想起鄉間店裏用的黃抄本。」〔註18〕形式的問題是仁者見仁、智者見智的，而價格問題也不是鄭伯奇能夠說了算的，出版物，畢竟要算成本和收益的。一本很難通俗的純文學刊物，廣告和讀者都少，其價格是很難「通俗」的。

《新小說》成為文藝界討論通俗化的場地之一。在《新小說》第三期，曹聚仁表揚《新小說》一番，「新小說很好，畫和文字都有生氣。不過我們辦的刊物，要求其能通俗，真不容易；能把新小說做到一般讀者的讀物更好。」之後，提出了一個今日看來滑稽但當時頗引人注目的主意：「天津有一小刊物，他天天叫一個說書人來說書，叫一位速記記下來，據說風行一時。我以為這辦法可以試一試，有說書本，又有插圖，一定可以得到許多讀者的愛好。先生以為何如？」〔註19〕如果真按他所說的話去做，這種「通俗化」已經完全放棄了文學性、藝術性的追求，只剩下通俗了。

果然，曹聚仁的提議引起了爭議。在《新小說》第四期，郁達夫和鄭伯奇本人就表示了反對意見：郁達夫表示，「我自以為通俗小說，終不是我所能寫的東西。近來連小說都寫不出來，更何況通俗的小說！實在要把小說寫得通俗，真不容易，曹先生所提的那一個辦法，恐怕是最好的辦法了，不過考慮要受著方塊字的累，實行恐也不易。」〔註20〕鄭伯奇也說：「這的確是卓見。方塊字記錄下來的說書，語氣絕不會同說書一樣；而況且還有許多俗話，沒

〔註16〕《新小說》，第4期，1935年5月，第35頁。
〔註17〕《新小說》第4期，「編輯餘談」，1935年5月，第35頁。
〔註18〕《新小說》第3期，「作者・讀者・編者」欄，1935年4月，第1頁。
〔註19〕《新小說》第3期，「作者・讀者・編者」欄，1935年4月，第1頁。
〔註20〕《新小說》第4期，「編輯餘談」，1935年5月，第35頁。

有適當的方塊字可以代表呢。這使人聯想到『大眾語問題』了。」〔註21〕

《新小說》更多地成為鄭伯奇本人討論文藝通俗化的園地。他輪番使用「平」「樂遊」「華尚文」等筆名，以《通俗的和藝術的》《通俗和媚俗》《偵探小說和實小說》的題目集中闡釋自己的文藝通俗觀。他說，「藝術作品的最大特點恐怕是在他的獨創性上吧。……最近數十年來，資本主義的浸潤，獨創性更成了藝術家的命脈。過分的獨創性，使許多藝術家鑽進了象牙之塔，和民眾完全隔絕。結果，極高度的藝術作品成了只有極少數的專家才能欣賞。一般人只得另求別的東西來補充這缺陷了。電影，歌舞，和低級趣味的小說便應運而發達了。……藝術的作品尊重獨創，通俗的作品注重常識，這的確是一個很好的對照。」〔註22〕他認為通俗與媚俗的區別在於：「總而言之，投合沒有自覺的大眾嗜好的作品，這樣的作品是媚俗的，同時自然也是墮落的。／通俗的作品只是作家把寫作的態度低降到一般人所能理解的水準上。這一點也許是妥當的。若拋棄了作家的天職，只去迎合低級趣味，那就是媚俗了。」〔註23〕他再次強調「我們歡迎通俗的作品，太艱深的，太得山人名士氣的東西，恕不接受。」〔註24〕

儘管《新小說》也得到一定的好評，如郭沫若評：「新小說饒別致，文體亦輕鬆可喜。能於大眾化中兼顧到大眾美化（廣義的美），是一條順暢的道路。望兄好自為之。」陳子展「頃見新小說，創作均有插圖，當益接近大眾矣。能做到雅俗共賞之通俗刊物，兄之理想達到矣，預賀預賀。」〔註25〕但鄭伯奇始終覺得通俗得不夠，還要改革內容，他在第六期刊登徵稿啟事，「自本刊起，改革內容，力求通俗化，除原有之小說，隨筆，中間讀物等外，特增加以下各欄，廣求外來文稿。」〔註26〕從啟事看，他還是打算要在內容上進一步改革，並預告下面的第二卷第二期要出《晚清文學研究特輯》，由鄭振鐸、阿英等執筆。但《新小說》不盈利的問題一直無法改變，此時鄭伯奇與良友管理層關係進一步惡化，終至離去，《新小說》第七期就此停刊。

《新小說》發表了眾多知名作家的作品，稿件質量都不錯，而其雜誌形

〔註21〕《新小說》第4期，「編輯餘談」，1935年5月，第35頁。

〔註22〕《新小說》第3期，「閒話簍」欄，1935年4月，第36～37頁。

〔註23〕《新小說》第3期，「閒話簍」欄，1935年4月，第36～37頁。

〔註24〕《新小說》第3期，「編輯後記」，1935年4月，第80頁。

〔註25〕《新小說》第5期，「作者・讀者・編者」欄，1935年6月，第1頁。

〔註26〕《新小說》第6期「革新號」，1935年7月，第91頁。

式也是非常精美的。《新小說》雖只辦了七期，編者也為其「通俗化」的難以
實現而焦慮不已，今日來看，那目標本身就是難以實現的任務，而這種討論，
對左翼的大眾化運動本身就是很有價值的。這本雜誌「後來並沒有發生它預
期的社會影響，但無疑應當看作是左翼文學力求向縱深發展的一個標記」〔註
27〕這一評價是很中肯的。

（三）《文季月刊》

《文季月刊》是 30 年代中期一本重要的純文學期刊。其前身是 1934 年
1 月創辦於北京的唯一一部大型文學月刊《文學月刊》，巴金、靳以、鄭振鐸
主編，執行主編是靳以，1935 年 12 月 16 日停刊，共出 2 卷 8 期。每期約 40
萬字，「超越黨派和集團之上，打破學院與文壇的隔閡，以樸素的格調，厚實
的作品，宏大的氣魄，更健壯更勇猛的精神，推出了京滬兩地最優秀作家的
傑作」〔註 28〕。其後續刊物則是《文叢》，仍舊以巴金、靳以合編，於 1937 年
3 月 15 日出版於上海，由巴金成立的文化生活出版社擔任總經售。這三本巴
金、靳以主編的雜誌，在辦刊風格上一脈貫穿，「編輯的態度始終是嚴肅的，
決沒有媚俗之舉，也沒有遷就市場而刊登一些花裏胡哨的文字垃圾。惟有這
樣，才能吸引一大批真正有才華的青年作家，獲得他們最優秀的作品，為文
學史留下了輝煌的名字。」〔註 29〕

良友公司接辦《文季月刊》並改為月刊，是在趙家璧的一手幫助下促成
的。趙家璧一直有出版一種大型文學期刊以促進文學叢書出版、擴大良友影
響的想法，「一來可以通過這樣的期刊，推廣、宣傳已出將出的文學讀物，藉
此擴大良友在上海文藝出版界的影響；二則通過文學期刊，發掘更多的稿源，
組到更多新老作家的文集，充實叢書的內容」。在得到經理余漢生的同意後，
趙家璧與巴金、靳以商談，採用《文季月刊》的刊名、以「巴金靳以合編」（巴
金掛名、靳以主理編務）的名義，由良友公司承辦《文季月刊》，靳以作為良

〔註 27〕柯靈：《長相思》，第 21 頁。轉引自趙家璧：《編輯憶舊》，第 263 頁。

〔註 28〕周立民：《編後記：關於〈文學季刊〉》，周立民主編：《老上海期刊經典叢書・
　　　　文學季刊（1934～1935）》，上海社會科學院出版社，2004 年，第 293～294
　　　　頁。

〔註 29〕陳思和：《總序：關於巴金和靳以聯袂主編的舊期刊文選》，周立民主編：《老
　　　　上海期刊經典叢書・文學季刊（1934～1935）》，上海社會科學院出版社，2004
　　　　年，第 1 頁。

友公司正式成員享有公司一切待遇〔註30〕。良友公司為了紀念「這一刊物既有繼承舊的《文學季刊》的復活，又有改為月刊的新生的雙重意義，決定把創刊號增加一倍篇幅，號稱特大號，同時要把這件事，大大地向全國進行宣傳。」〔註31〕

1936 年 6 月，大型文藝刊物《文季月刊》在上海出版，其《復刊詞》寫道：

> 四個月以前我們懷著苦痛的心告別了讀者，在《告別的話》裏面我們解說了我們所處的「環境」。我們曾痛切地說：
>
> 「文化的招牌如今還高高地掛在商店的門榜上，而我們這文壇也被操縱在商人的手裏，在商店的周圍再聚集著一群無文的文人。讀者的需要是從來被忽視了的。在文壇活動的就只有那少數為商人豢養的無文的文人。於是蟲蛀的古籍和腐儒的囈語大批地被翻印而流佈了，才子佳人的傳奇故事之類，也一再地被介紹到青年中間，在市場上就只充滿了一切足以使青年忘掉現實的書報……在這種情形下面我們只得悲痛地和朋友們告了別。」
>
> 然而連這樣軟弱的話句也遭受了藏在「王道」精神后門的刀斧。當我們的呼聲被窒息的時候別人甚至不許我們發出一聲呻吟，申辯一下是非。〔註32〕

這篇《復刊詞》署名為「文學季刊社」，作者是何人呢？有兩種觀點：一種認為是巴金所寫，如上海社科院的這個選本〔註33〕，另一種則認為是靳以所寫，持此觀點的是趙家璧先生，他說：「靳以寫了首《復刊詞》刊於卷首〔註34〕」，那麼，這篇《復刊詞》究竟是何人所寫呢？

〔註30〕趙家璧：《和靳以在一起的日子》，《文壇故舊錄：編輯憶舊續集》，中華書局，2008 年，第 145～146 頁。

〔註31〕趙家璧：《和靳以在一起的日子》，《文壇故舊錄：編輯憶舊續集》，中華書局，2008 年，第 146 頁。

〔註32〕《文季月刊》，第 1 期「創刊號」，1926 年 6 月，第 2 頁。

〔註33〕見周立民主編：《文學季刊（1934～1935）》，《老上海期刊經典叢書》叢書主編程德培，上海社會科學院出版社，2004 年，1 頁。《復刊詞》作者署名標注的是「巴金」。

〔註34〕趙家璧：《和靳以在一起的日子》，《文壇故舊錄：編輯憶舊續集》，中華書局，2008 年，第 146 頁。

　　筆者在此討論《復刊詞》作者身份，還因為趙家璧先生在此文中發現了一個問題：「這篇《復刊詞》中所引《告別的話》在解說我們所處『環境』以下的一段關於利用文化招牌使青年忘掉現實的書報等文字，我未能在《文學季刊》《告別的話》全文中找到。我開始認為靳以寫《復刊詞》時沒有查對自己寫過的原文，因此前後不符。最近讀了巴金紀念《收穫》三十週年的文章，才弄清楚《告別的話》是巴金寫的，《復刊詞》是靳以寫的。但是他們兩人對這個刊物的編輯思想是共同的。」〔註35〕《告別的話》刊登於《文學季刊》第2卷第4期，原文也沒有署名。經筆者核對，《告別的話》文中確實沒有上述「文化的招牌如今還高高地掛在商店的門榜上……」一段，《告別的話》與《復刊詞》沒有任何轉引重合之處。巴金在紀念《收穫》三十年說的話趙先生在回憶錄中也引出了，「一九三五年年底《文季月刊》停刊，他（指靳以，趙按）在天津照料母親的病，我去北平看完校樣，寫了《停刊的話》」，於是，趙家璧分析說「經巴金一說，我才弄清這篇《告別的話》原來是出於巴金之手。」〔註36〕可見，《告別的話》《復刊詞》這兩篇都沒有署名的文章分別為巴金、靳以所寫。

　　那麼，靳以為什麼要引這樣一段話呢？通讀原文可見，靳以在《復刊詞》中引過此段話後還說了這樣兩句頗為重要的話：「然而連這樣軟弱的話句也遭受了藏在『王道』精神后門的刀斧。當我們的呼聲被窒息的時候別人甚至不許我們發出一聲呻吟，申辯一下是非。」筆者認為，這兩句話是靳以對上述引文由來的解釋，所謂「刀斧」，一般認為是圖書出版的檢查部門對文章的「刪減」，靳以還用「王道」兩個字，說「別人甚至不許我們發出一聲呻吟，申辯一下是非。」這可以理解為靳以等人「對停刊的解釋」被「王道」精神的「刀斧」刪去了。在《告別的話》中關於「環境」只有這樣寥寥幾句：「然而環境卻不許它繼續存在下去。我們在這裡只用了簡單的『環境』兩個字，其實要把這詳細解說出來，也可以耗費不少的篇頁。在市場上就只充滿了一切足以使青年忘掉現實的書報。在這種傾情形下面我們只得悲痛地和朋友們——投稿者、讀者告別。」顯然，從「也可以耗費不少的篇頁」過渡到「在市場上就

〔註35〕趙家璧：《和靳以在一起的日子》，《文壇故舊錄：編輯憶舊續集》，中華書局，
　　　　2008年，第147頁。
〔註36〕趙家璧：《和靳以在一起的日子》，《文壇故舊錄：編輯憶舊續集》，中華書局，
　　　　2008年，第143頁。巴金的回憶文字由趙家璧引自《《收穫》創刊三十年》，
　　　　載《文藝報》第47期。

只充滿了一切足以使青年忘掉現實的書報」一句非常突兀，但如果在「也可以耗費不少的篇頁」一句後面加上「文化的招牌如今還高高地掛在商店的門榜上，而我們這文壇也被操縱在商人的手裏……才子佳人的傳奇故事之類，也一再地被介紹到青年中間」，後面接下句「在市場上就只充滿了一切足以使青年忘掉現實的書報」不僅語氣前後就會連貫得多，而且意思表達得也更清楚明白。由此，筆者認為：靳以之所以引用這段原文，是因為這段話本來就是巴金《告別的話》的原文一部分，後來被強刪去了，巴金、靳以對此非常不滿，因此在《復刊詞》中再次寫出表達抗議，而《復刊詞》作者應以趙家璧的記憶為準，是由靳以完成的，而不是巴金。

　　《文季月刊》提出的辦刊宗旨是：「我們不是盲人，我們看得見我們這民族正站在一個可怕的深淵的邊沿上，所以我們依舊沒有餘裕跟在商人後面高談文化，或者搬出一些蠹蛀的古籍和腐儒的囈語來粉飾這民族的光榮。我們是青年，我們只願意跟著這一代向上的青年叫出他們的渴望，在這一點上我們的季刊曾盡過一點責任，我們的月刊也會沿著這路線進行的。」〔註37〕《文季月刊》貫徹了《文學季刊》形成的刊物風格，樸素、厚重、直面現實。欄目以文體來設置，如小說、詩、散文‧隨筆、劇本、論文、譯文、書評、插圖、介紹、回憶錄等，突出作品，樸實無華，為作者留出了很大的空間。

　　《文季月刊》的作家群是在《文學季刊》作家群的基礎上增加的。當年，作為北京唯一一家大型文學期刊，《文學季刊》在創辦之初曾經列了一百零八名作家學者的名單作為撰稿人和組委，可謂聲勢浩大，但它的刊發了文章的作者名單上還是以30年代新生代作家為主，南北兼顧。雜誌南遷到上海後，靳以的作者群中又增加了不少青年左翼作家的名字，更為壯觀了。打開雜誌目錄，你可以看到一大批我們熟悉的三十年代新生代作家：張天翼、魯彥、葛琴、蕭乾、蘆焚、李健吾、何其芳、曹葆華、麗尼、蕭紅（悄吟）、蕭軍、沈從文、李廣田、歐陽山、卞之琳、荒煤、陸蠡……其中很多為左翼作家。「但它顯然又不是一份左翼的刊物，雖然有為數不少的左翼作家在此發表作品，可是他們的作品不像在左翼刊物上那麼粗糙、充滿口號和絕對的理念及解釋社會的終極真理。《文季月刊》上的作品充滿著原始的正義、平等的觀點、

自由的追求、反抗的熱望，還有強烈的個人體驗感。」〔註38〕文學價值高，是這本雜誌能夠超越於普通左翼雜誌的地方。

《文季月刊》雖然出版時間不長，但發表了不少有影響的文藝作品，如曹禺的劇作《日出》、魯彥的《野火》、巴金的《春》等等。其他知名作品還有：羅淑的《生人妻》、張天翼的《奇怪的地方》、蕭紅的《牛車上》、沈從文的《蕭蕭》、蘆焚的《里門拾記》、陸蠡的《竹刀》等。這本雜誌還關注文壇動態，在 1936 年 7 月第二期發表了著名的《中國文藝工作者宣言》。這份宣言由巴金、黎烈文分別起草，78 名作家簽名參與，魯迅修訂並第一個簽名，在《譯文》月刊、《作家》雜誌以及《文季月刊》三本雜誌上同時刊登。《文季月刊》發表的這份宣言也許因為編排時間緊張的緣故，排版在第 562 頁後，標明「來件」，但未標注頁碼。《宣言》的發表引起了兩個口號的大論爭，除論爭中心上海之外，全國各地乃至日本東京均有反響。雜誌還發表過署名「本社」紀念東北淪陷五週年的《我們的紀念》〔註39〕，為悼念高爾基的逝世在第二期刊登克拉普兼珂所作、題為「世界文壇巨星之隕落」的高爾基木刻像，並在這一頁的背面附塔斯社「高爾基為一切最偉大之藝術家‧實行家」的電文。第六期發表的《哀悼魯迅先生特輯》更為隆重。不僅包括同人撰寫的、用黑框框住全文的《悼魯迅先生》以及黃源的回憶文章《魯迅先生》，還發表了多頁影像：司徒喬作「魯迅先生遺容畫像」、靈堂中魯迅遺體、靈車行進中、魯迅長眠墓穴等照片，留下了珍貴的歷史記錄。

《文季月刊》與良友的其他期刊一樣，具有圖文並茂的特點。在每一期的正文內容前，除良友出版物廣告外，都有多頁藝術插圖。如第一期就有：浮列斯基作「黃昏」鉛筆畫、卡資曼作「草中的兒童」鉛筆畫、考勃萊夫作「柴留斯基探險記」插圖和作者自製石刻、潘夫立諾夫作「普希金像」木刻、克拉普兼珂作「靜靜的頓河」木刻、庫多夫作「依脫根之生活」的插圖，以及一幅中國的水墨畫。此後，每一期都有藝術作品插圖，不僅具有觀賞性，而且提高了雜誌整體的藝術品質。

良友出版《文季月刊》，本來是打算長久經營下去，曾宣布「七月底前，

〔註38〕周立民：《編後記：關於〈文季月刊〉》，《文學季刊（1934～1935）》，《老上海期刊經典叢書》叢書主編程德培，上海社會科學院出版社，2004 年，第 294 頁。
〔註39〕《文季月刊》，第 5 期，1936 年 10 月。

預定文季月刊一年者，奉贈本文庫一冊，事物中任客自選」〔註40〕。但1936年底，《文季月刊》突然與其他十三家雜誌一起被國民黨查禁。趙家璧曾說：「雙方都希望這一事業今後能發揚光大，長期地繼續下去。根據我當時的預測，三年五年的壽命是不成問題的，刊物的政治態度，國民黨反動統治也沒有理由來扼殺它的。結果它的壽命僅僅維持了七個月，這是完全出乎我們意料之外的。」〔註41〕此後，巴金、靳以繼續籌劃新的文學期刊《文叢》，作為《文季月刊》的續刊於1937年3月出現於文壇。後又因「三一八」日軍侵略上海而停刊，1938年3月在巴金和靳以的執著下再次復刊，忠實地記錄了抗戰前後中國社會的真實面貌以及中國人民不屈不撓堅持抗戰的頑強精神。

二、藝術類期刊《藝術界週刊》《音樂雜誌》《美術雜誌》

　　良友的編輯同人由於對藝術的愛好以及與藝術界人士交往密切的優勢，創辦過一系列藝術類期刊讀物，比如最早簽訂合同出版的《藝術界週刊》，以及《音樂雜誌》《美術雜誌》等。這些期刊雖為藝術界名人主編，但壽命都不長，主要是因為讀者市場狹窄無法收回成本的緣故。

　　《藝術界週刊》1927年1月出版面世，停刊於1927年12月，共出版了26期，維持了不到一年時間。它是良友公司出版的第一本純文藝刊物，與30年代重要的文藝運動——民族主義文藝運動有著千絲萬縷的聯繫，可視為該運動萌芽期的刊物。雜誌多隨筆，刊登了不少文藝批評或知識類的介紹，也有一些創作。在《藝術界週刊》中同樣看到他們的一些提倡民族主義的言論。如在《藝術界週刊》第6期上，傅彥長則發表了《民族與文學》一文，討論了一些民族問題和民族與文學的關係問題。

　　《藝術界週刊》的對外廣告為：「這是一種注重實際生活的藝術雜誌，它的使命是造就中華民族的藝術文化，鼓吹中國文藝新生運動。內容包括繪畫，音樂，舞蹈，建築，運動，小說，詩歌，戲劇等類。」〔註42〕「革命」是當時的一個時髦詞彙，因此，也被「良友」用在了《藝術界週刊》的廣告上：「革命的民眾應讀有革命精神的《藝術界週刊》」。這本雜誌沒有採用大開本重磅

〔註40〕指「良友文庫」叢書，其創刊號曾刊登「良友文學叢書」和「文庫叢書」的廣告。見《文季月刊》創刊號，1936年6月，廣告插頁。
〔註41〕趙家璧：《和靳以在一起的日子》，《文壇故舊錄：編輯憶舊續集》，中華書局，2008年，第148頁。
〔註42〕《體育世界》創刊號，1927年3月30日。

好紙印刷，而是印刷得比較簡陋，紙質單薄，每期只有16～18個頁碼，售價也很低廉，初期售價每期小洋一角〔註43〕，後來又降至八分；也不像《良友》雜誌那樣，醒目地在版權頁署上伍聯德或者周瘦鵑、梁得所的名字，而是沒有版權頁，不署出版人、出版時間，只在編者按語的位置標明寫作時間。

《藝術界週刊》的編輯為傅彥長、朱應鵬、張若谷、徐蔚南〔註44〕，這四位都是上海文藝界的知名人士。傅、朱二人都是上海美術界有一定影響的人物，有政治背景，擅長文藝理論，把在美術界最初倡導的「民族主義」引到了文學界。而徐、張二人則更擅長文學創作，均有多本作品集出版。儘管《藝術界週刊》沒有編輯署名，但在「良友」其他雜誌的時有變化的廣告介紹中，可以看出朱應鵬和張若谷列在「編輯者」位置較多，應該是主要編輯這本雜誌的人。

傅彥長（1892～1961）原名傅碩家，字彥長，曾用名傅碩介，筆名傅彥長、包羅多、穆羅茶等。祖籍江蘇武進，生於湖南寧鄉。傅彥長畢業於上海南洋公學，1917年赴日留學，1920年轉赴美國留學，1924年回國。傅彥長曾任上海藝術大學、同濟大學國文系教授，是上海新美術運動中進步美術團體「晨光畫會」的創建人之一。30年代在蔣系國民黨暗中支持下，文藝界曾掀起了一場民族主義文藝運動以及激烈論爭，傅彥長是這一民族主義運動理論的倡導者，他的《民族主義文藝運動宣言》成為該運動的醒目宣言，「在一定程度上可以說是民族主義文藝運動惟一的理論文獻。」〔註45〕淪陷時期曾經參加「大東亞文藝復興運動」並在南京汪偽政府任職。

朱應鵬（1895～？）字北海，浙江人，也是「晨光畫會」的創建人，參加過文學研究會（入會號168），曾任上海藝術大學、中華藝術大學、上海藝專、

〔註43〕小洋是泛指同期發行、流通的各種小面額銀幣，與大洋存在複雜的兌換關係，不同地區、時間會有浮動。

〔註44〕傅彥長、朱應鵬二人是民族主義文藝運動中最早出現的文學社團──前鋒社的創辦人。前鋒社1930年6月1日成立於上海，又稱「六一社」。朱應鵬曾在前鋒社所編的《民族主義文藝論・弁言》中寫道：「民族主義文藝的研究和提倡，不是從民國十九年六月一日《民族主義文藝運動宣言》發表後才有的，我們同志間在六七年之前就發動的了。當時我們同志以上海《申報・藝術界》為機關，在紙上所發表的文藝論文，可以說十分之八九是提倡民族主義的文藝。」這「六七年之前」大致應為1924年以後。《藝術界》正處於這段時間內。

〔註45〕倪偉：《「民族」想像與國家統制──1929～1948年南京政府的文藝政策及文學運動》，上海教育出版社，2003年，第97頁。

新華藝專等院校的教授，後在中國公學任秘書長、總務長、文學系主任等職，後又擔任復旦大學教授，主編過《申報・藝術界》專欄，還當過《時事新報》《大美晚報》總編輯。他曾任國民黨上海特別市委監察委員等職，與傅彥長一樣是 30 年代「民族主義文學」的提倡者。

徐蔚南（1900～1952），筆名半梅、澤人，江蘇人。他與邵力子是從小就認識的世交，也曾留學日本，歸國後在柳亞子的引薦下參加新南社，1925 年到上海復旦試驗中學任教，後歷任浙江大學和上海藝術學院的教授，擔任過世界書局編輯，主編 ABC 叢書。徐蔚南是文學研究會成員（入會號 144），並且是白馬湖的作家群成員，他優美的風景遊記《山陰道上》曾譽滿文壇，著有《春之花》《都市男女》《奔波》《龍山夢痕》等，趙景深說他編輯的《創造國文》「顯示出編者富於藝術的情趣」，所寫的小說「清腴有如其人，即使說它是小品文，也未嘗不可。」〔註 46〕

張若谷（1905～1960），筆名摩炬、馬爾谷、百合、南方張、劉舞心女士、虛齋主等，是今天漸被忘卻的海派作家。張若谷畢業於震旦大學，法文出眾，擅長寫隨筆小品，著有《文學生活》《異國情調》《戰爭・飲食・男女》等。他曾撰文《婆羅迷》攻擊魯迅，魯迅為之反擊，稱他為「三噓」中的「最後一噓」。

良友公司一直對外稱《藝術界週刊》為「創辦」，其編輯部也與《良友》編輯部設在一起，先在上海的北四川路鴻慶坊口，後來又隨同良友公司一同搬遷到北四川路二十號 B 的一所三層小樓內，第三期通告原郵寄地址為「上海藝術大學」，後改為「良友公司」。但事實上良友公司辦《藝術界週刊》時，《藝術界週刊》已經在辦第二期，他們是簽訂合同的。在《藝術界》第二期封二有一篇「編者講話」介紹了這本雜誌面世的曲折經歷：

> 本刊第一期是託光華書局發行的。從去年十月發稿到現在，快要三個月了。不知經過了多少次的奔波，打了無量數的電話，去催逼印刷所交稿樣；拼命辦雜誌的困難，我們都嘗盡味道了。可望眼欲穿的第一期，到今日還未見產生。我們實在忍耐不住，於是就想委託別人家印刷發行，現在得到良友印刷公司伍謝梁盧諸君的熱心幫忙，總算已把第二期編好，但恐怕它和讀者們見面時，第一期還沒有出版，真是非常抱歉的事。……臨末我們多謝和我們合作的幾

〔註 46〕趙景深：《二十四位作家剪影》，載於他的回憶性專著《我與文壇》，上海古籍出版社，1999 年，第 325 頁。

位同志，尤其是伍聯德君，他給我們以不少的扶助，並且將來還肯

和我們合作出版，關於其他的藝術刊物。

這篇「編者講話」後面署的時間是「十六，一，二十二日」，也就是說，直到
1927 年 1 月 22 日張若谷等人寫這篇「編輯講話」的時候，《藝術界週刊》第
一期尚未印出。在《藝術界週刊》第二期的第 16 頁還刊登了一個「特別啟事」，
宣布其創刊第一期特大號由光華書局發行，每冊大洋三角。目前尚未看到《藝
術界週刊》第一期〔註 47〕，因此，這本雜誌的第一期即便出版了，很有可能
也是一本晚於第二期出版的、遲到的「創刊號」。

由於利潤微薄的緣故，這本雜誌後來不像當初創辦時那樣對未來充滿期
待，而是斷斷續續發行了二十六期就宣布終刊了，其原因是「本刊因為與良
友公司所訂的出版合同期限已滿，不得不暫告休止出版，下期為本年最後的
一期，我們想出『休刊號』與愛讀本刊者作臨別念紀。……」〔註 48〕編者介
紹了休刊號大致的內容：

> 我們最近得著詩人邵洵美很熱心地為本刊幫忙，可惜本刊目下
> 不能繼續下去，現在特把他回國後所作關於拉丁情詩之宗的迦多羅
> 斯的批評在本期發表。在下期將發表他對於《天堂與五月》出版後
> 的感想與其他論詩的文字。

> 華侃兄是我們同人中最後希望的一位小說創作家，《密格爾
> 士》是他二年前的舊譯稿，下期將登載他的一篇新創作，題尚未
> 定。〔註 49〕

〔註 47〕《1833～1949 全國中文期刊聯合目錄》（增訂本）介紹《藝術界週刊》的出
版日期為「1926·1～1927·11」，發行了 1～26 期，「本刊原由上海光華書局
出版，自第 2 期起改由上海良友圖書印刷公司出版」；北京大學圖書館收藏了
該雜誌的 no.1～26 期，圖書館目錄中標注其編號為「no.1（1926.1.15）～no.26
（1927.12.3）」，其合訂本是從第二期開始裝訂的，也未見由光華書局出版的
創刊號。這本雜誌各期基本都沒有標注具體的發行時間，只在「編者講話」
處署了時間，其第二期為「十六，一，二十二日」，其第二十六期署的時間為
（十六，十二，三日）因此，筆者認為這本雜誌的起止時間為 1927 年 1 月至
1927 年 12 月，而非以上目錄所稱的 1926 年 1 月。《1833～1949 全國中文期
刊聯合目錄》（增訂本），全國第一中心圖書館委員會全國圖書聯合目錄編輯
組編，書目文獻出版社，1981 年。
〔註 48〕《藝術界週刊》第二十六期封二，署的寫稿日期為「十六，十二，三日」，沒
有雜誌出版日期。
〔註 49〕《藝術界週刊》第二十六期封二。

面對終刊的命運，幾位編輯顯得依依不捨，說：「編者有許多話想給諸位讀者講的，預備統在『休刊號』發表。」〔註50〕但我們未見「休刊號」，也就無從得知這些要說的「許多話」了。

《音樂雜誌》和《美術雜誌》是伍聯德在 30 年代中期創辦的、當時惟一的一本音樂和美術雜誌。這兩本雜誌都體現了伍聯德的出版理想，「當時西洋音樂只是在一部分西洋文化的階層中流行，遠不如今日的普及。……在這種情況下，辦個音樂雜誌，是帶點冒險性的。伍聯德卻認為全國既然還沒有一個像樣的音樂雜誌，本著他一向熱心於創新的精神，決心來一個。」〔註51〕他邀請了當時上海的最權威的音樂家蕭友梅、黃自、易韋齋三人主編雜誌。而出版《美術雜誌》，同樣因為當時上海甚至全國都缺乏一本研究美術的刊物，他選擇的主編是上海的著名畫家陳秋草和方雪鴣。這本《美術雜誌》也是良友成本最高的雜誌，全書 130 頁均用銅版紙精印，售價一元二角一本。儘管初衷甚好，但這兩本純藝術類雜誌在當時的上海乃至全國有如陽春白雪一般曲高和寡——成本高，售價高，知音少。《音樂雜誌》只維持了一年，《美術雜誌》只出版了幾期，都因打不開銷路只得停刊。

三、電影體育類期刊《銀星》《體育世界》《新銀星》《新銀星與體育》《電影畫報》

電影作為民國時期新近傳入中國的舶來品，具有時尚和摩登的味道，為大眾所歡迎。伍聯德創辦《良友》畫報的第一期，封面人物就是電影明星胡蝶。他 1926 年 7 月前後又創辦《銀星》——中國的第一本電影畫報，主編請的是鴛鴦蝴蝶派作家盧夢殊。在《銀星》創刊前，良友公司就開始對外宣傳，宣稱其辦刊宗旨是「專發揚中國電影藝術」〔註52〕，並在《良友》登出了它的第一期目錄，用大字標注這本雜誌是「中國唯一之電影刊物」，盧夢殊激情洋溢地為之撰寫，「我們抱著熱烈的願望，犧牲多數心血，精神，時間，和金錢，才把這電影刊物——銀星——在九月一日那天出版。我們不敢說是『後

〔註50〕《藝術界週刊》第二十六期封二。
〔註51〕馬國亮：《良友憶舊——一家畫報與一個時代》，生活・讀書・新知三聯書店，2002 年，第 124 頁。
〔註52〕見《良友》第 6 期，1926 年 7 月目錄頁廣告；《良友》第 7 期，1926 年 8 月，第 1 頁廣告。

無來者』的唯一電影刊物，但在近時代，總可以說是獨一無二的了。」〔註53〕
但這位旨在「專發揚中國電影藝術」的第一任主編沒有把握好大眾的口味，
雜誌銷路不好，在出版了 18 個月之後停刊，更名為《新銀星》，英文名（silver
land）。盧夢殊在《新銀星》第一期上寫了《借一塊地方說話》，與讀者告別：

> 因為編輯《銀星》的緣故，我在文字上與閱者見面有十八個
> 月頭，現在在這裡——新銀星——借一塊地方，與諸位閱者告別。
>
> 我承認，我辦《銀星》失敗了，完全的失敗了；第一個原因就
> 是不堪社會的壓迫——虧本。本來我尚還有精神與社會交戰，但是
> 有了十八冊的成績也就夠了，在我的意識裏頭。總之，一句話在中
> 國現在還說不到藝術。
>
> 藝術真不容易談呢，中國社會老是腐化而思想的混亂總是不
> 清；我有時我在觀察之下而至到灰心失意時真想和他們一樣的閉聽
> 塞明的去做老百姓，然而我輩終究是時代底犧牲。
>
> 牢騷是不可發的，不必發的，況且我也沒有牢騷。我今日拿起
> 筆來就為要與諸君告別的。我希望諸君愛護這《新銀星》。〔註54〕

《新銀星》主編是良友的創辦人之一陳炳洪。陳炳洪是伍聯德的同學、良友
公司大股東，他從美國學成歸國，對經營之事並不熱心，卻熱愛電影與出版。
在他的主持下，《新銀星》開設了一個與讀者交流的園地，名為「編者吶喊」，
陳炳洪在第一期的這個對話欄目中談了辦刊宗旨：「我們微小的新銀星，不敢
有什麼奢望，但在這第一次見面的當兒，已立了一個小小的志願。這個志願
就是把我們中國電影宣傳出去。」〔註55〕此後欄目名字又改為「本期探照燈」、
「編完之後」「和讀者談話」等，借雜誌一角向讀者介紹本期欄目、影事動態、
自己觀點等。雖初衷如此，但這種專門宣傳、發揚中國電影藝術的雜誌卻不
對市場的脾胃，《新銀星》後來逐漸增加刊登歐美電影界的動態和影人照片的
版面，也刊登過不少中國電影明星的照片和影訊。

曾有讀者來信抱怨《新銀星》刊登的多是外國電影內容，而「少載中國
演員事略者」，陳炳洪回答說：「中國的電影刊物應載中國人的東西，是的，
但中國人的東西在哪裏？……故在此中西文化衝突時期裏，我們不能像滿清

〔註53〕《良友》第 8 期，1926 年 9 月，目錄頁。
〔註54〕《新銀星》第 1 期，1928 年 8 月，第 48 頁。
〔註55〕《新銀星》第 1 期，1928 年 8 月，封三。

時代閉關自守⋯⋯」他表示已準備與中國電影界合作，「間中幾家影片公司不與我們周旋的，是他們的自由權，一聽尊便。」〔註56〕陳炳洪點評中國電影的可憐境地：「中國文人，有個很令我們以筆墨做生活的人聽了要叫苦的銜頭就是文丐。做到文人而有文丐之稱，直不如做個叫化子好⋯⋯中國文丐與中國電影，可以說同病相憐。」〔註57〕從中可以看出實際辦刊經歷對陳炳洪主編《新銀星》指導思想的改變：從「把我們中國電影宣傳出去」變成鑒於中國電影發展的貧弱，得以介紹西方電影為主，「故此在中西文化衝突時期裏，我們不能像滿清時代閉關自守」〔註58〕。陳炳洪後來在徵稿中說：「本刊為讀者刊物。只求普通。」〔註59〕當初接手《新銀星》時的昂揚激情已經少多了。

此後，良友圖書公司還出版過一本比較有名的左翼電影雜誌《電影畫報》，由鄭伯奇主編，是左翼文藝大眾化運動在傳媒中的實驗田地。鄭伯奇曾在他的專著《兩栖集》中介紹過自己的這段經歷，「在當時，電影都有走向前面的氣勢。自己雖是一個門外漢，因為對於電影的見解和關心，便也不自揣地跟著一些朋友踏進了這荊榛初闢的新園地。⋯⋯自己還主編過一本電影刊物。成績固然是談不到的，不過當時自己微薄的力量大概都傾注在這一方面。可惜不過是一個短促的時期，正要怒發的這新興藝術的奇花就受了無情的斜風惡雨的摧打。自己對於電影的因緣從此也就告了結束。但在這短時期中，對於文藝的理解，卻因此得了不少的啟事。尤其是文藝大眾化或通俗化的問題，更提高了自己的興趣，加深了自己的理解。」〔註60〕1935年，良友公司讓陳炳洪接手《電影畫報》的主編工作，安排鄭伯奇創辦《新小說》。陳炳洪接手後，提出「本報以提倡國產片為目的，故材料方面，特別注重中國影業。本報文字注重介紹，但亦不忘批評，即理論文字亦酌量登載。本報雖介紹影業方面消息，但絕不作任何團體及個人之宣傳。本報提倡正當批評，但絕對反對惡罵誣衊及攻擊個人之文字。」〔註61〕良友公司稱其為「中國影業的權威雜誌，是電影現象的報導讀物。」〔註62〕由此，《電影畫報》更專注於電影，文藝批評的內容減弱。

〔註56〕《新銀星》第5期，1928年12月，第48頁。
〔註57〕《新銀星》第4期，「和讀者談話」，署名炳洪，1928年11月，封底。
〔註58〕《新銀星》第5期，1928年12月，第48頁。
〔註59〕《新銀星》第10期，1929年5月，第46頁。
〔註60〕鄭伯奇：《兩栖集・後記》，上海良友公司，1937年，第247頁。
〔註61〕《良友》第115期，1936年4月，目錄頁廣告。
〔註62〕《良友》第115期，1936年4月，目錄頁廣告。

四、婦女讀物類期刊《現代婦女》《今代婦女》《婦人畫報》

婦女問題是中國新文化運動以來知識界非常關注的一個問題。良友圖書公司早在 1927 年初，就創辦了一本中國早期的婦女讀物——《現代婦女》，主編是畢業於嶺南大學的知識女性、余漢生的姐姐余季美，她曾任蔣介石蘇聯顧問鮑羅廷的家庭教師。這本《現代婦女》以「女主編」為號召，稱「我們這個刊物以女子為主幹，對於討論這些問題，比較覺得更要切實些，雖然也有男子幫忙，他們都不過居於友朋贊助的地位。」〔註63〕雜誌以對婦女的啟蒙為己任，「中國婦女受舊禮教的桎梏數千年之久，一旦解放，彷彿如盲目已久的人，初見光明，不竟辨東西南北，更不知何所適從。但既生在今日，為現代的婦女，當然不能再為時代的落伍者，當然應該努力前進。所應努力的事情很多，必須在一叢亂絲之中，尋出一個頭緒，在莽棘蔓草之間，尋出一條軌道。」〔註64〕雜誌的目標就是成為啟蒙婦女的「吶喊者」：「我們不敏，竊願以文字在政治，教育，家庭，職業諸問題上徒事努力。我們不敢以前導者自居，但甚願為吶喊者之一。」〔註65〕雜誌宣稱由知名作者撰寫的稿件「切合時代」、特設欄目「中華女界聞人錄」、「婦女消息」「尚是創舉」，尤其強調，「專門介紹對於政治社會學術有所貢獻的婦女都是要憑自己的努力的，藉男子的榮譽而得盛名的除外」〔註66〕

1928 年 6 月，這本宣傳婦女獨立解放的雜誌更名為《今代婦女》，由馬國亮主編，其宣傳口號也發生了重大的變化：「介紹名媛，圖文兼重」「婦女界之良友」「印刷精美華麗得未曾有，內容圖文並重兼載小說雜文，為研究婦女實際問題，提高婦女新的思想，貫輸婦女新的學識之最新讀物」〔註67〕。其內容格局與《良友》畫報相似，分圖畫和文字兩部分，目錄亦如此排列。如第一期《今代婦女》的內容有蔡元培女公子蔡韋廉、馮玉祥夫人李德荃等十二幅女士玉照，文字包括：《世界十個最偉大的婦女》（楊成志），《拉東扯西》（陳炳洪），《浪花》（露絲女士）、《致母親一封書》（余季美女士），《我的姊姊》（亦雲），《愛之初試》（盧夢殊），《瑪麗后與包思威爾》（朱維基），《嬋娟

〔註63〕《良友》第 12 期，1927 年 1 月，第 13 頁。
〔註64〕《良友》第 12 期，1927 年 1 月，第 12 頁。
〔註65〕《良友》第 12 期，1927 年 1 月，第 12 頁。
〔註66〕《良友》第 12 期，1927 年 1 月，第 13 頁。
〔註67〕《良友》第 25 期，1928 年 4 月，廣告插頁。

新語》（盧楚寶）等。封面的女性是宋子文夫人端莊秀麗的照片，旁附廣告語「絢麗無比」。〔註68〕

《今代婦女》有許多馬國亮手繪的清秀插圖。雜誌所有內容均與女子有關，「照片方面，如婦女時裝，房室裝飾，漫畫，及富有興味之黑白畫等，文字方面，如關於婦女問題探討之論文，中外女界名人傳記，家庭日常生活之研究，及文藝作品如散文小品詩歌小說等等……俱極歡迎。」〔註69〕價格也有所增加，由貳角變為三角——可見銷路是不錯的。

1933 年，雜誌更名為《婦人畫報》，由負責藏書管理的良友女職員鄧倩文主編，價格再次調回貳角。《婦人畫報》第一期「卷首語」宣稱辦刊目的為解決婦女問題，「在現代社會組織制度下，女子仍未獲得與男子完全平等地位，而且男女間又毫未減少相互歧視的心理，所以創辦一種專為婦女謀福利的刊物目前還是必需的」〔註70〕。雜誌的徵稿條例仍沿用馬國亮主編時期的要求，但開本只有 32 開，內容編排比較雜亂，最初九個月乏善可陳。1934 年 1 月，「革新號」改由郭建英主編後，風格有了比較大的變化。在形式方面，雜誌開本更大、照片尺寸更大，內容編排也比較整齊。郭建英將文學的因素注入這本時尚雜誌，所徵求的稿件除對照片的要求「如果是關於女子的照片，無論何種均所歡迎」〔註71〕外，所徵稿件多了「關於電影有趣味的消息與批評，及各種切合實用之文稿。並歡迎富於時代性的輕鬆而幽默的文字，或其他一切關於文藝之稿件」〔註72〕約請很多知名作家為《婦人畫報》寫稿，如徐遲、施蟄存、穆時英、黑嬰、歐外．鷗等，其中較為知名的作品有穆時英的《聖處女的感情》、施蟄存的《聖誕豔遇》、劉吶鷗的《棉被》等。郭建英本人不僅為雜誌寫稿，還畫了許多彩色的封面仕女圖和文中的漫畫配圖。他的畫以都市風情的女性見長，又幾許誇張和諧趣，如為徐遲的兩首詩《羅斯福的紙牌》《RUBY》配的是時髦女性插圖〔註73〕，文學性、趣味性比重大大增加。

1936 年，《婦人畫報》主編再次調整，改由李青和沈傳仁擔任，雖然徵稿要求依然是「歡迎富於時代性的輕鬆而幽默的文字，其他一切屬於文藝之稿

〔註68〕《良友》第 25 期，1928 年 4 月，廣告插頁。
〔註69〕《今代婦女徵稿條例》，《今代婦女》第 23 期，1930 年 11、12 月合刊，封三。
〔註70〕《婦人畫報》第 1 期，1933 年 4 月，封二。
〔註71〕《讀者信箱》，《婦人畫報》第 19 期，1934 年 6、7 月號，第 24 頁。
〔註72〕《本刊徵稿條例》，《婦人畫報》第 19 期，1934 年 6、7 月號，封底。
〔註73〕《婦人畫報》第 19 期，1934 年 8 月號，第 14～15 頁。

件」〔註74〕，但他們顯然更歡迎多種類型的文字，曾在《編輯餘談》中跟讀者對話，希望不要投太多文學稿件，「近來本志所接到的稿件以文藝作品居多，固然輕性、幽默及有趣味的文藝作品是我們所歡迎的，然本志不是一本研究文藝雜誌，所以希望投稿者賜給我們其他方面的文字和圖畫。」〔註75〕《婦人畫報》開始側重時事，其文學性與郭建英時期相比有所降低，裏面有很多圖片的插頁，還有黃苗子畫的插圖。

五、其他期刊《上海週報》《汎報》《中國學生》《小世界》《知識畫報》《軍事知識》《國際知識》等

　　《上海週報》與《汎報》是良友公司早期創辦的報刊，存在的時間都非常短暫。《上海週報》創刊於 1926 年 4 月，至少出版過五期，每逢週六出版一大張。用上等報紙精印，每期顏色不同，較尋常四開小報加大一倍。《汎報》由孫師毅編輯，《體育世界》曾在其創刊號封三為其做廣告說：「是無所不談的刊物，是異軍特出的週報，出了六期，銷遍全國。每冊大洋五分。訂閱一年，國內二元，國外三元，郵費在內。」《體育世界》創刊號出版於 1927 年 3 月，由「出了六期，銷遍全國」推算，這本雜誌應創刊於 1927 年 1 月。《汎報》的壽命也很短，到 1927 年 7 月出版的《體育世界》廣告上，就僅有《良友》《銀星》《體育世界》《藝術界》這四本雜誌了，第三期（9 月出版）廣告更無《汎報》的名字，說明早已經停刊了，大概只維持了半年時間。

　　《中國學生》是趙家璧在光華大學英文系讀書期間，在良友兼職主編的學生類雜誌。1928 年創刊，由明耀五和趙家璧合編。第一期由於明耀五理工科出身而且離開學校多年，因此雜誌辦得並不生動，銷路不好；自第二期起由趙家璧正式接手編輯，一直出到 1931 年趙家璧策劃編輯「一角叢書」為止。這本雜誌在格局上與《良友》畫報相似，也是圖文雜誌，介紹學生生活。

　　通過以上梳理和評析，我們可以看到良友圖書公司在期刊出版方面取得的業績。除《良友》這本大型攝影圖文雜誌創時代之先外，它所創辦的期刊覆蓋文化諸多領域，電影、體育、藝術、婦女讀物、知識讀物均有時代先鋒的性質，創辦早、內容豐富、圖文並茂；所創辦的文學期刊也屬精品期刊，不僅刊登了較高水平的作品，而且對文藝思潮有充分的反映。另外，良友在辦刊

〔註74〕《婦人畫報》第 37 期，1936 年，第 24 頁。
〔註75〕《婦人畫報》第 45 期，1937 年 2 月號，第 32 頁。

思路上，呈現出知識性和趣味性並重，在注重啟蒙的同時追求趣味化的特點，早期以藝術類刊物為主，越到後來越重視知識性的灌輸。這些特點都體現出良友出版在文化姿態上以趣味的方式啟蒙這種一以貫之的追求。

第二節　圖書出版

　　趙家璧來良友公司工作之前，良友出版以畫報為主業，圖書出版不成規模。「這家別具一格、專營畫報、畫冊和電影歌曲的新型出版機構，華僑投資，實力雄厚，備有新式印刷機，頗具規模，經營作風也正派。中國出版史上被稱為第一本大型畫報的《良友》畫報，遠銷全球華僑社會，是他們的一面旗幟。」〔註76〕這是學生時期的趙家璧眼中的良友公司。趙家璧的到來改變了這個出版格局，重新界定了良友圖書公司在文化界的地位。因此，倘若研究良友的圖書出版業績，應以趙家璧到良友公司工作開始擔任叢書編輯的時間為界，大致分為 1932 年之前的早期圖書出版，和 1932 年之後的中後期圖書出版。

一、早期：「良友讀者叢書」等

　　良友公司最早刊出的圖書廣告是在公司成立之後一年時間。在公司搬遷新址準備大幹一場的時候，良友刊出了第一份圖書廣告：「在排印中的幾種新書：《藝術三家言》傅彥長、張若谷、朱應鵬著；《戲曲研究》日本菊池寬著、沈宰白譯；《俄國西洋畫史》邱景梅著；《男友（小說集）》葉鼎洛著，《人體表情美》萬籟鳴作；良友圖書印刷公司布」〔註77〕只有五本書在排印中。同時，在它的《遷移大擴充啟事》上，列出了 45 種「已出將出」的圖書目錄。這個目錄與「在排印中的幾種新書」所列五本書名相比，具有很大的隨意性，如邱景梅著的「《俄國西洋畫史》」在插頁廣告中，印作「《俄國繪畫史》」，日本菊池寬著、沈宰白譯的《戲曲研究》在 45 種的書目單中沒有收錄，而《現代婦女》應為良友公司出版的婦女雜誌，但卻列入書目中。在 1930 年的《良友》第 46 期上，良友公司登出了公司出版的圖書 30 種目錄，其中包括畫冊和文字類的圖書。計劃中的田漢「南國叢書」到 1930 年只出版了《文藝論集》《銀

〔註76〕趙家璧：《編輯憶舊》，中華書局，2008 年，第 3 頁。
〔註77〕《良友》第 13 期，1927 年 3 月，第 35 頁。

色的夢》兩種，其他的計劃中圖書都沒有在良友公司出版。可見，良友公司早期的圖書出版工作思路並不清晰，基本處於萌芽階段。

梁得所主編過一套叢書「良友讀者叢書」，內含六種，其中四本為文字性的圖書，良友公司為此做了一個詳細的內容介紹〔註 78〕。廣告中列為叢書第六種的《影戲小說集》出版推遲，《良友》第 46 期目錄中取而代之的是徐世衡著《周圍的一群》。從「良友讀者叢書」可以看出其作者群以《良友》畫報作者為主，像葉鼎洛、徐世衡均有小說在《良友》雜誌發表過，而梁得所和馬國亮均為《良友》編輯，可見良友此時的圖書出版還未成體系。

其中，葉鼎洛《男友》一書收錄了他的《男友》《從江南來》《大慶里之一夜》《姐夫》《友情》《賓澤霖》《拉丁區的案子》七篇作品，葉鼎洛以信代序，通過給「壽昌兄」的信，寫出自己寫作這本文集時的思想狀態：「在『南國』時，大家東倒西橫，還不覺得我怎樣委靡，來到日本，和這島國的人民比較，相形之下，我就明明白白是個病夫了。」全書帶有郁達夫式自敘傳的色彩。《得所隨筆》列為「良友讀者叢書第四種」，「實價大洋四角，在民十八年（1929）十一月出版，民廿一年（1932）再版」，收錄梁得所的散文隨筆 40 篇，如《天下第一泉》《仁丹如意油之類》《奢侈稅》《日本訪問記》《男學生的頭和女學生的腳》《由賢妻良母談到摩登伽》分別發表於《貢獻》雜誌、《青年戰士》《時事新報副刊》《影戲雜誌》等文藝雜誌，篇幅不長但短小精悍，「是感情和理智交織的作品。用簡短的文體，寫出深遠的見地；用平凡的言語，寫出

〔註 78〕 《良友》這樣介紹這些書：《美術攝影集》，中國攝影名家傑作，曾發表於《良友》雜誌（廿五至卅六期），可稱為中國攝影之代表作，全書用上等銅版紙精印。定價大洋八角；《歸家及其他》，葉鼎洛等著，書內共有小說六篇，皆出自國內文藝名家之手，曾刊登於良友雜誌，篇篇精彩，並有插圖，定價大洋四角；《二十四孝之研究》，徐見石繪。二十四孝是中國民間傳說的文字，本書由名畫家徐見石繪圖，每幅附以簡單說明，並有文學家顧頡剛先生之考據論文。定價大洋三角；《昨夜之歌》，馬國亮著，全書共散文詩二十篇，其中《浪人的歌聲》及《醒來時不見了你》兩篇曾先後發表於良友雜誌第卅八期及本期，其文字之秀麗與風調之可愛，毋庸贅述。書內並有作者自己的精美插圖十幅。定價大洋四角；《得所隨筆》，梁得所著，梁君之隨筆文章，其用筆之冷雋題材之特別，讀者早已深悉。本期良友雜誌中之《日本訪問記》即為其中之一小部分。全書文章四十餘篇，實為繼《若草》而起的精悍的隨筆文集。定價大洋四角；《影戲小說集》，陳炳洪譯述，節譯世界名著之曾被攝為影戲者。全書文字六篇，文筆清爽，此書尚在印刷中，日間可出版。定價大洋四角。見《良友》第 40 期，1929 年 10 月，封底廣告。

悠逸的詩情。每篇使人讀後有餘味，又如一曲奏完有餘音。」(《未完集》廣告語)，該書扉頁題詞為莫泊桑的《一生》中的一句話：「生命不是如人們想像的那麼好，也不是如人們想像得那般壞。」〔註79〕書中有不少時事點評文章，風格與梁得所平時在「編者的話」撰寫的相似，如《奢侈稅》：「中國很講求民眾平等，然而說也奇怪，我們平等的程度是以最低為標準，平等的手段不從舉高著想，而盡命要把高的或稍高的東西打下來，到一切低平才放心似的。」〔註80〕馬國亮的《昨夜之歌》列「良友讀者叢書第三種」出版，扉頁上書：「獻給夢裏的安琪兒」，內有散文 20 篇並附多幅馬國亮手繪的圖片，實價大洋四角，出版時間為「民十八年（1929）十一月，民二十年五月再版」，銷路也還不錯。

　　良友的其他早期圖書更多以單行本的形式發行。有的圖書是《良友》畫報文章的合集，如《成功之路——現代名人自述》一書，收錄了徐悲鴻、鄺富灼、伍連德、丁福保、李惠堂、王立明、黃警頑等名人在《良友》畫報上發表的自傳，書中所配插圖均在《良友》刊載過，1931 年 11 月出版，實價大洋一元整。書中七篇自傳文章都是這些成功人士的成長回顧，他們很多都是貧寒出身，靠自我奮鬥取得輝煌成績。梁得所為這本書寫了「編者按」，肯定作者的人生奮鬥，並說：「這些故事告訴我們，成功是一條公開的路，並沒有杜絕行人的機關；成功之路沒有固定的地圖，進行方向的自決責無旁貸；途中沒有車馬，惟有腳踏實地，才能步步進前。」該書從「編者按」到內容整體風格都鼓勵讀者更加自信，努力奮鬥，體現了良友注重勵志的特點。

　　早期良友還出版了一些製作非常精美考究的圖書，如《藝術三家言》《美術攝影大綱》。《藝術三家言》印製十分精美，扉頁上書：「我們謝謝徐蔚南君為本書作序言，萬籟鳴君為本書作封面，伍聯德君為本書裝飾」，全書分三卷，上卷傅彥長、中卷朱應鵬、下卷張若谷，書中有精美的銅版紙插圖，每卷前頁都有作者的油畫和人像照片，非常精美，文中還有許多藝術照片的銅版插頁，布面精印，是筆者所見良友圖書中裝幀方面的精品。甘乃光編譯的《美術攝影大綱》，定價大洋一元五：「本書編者自脫離政治生活後，專心著述。此書為其最近之作。編者對於攝影一道有根底的研究，且曾在英倫追從名師，故此書譯述攝影理法，由淺入深，發揮無疑，並有精美攝影照片五十餘幅，

〔註79〕梁得所：《得所隨筆》，良友公司，1929 年，第 18 頁。
〔註80〕梁得所：《得所隨筆》，良友公司，1929 年，第 18 頁。

可作攝影者參考，更可供愛美者欣賞。」也為精裝書的代表。其他的單行本也是圖文並茂，如馬國亮的《給女人們》，全書用兩色套印，共一百七十餘頁，裝幀華美，內附作者親繪插圖十幅，風趣幽默，在良友精美的圖書中也有代表性。早期的良友圖書出版還嘗試過出版學術史叢書——由孫師毅主編的《現代中國史叢書》，但並沒有出版。前文關於孫師毅的介紹中已涉及，在此從略。

二、中後期：文藝叢書、單行本與圖書徵選活動

趙家璧是通過出版高水平圖書為良友出版扛起半壁江山的人。他從兼職時期開始編輯「一角叢書」開始，到 1932 年 8 月正式成為良友員工，直至 1937 年 8 月良友公司宣布破產被解雇，一共為良友公司組織出版了近二十種系列圖書以及多種單行本：「一角叢書」80 種、「良友文學叢書」40 種、「良友文學叢書特大本」四種、「木刻連環畫故事」4 種、「萬有畫庫」44 種、「良友文庫」16 種、《中國新文學大系》10 冊及大系樣本一冊等。由於趙家璧先生的學術貢獻受到的關注較多，因此本文僅從出版的角度分析其中比較有特色的叢書和單行本，以及良友產生過一定影響的文化出版活動。

（一）文藝叢書

叢書是 20 世紀中國出版業的出版風尚之一，幾家規模較大的書局都出版過大型叢書，如商務印書館著名的「萬有文庫」「人文生物論叢」，冊數浩瀚、洋洋大觀。相比之下，良友的文學叢書都稱不上是大型叢書，之所以聞名，是因為趙家璧做的都是別人沒有想到的新穎選題，所以才能在高手林立的出版界一炮打響。良友公司出版過一些叢書，如《良友》第 84 期廣告上的「良友十大叢書」：良友文學叢書、一角叢書、世界各國現勢叢書、現代中國史叢書、蘇聯童話集、木刻連環圖畫故事、良友文選、百科寫真集、兒童自然科學叢書、良友科學畫輯，均為趙家璧編輯出版。此後，良友公司又舉辦過全國範圍內的兩次圖書徵集評選活動，雖然最後經評選出版的圖書沒有產生過特別大的影響，但這種活動的舉辦本身就是對文學作品質量評判的一種「權威」姿態的表現，良友公司此時已儼然為文藝圖書出版領域的專家了。

「一角叢書」是趙家璧策劃的第一套叢書，一共出了 80 種。學生時期的趙家璧喜歡逛書店，有一次在書鋪裏看到一套用淡藍色書面紙做封口的袖珍小叢書。該叢書名為「藍皮小叢書」，64 開騎馬訂，社會科學和自然科學各門學科都有，一個專題薄薄一冊，都出自專家學者之手，售價一律美金五分。

這套書給了他很大啟發:「回去後,我同專管出版印刷和成本會計的同事商量,經過反覆核計,擬訂了一個初步規劃。用半開白報紙六十四開,可得六十四頁,能排一萬五六千字,售價一角,銷三千冊可保本。……叢書內容,將包羅多種門類,計劃關於國內外政治經濟等知識性方面選題將占多數,小說、散文、傳記等將作為爭取的重點。小叢書取名《一角叢書》,這不但從售價上取義,也含有並非大塊文章,都是短小精悍之作;非文藝書業僅觸及知識之一角。」〔註81〕

《良友》第 61 期(1931 年 9 月)畫報以整版插頁的篇幅刊登了「一角叢書」廣告,其中的大標題更是引人注目:

　　趙家璧主幹:一角叢書,上海良友圖書公司出版

　　中國出版界前所未有,定期出版售價低廉之名貴叢書

　　叢書潮中之生力軍,雜誌界裏的新氣象

　　預付大洋一元,可收到名貴單行本十二厚冊!預付大洋一元,

　可讀得最近名人作品三十餘萬言!預付大洋一元,獲得無窮的智識

　和快樂!」九月份起每星期五出版一冊。

趙家璧充分發揮了他的廣告才能,還為這套圖書寫了一篇精彩的小文章《我們為什麼出版定期叢書呢?》〔註82〕「一角叢書」首批的五種是:胡適的《今日四大思想家之信仰》、方仲益的《史太林傳》、陳夢家的《不開花的春天》、明耀五的《生命知識一瞥》、穆時英的《被當作消遣品的男子》。該叢書剛面世時就趕上九一八事變,人們關心國事,對這幾本遠離現實的書不感興趣,迫使趙家璧改變坐等稿件的組稿方法,主動出擊約請名家寫作,邀請到了當時著名時評家胡愈之、羅隆基為他寫稿。

羅隆基《瀋陽事變》一書的出版改變了「一角叢書」遭冷落的命運。趙

〔註81〕趙家璧:《編輯憶舊》,中華書局,2008 年,第 17 頁。

〔註82〕廣告《我們為什麼出版定期叢書呢?》原文為:我們鑒於雜誌和叢書,兩都有其缺點;雜誌的文章,短而且雜,收集既不易,攜帶又不便。叢書呢,目前都是些大綱概要,低的人不要看,高的人不屑看;而那些大塊文章,時間精力,兩具耗費,加之定價既貴,內容又缺少時間性。我們創辦定期出版的一角叢書,便是把雜誌叢書的短處去掉,而把兩者的長處,兼收並蓄。本叢書主幹者為趙家璧;執筆者,如徐志摩胡適之施哲存甘乃光梁得所明耀五潘予且等,悉屬國內知名之士。自九月一日起,每逢星期五出版,六十四開裝訂叢書一厚冊,有哲學文藝科學政治小說等類,用重磅報紙精印,封面美麗可愛。每冊約兩三萬言,售價一律大洋一角。……

家璧在該書「前篇」中寫道：「為了應國事的迫切和讀者間須要知道一些對於此次瀋陽事件政府應負的責任和國民應取得態度起見，這部《瀋陽事件》在三日內趕印出版。……起來吧，希望這本小書，喚起東方睡著的一隻大獅，望它來日把整個的世界都征服在他的掌下！」他還在這本書扉頁附上了手繪的瀋陽周邊略圖。《瀋陽事變》一書 9 月 21 日付排，26 日初版，一上市就大受歡迎，十天中銷了兩版，共印了九千冊，把已出的五種書也帶動了。

緊接著，良友又出版了商務印書館《東方雜誌》主編、進步政論家胡愈之撰寫的《東北事變之國際觀》，出版後同樣大受歡迎。此後，「一角叢書」或據國際國內形勢，快速跟進；或述基礎理論，志在常銷；或請名家打頭，或讓新人登臺。叢書雖小，分量卻重，朝氣勃勃，神采煥然，每本售價一角，採用 64 開本的形式，每本 60 個頁碼左右；版式開闊，字行疏朗；封面雙色套印，樸素大方；主體設計一致，且標示出「一角叢書第幾種」的字樣。到 1931 年底，「一角叢書」就出滿了 20 種，四個月中銷了十餘萬冊。

趙家璧回憶這套圖書的出版情況時說：「最初計劃出版週期為每週一種，全年五十二種；每種循序編號，所以最早的廣告上用了一個『定期叢書』的新名稱，說它時間上既是定期出版，內容形式又是一本本獨立的小叢書。以後僅做到每種編號，出版週期沒有嚴格遵守。這也說明當時手中無大量存稿，更沒有一個事先考慮周到的規劃。」〔註 83〕「一角叢書」的出版持續到 1933 年 12 月，出齊 80 種後停止出版。其中，中鄭伯奇的《寬城子大將》1932 年 9 月付排，1932 年 9 月初版，共印了 3000 冊，但因在小說中虛構「寬城子大將」有諷刺時政的傾向而被禁。

「良友文學叢書」出版於 1933 年，共出版 40 種，特大本 4 種，它的選題同樣是以精巧取勝。列入該叢書的作家基本上都是文壇大家，所收錄的作品也是他們的重要作品，如魯迅譯《豎琴》（第 1 種）、《一天的工作》（第 4 種），巴金的《雨》（第 3 種）、《電》（第 17 種）、《霧》（第 22 種），老舍的《離婚》（第 8 種）、《趕集》（第 11 種），丁玲的《母親》，沈從文的《記丁玲》《新與舊》，張天翼的《一年》《移行》《在城市裏》，徐志摩的遺作《愛梅小札》，施蟄存的《善女人行品》（第 9 種）等等，這些作品的藝術價值保證了這套叢書長久的生命力。

「良友文學叢書」的另一特點為印製精美：軟布面精裝，外加彩印封套，

〔註 83〕趙家璧：《編輯憶舊》，中華書局，2008 年，第 17 頁。

書頁選用米色道林，各書篇幅自二百頁至四百頁，定價每冊九角，各書也循序編號。此外，還提前發行編號作者簽名本一百冊。趙家璧認為，這些著名作家之所以願意在良友出書，除了因為這是一家作風正派嚴謹、口碑很好的出版公司外，還有一條重要原因是它的製作精美，趙家璧總結為，「回想三十年代許多著名作家樂意把自己的心血之作交良友出版，還有一條至今為作家朋友們所津津樂道的，那就是良友書籍裝幀好。我們的文藝書極大部分是布面或紙面精裝，有的外加封套封腰，許多書用米色道林紙印，這就深得作者的歡心。張天翼的《畸人集》，共有八百頁，布面精裝一厚冊，包封正面印上作者近影，底面介紹作者另外兩部新作。當年天翼拿到樣書時，逢人便誇說這部書：『我的書第一次穿上西裝了，看多美啊！』」〔註84〕他介紹說：「這類裝幀，其主其事者是左聯成員汪漢雯，他經張天翼介紹，來良友負責文藝書的美術裝幀設計，是我唯一的助手。」〔註85〕

　　良友的這套「文學叢書」與「一角叢書」一樣，同樣是參考了西文書的裝幀方式。具體而言，是他在瀏覽西書鋪的各種精美叢書中發現的一套名叫《近代叢書》（Modern Library），其精美的包裝觸發了趙家璧的出版興趣。「當我閱讀之餘，撫摸著這一套整齊美觀的叢書時，真有愛不釋手之感。當時我們自己出的文藝書都是白報紙印紙面平裝本；我在想，出版文藝讀物，除了要求內容美以外，在出版形式上，是否也應當給讀者一種美的享受呢？」現在，良友的這套「文學叢書」已是收藏者難以收集齊全的珍本了。

　　《中國新文學大系》叢書於1933年開始醞釀。當時趙家璧在內山書店看到一本日本的出版社目錄，其中的一套創作文學文庫使他有了編輯一套五四新文學運動名著的初步設想。在去各大圖書館對現代文藝書和期刊進行調查以及和鄭伯奇充分討論的基礎上，他有了以小說、散文、詩歌來分集以避免侵權，並找權威人士來擔任編選者並撰寫序言的想法。這套叢書於1934年下半年開始進行編輯，幾乎使五四以來的所有尚健在的著名作家和批評家都參與進來。

　　1935年3月，《中國新文學大系》完稿。選集採用「大系」一詞是借用日文漢字，以此區別於當時市面流行的和良友已經出版過的各類叢書。良友公司在《良友》畫報第103期上為它登出了厚達三整頁的宣傳預約廣告。其中，

〔註84〕趙家璧：《編輯憶舊》，中華書局，2008年，第7頁。
〔註85〕趙家璧：《編輯憶舊》，中華書局，2008年，第7頁。

最醒目的一條標題為「中國文學史上千古不朽的紀念碑」，位於第一頁廣告的版心位置，大號字體加底紋，非常醒目。在廣告第一頁是趙家璧撰寫的《編輯中國新文學大系緣起》，對這段文化歷史有充分的肯定：「這二十年的時間，比起過去四千年的文化過程來，當然短促得值不得一提；可是對於中國文化史上的使命，像歐洲的『文藝復興』一樣，正是一切新的開始。二十年中所獲得的成績，也許並不足以使我們如何的誇耀，可是這一點小小的收穫，正是來日大豐收的起點。……」〔註86〕他說這套叢書資料來源甚廣，「所有從民六至民十六年的十年間的雜誌，副刊，單行本，全是我們編輯時所用的資料。我們自認已盡了我們最後的力量，去搜羅得不讓一粒珍珠，從我們的網裏漏掉……」〔註87〕廣告上刊登了《全國各界名流學者對〈新文學大系〉之評論摘錄》，將蔡元培、林語堂、冰心、甘乃光、葉聖陶、傅東華、茅盾、郁達夫對這部書的評價進行了摘錄〔註88〕。廣告還影印了蔡元培為《中國新文學大系》所寫的總序部分手跡，並將鄭振鐸、胡適、茅盾、魯迅、鄭伯奇、周作人、郁達夫、朱自清、洪深、阿英為各集所寫的導言原文手跡的影印節選並附印刷版文字的旋轉180度在一起刊登，非常新穎醒目。良友公司在這三幅廣告中介紹說：「有了這部《新文學大系》，等於看遍了五四運動以來十年間數千種的刊物雜誌和文藝書籍。專家選擇了最好的作品，可以省卻你的許多時間和金錢。」在廣告第三頁上，刊登了大幅的《中國新文學大系》十冊的影印照片，並將預約銷售方式、定價醒目標出。通篇廣告，都顯示了良友公司對這套巨著的重視。此後，這第三頁廣告還接連在《良友》畫報上刊登過。

〔註86〕《良友》第103期，1935年3月，廣告插頁。

〔註87〕《良友》第103期，1935年3月，廣告插頁。

〔註88〕在此附錄如下：蔡元培先生說：「我國的『復興』自五四運動以來，不過十五年，新文學的成績，當然不敢自誇為成熟；其影響於科學精神，民治主義即新青年所標揭的賽先生與德先生及表現國民性的藝術，均尚在進行中。但是吾國歷史，現代環境，督促吾人，不得不有奔軼絕塵的猛進。吾人自期，至少應以十年的工作，抵意大利的百年。所以對於第一個十年，先做一總檢查，使吾人有以鑒既往而策將來，決不是無聊的消遣！」；林語堂先生說：「民國六年至十六年在中國文學開一新紀元，其勇往直前的精神，有足多者；在將來新文學史上，此期總算初放時期，整理起來，甚覺有趣」；冰心女士說：「這是自有新文學以來最有系統，最巨大的整理工作。近代文學作品之產生，十年來不但如筍的生長，且如苗的生長，沒有這種分部整理評述的工作，在青年讀者是很迷茫紊亂的。這些評述者的眼光和在新文學界的地位，是不必我來揄揚了」。

　　《中國新文學大系》分普及本和精裝本兩種印製，普及本晚於精裝本推出近半年時間，在 1935 年 10 月出齊。全書十部只售大洋七元，而精裝本為全書十部定價大洋二十元，可分期預約售大洋 16 元。該書採用新聞紙印紙面精裝，以滿足想購買《中國新文學大系》又為其高昂售價而止步的讀者需要。《中國新文學大系》（1917～1927）自出版之日起影響延續至今，上海和臺灣等地後來都出版過系列叢書。

　　「良友文庫」叢書出版於 1935 年 3 月，實際推出時間與《中國新文學大系》幾乎同時，但廣告晚了兩個月。這套書共出版了 16 種，從規模上看與「文庫」的名字相比不是很適當，影響不是很大。良友公司也將此叢書製作得非常精緻，全部布面燙金精裝，「攜帶便利，裝潢悅目」，書的尺寸比一般的圖書要小一些，稱為袖珍本，「比文學叢書的範圍廣大，比一角叢書的內容充實」〔註 89〕，「良友文庫為本公司二十四年度又一大貢獻，用新五號字排印，五十開布面燙金製袖珍本。內容包含甚廣，有舊小說，新小說，散文，戲劇，理論，傳記，遊記。」〔註 90〕豐子愷的《藝術叢話》是其中有代表性的一本，於 1935 年 2 月付排，4 月初版，共印了 2000 冊，內容是豐子愷近年來關於美術音樂的長文與譯文集，差不多是 64 開本，典雅的布面藍色封皮，製作得很精緻。趙家璧關於這套文庫原先是涉及多學科的設想的，「將來尚擬刊行哲學，政治，經濟等。每冊頁數，自二百頁至五百頁，定價自五角至九角。」〔註 91〕但最終沒有落實，所出的 16 種均為文藝類圖書。

（二）圖文並茂的單行本：《羌戎考察記》和《胡蝶女士歐遊雜記》等

　　良友的圖書出版以文藝叢書聞名，其實，他們單行本的文藝圖書同樣是圖文並茂，品質很高，但至今尚未得到關注。在此，筆者以記錄中國西部險地風情的《羌戎考察記》（莊學本著）和介紹國外風情的《胡蝶女士歐遊雜記》（胡蝶著）為例，探討其出版特色和文化價值。

　　《羌戎考察記》的作者莊學本（1909～1984）是我國著名攝影家，民族攝影的開創者，也是良友公司的特邀記者。良友公司曾特意為他出版了一本良友畫報的專號《新西康專號》。莊學本在《良友》上連載的旅途見聞《西遊

〔註 89〕《良友》第 107 期，1935 年 7 月，夏季特大號，插頁廣告。
〔註 90〕《良友》第 105 期，1935 年 5 月，插頁廣告。
〔註 91〕《良友》第 105 期，1935 年 5 月，插頁廣告。

記》得到讀者熱烈歡迎，這本《羌戎考察記》則是具有重要學術價值的民族研究資料。

《羌戎考察記》封面及莊學本像

《羌戎考察記》有兩篇序，一篇是他的朋友陳志良所寫的莊學本個人小傳和評價，另一篇是他本人撰寫的《弁言》。《序》的作者陳志良與莊學本是同鄉兼「同志」的知己關係，〔註92〕莊學本則在《弁言》中道出自己對邊遠險阻之地攝影的看法：

> 我覺得險地一定多奇事，多趣事，有研究的價值，有一探的必要。現在圖上對於四川的西北部，甘肅的西南部、青海的南部，西康的北部，還是一塊白地。民族學的研究者，關於這個地帶所得到的報告也是奇缺，我為這樣大的使命更應該進去一探。

〔註92〕《序》介紹莊學本：莊君字師人，上海市人，少懷大志，而未得發展之機。民十九，有粵人謝君，組織全國旅行團，君欣然加入，由滬出發步行，經蘇魯入冀，會奉直戰起而罷。適君服務首都，從事攝影術之研究，舉凡構圖，配光，沖曬放大諸術，無不力求精深。蓋旅行與攝影，相互為用，不可相離，且旅行以得攝影而益彰其效用也。民廿三，達賴大師薨於前藏，中央當派大員入藏致祭，君以良機不可失，與其隨員先行入川，迨大員至而未允莊君之請。乃與戎人索囊仁清（漢名楊青雲），入山考察，經灌縣入汶川理番五屯四土阿壩草地而入郭落克，循泯江流域之松藩茂縣而返蓉城，廿三年抵滬，計時一年。是行也，沿途之山川，地勢風情、物產，無不詳加考察。筆筆於書，攝成照片，允稱空前傑作……《羌戎考察記・序》，第1～2頁，上海良友圖書公司，1937年1月付排，1937年3月10日初版。

「開發西北」是「失掉東北」後指示青年動向的標的，並不是空喊口號。廓落克是西北的腹地，要開發整個西北，必先明瞭這個關係重大的腹地。腦中印了上述的思想，就在五月二十二日離開成都，向險地——廓落克挺進。〔註93〕

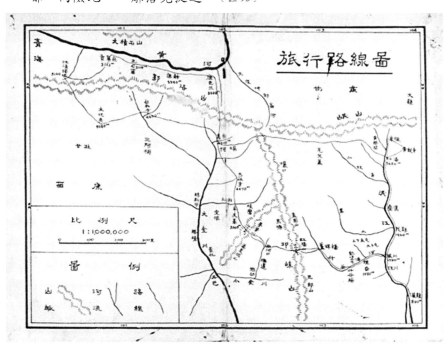

莊學本手繪的旅遊線路圖

《羌戎考察記》封面為彩色硬皮精裝，封二三為莊學本手繪的旅遊線路圖，全書分十章，按旅途路線如「第一章　灌縣景象」、「第二章　從灌縣到汶川」撰寫所見所感，附錄了 30 頁的近千幅插圖。莊學本介紹說：「我這遊記式的文章，卻在茶僚村店鞍馬帳篷中寫成，當時材料的搜集，以社會調查和傳聞神話並重，所以在文中已打成一片。我在途中除寫有文字之外，並攝有照片一千張，預備輔助文字的不足。又粗測有簡略的地圖，及地勢的高度，預備作文字以外的表評。」〔註94〕他為自己的專著擬的名字是《西北邊荒旅行記》，評價為「是作者這次探險旅行的記錄，是揭發西北腹地的公開報告。」〔註95〕陳志良給予了更高的評價：「總之，莊君考察所得之文字與照片，實為

〔註93〕《羌戎考察記·弁言》，上海良友圖書公司，1937 年，第 1～2 頁。
〔註94〕《羌戎考察記·弁言》，上海良友圖書公司，1937 年，第 3 頁。
〔註95〕《羌戎考察記·弁言》，上海良友圖書公司，1937 年，第 3 頁。

人類學，歷史學，民俗學，語言學，考古學，地理學界之大好園地，珍貴資源，隨在都是，故非等閒遊記可比也。」〔註96〕

《胡蝶女士歐遊雜記》扉頁作者手跡

《胡蝶女士歐遊雜記》則顯示了良友公司與中國早期電影界明星關係密切的一面。作者胡蝶（1908～1989）是中國三四十年代最有成就的中國電影女演員，1928 年成功主演第一部武俠片《火燒紅蓮寺》轟動全國和東南亞，1930 年主演中國第一部有聲影片《歌女紅牡丹》，1933 年在鄭正秋《姐妹花》中成功地一人飾演兩姐妹角色，是中國的第一位「電影皇后」，也是連續三年被觀眾評為「電影皇后」的惟一一位女演員。胡蝶與良友公司有著密切的淵源。《良友》畫報上第一期封面上笑靨迷人、手捧鮮花的美女就是胡蝶，馬國亮曾這樣讚賞她：「多年的經驗使她走上了成功的高峰，永遠是這樣的努力，和忠於她的工作。在銀幕上，她不是蕩婦，不是熱女郎，也不是野孩子。這正和她的個人實際生活一樣，是一個潔身自愛的人。旁的明星，往往在快走上成功的峰巔的時候就跌了下去。但胡蝶卻在近十年來保持著她的位置。這是不容易的，這其間需要很大的拒絕一切誘惑的力量。……」〔註97〕1935 年，胡蝶受邀參加莫斯科紀念蘇聯電影誕生 15 週年的電影節活動，是舉辦方特別指明要求參加的惟一一位演員，她同梅蘭芳等七人一起組成中國第一個電影

〔註96〕《羌戎考察記·序》，上海良友圖書公司，1937 年，第 2 頁。
〔註97〕「良友人影」萬籟鳴剪紙，馬國亮撰文「電影皇后胡蝶」，《良友》第 85 期，1943 年 2 月，第 18 頁。

代表團參加電影節並遊歷歐洲各國，旅途所見所感，結集成良友公司出版的
這一本《胡蝶女士歐遊雜記》。

　　《胡蝶女士歐遊雜記》於 1935 年 7 月 12 日付排，1935 年 8 月 15 日初
排，1936 年 1 月 10 日再版，每冊雖定價二元仍非常受歡迎。全書按旅行目的
地蘇俄、德國、法國、英國、比利時、意大利、香港分成幾部分，每部分配有
多幅胡蝶的旅行照片，全書 129 頁文字，61 頁照片，共刊登了照片約 100 餘
張。封面封底均為硬皮紙面精裝，印有胡蝶的兩張彩色照片，扉頁為銅版紙
印刷的胡蝶手跡：「我臨去歐洲之前，良友公司便早約定請我回來的時候，把
歐洲的見聞集成一本集子給他們出版。時日匆匆，幾個月歐洲生活又成過去，
沿途見聞感慨不少。現在特把這歐洲期間內的感想和照片等搜集給良友出版，
同時也算是紀念我這次的歐遊。胡蝶七月十一日」書中記錄了沿途所見所聞，
還描寫了海外華僑對中國電影的期盼，語言親切溫婉，非常符合這位受人愛
戴的中國女演員氣質。

　　良友出版的這兩本單行本反映了公司在出版選題上世界性的、開放性、
時事性的獨到眼光。這兩本書只是個案，當我們談論良友圖書出版貢獻的時
候，還要增加對良友其他單行本的關注。

（三）良友的兩次全國性圖書徵選活動：良友文學獎金與 1936 年的小說年選

　　現在談起民國時期的文學獎勵制度，研究者一般會想到當時舉辦的「大
公報文藝獎金」，甚至認為它是我國現當代文壇最早的一項民間文藝獎金，如
蕭乾先生就曾將其稱為「一樁創舉」。其實，在這次活動之前，良友公司就舉
辦過一次文學評選活動，其徵稿啟事的發布時間與評獎結果的頒布時間都比
「大公報文藝獎金」要早，但這項文學獎金現在已漸被出版界忘卻了。那麼，
良友文學獎金究竟是怎樣的一項文學獎金，為什麼沒有產生一定的文學史影
響呢？筆者在閱讀和整理史料的基礎上，嘗試著將其與「大公報文學獎金」
進行比較，分析其劣勢以及效果平平的原因。

　　1936 年 1 月，良友公司在《良友》畫報第 113 期的版權頁上方，刊登「良
友文學獎金——五百元徵稿」的大幅徵文啟事廣告，宣布舉辦「第一次良友文
學獎金」，以「獎金五百贈予得獎之作者」，並將得獎作品「編入良友文學叢書
第二集」出版。啟事細則共十條，規定僅徵求尚未發表的長篇小說一篇，獎金
五百元，「劇本，論文，散文，短篇以及翻譯作品一律不收」，字數也限定在十

至二十萬字之內。徵文聘請著名作家五人擔任評判，但對評判人名單暫時保密，需待截止收稿後二日才與徵文者姓名一起公布於《申報》。徵文截止收稿後由良友公司分送各評判員輪流閱稿，每人均密封記分，以得分最多者為獲獎。此外，啟事還對稿件撰寫方式、投遞要求、得獎作品版稅計算方法作了詳細的說明。評選原定於 1936 年 5 月 31 日截稿，10 月 10 日公布結果，但由於應徵者紛紛反映時間太短，結果良友公司在截稿之日前一天在《申報》上刊登「良友文學獎金延期截稿啟事」，宣布將截稿日期延期至 1936 年 7 月 31 日。

最終，評選結果於 1936 年 12 月 15 日《申報》揭曉，同時公布了五位評判人名單：蔡元培、郁達夫、葉聖陶、鄭伯奇、王統照。但徵文很遺憾並沒有評選出「意識技巧皆臻相當完成者」：「經評選者再三審閱，以為諸作皆未能達此水準，故決計改變原定辦法，將較有勝色之左兵先生所作之《天下太平》及陳涉先生所作之《像樣的人》選為第二名第三名，將全額獎金分為三百元二百元，以次分配，至於當選之作，原定編入良友文學叢書，現亦不能不改變原定計劃，單獨發行，得獎二君，另由本處專函通知。」

儘管《天下太平》和《像樣的人》這兩部最終獲獎作品，質量上沒有達到「良友文學叢書」的名篇標準，但良友公司 1937 年 3 月還是將其付排，1937 年 5 月 30 日初版，均統一以紙面硬皮精裝，封面書燙金字「良友文學獎金得獎小說」，各發行兩千冊。馬國亮在《良友》第 129 期（1937 年 6 月）的「良友茶座」上為其介紹：「圖書良友文學獎金兩人獲得，一是左兵《天下太平》（十六萬字長篇，四百餘頁紙面精裝本，每冊一元）『這是從許多應徵文稿中最先也是最後被評判先生們認為值得獲獎的一部。作者過去沒有寫過長篇小說，這是他的處女作。』另一為陳涉十三萬字長篇，三百餘頁紙面精裝本，每冊七角《像樣的人》『本書為得獎小說第二部，評判先生對之推崇備至，作者從事長篇創作，這也是第一次。』」

這兩部「較有勝色」的長篇小說，如今已很少有人知曉了。《天下太平》描寫了當時農村的革命風雲，作者左兵希望寫一部「第一要寫得大家看得懂」、「第二反映時代與社會情狀，要力求正確」的作品〔註 98〕，將《天下太平》

〔註 98〕見左兵《天下太平》校後記，良友圖書公司，1937 年。左兵在題記中還說，「我以為文學作品是大眾的進行號，只要能吹起來，看見了大眾的進行，已是大可快慰的事了。我從沒有做過一次喇叭手，吹一次進行號的機會；這次的機會，可不能放過的。」

視為第一分冊，但此後未見續篇。《像樣的人》出版時無題記與後記，作者陳涉的身份現已無從得知。小說以惡霸鄉紳楊硯田為主人公，通過描寫他的擴展勢力，反映了當時中國動盪的社會現實。《天下太平》和《像樣的人》於 1937年 3 月在上海良友公司付排，1937 年 5 月 30 日初版，均統一以紙面硬皮精裝，封面書燙金字「良友文學獎金得獎小說」，各發行兩千冊。這兩部「進行號」色彩的作品隨著時代風雲的遠去已淡出人們的閱讀視野。

相比之下，「大公報文藝獎金」最初刊登徵文啟事是在 1936 年 9 月 1 日，評選揭曉日為 1937 年 5 月 15 日，與「良友文學獎金」的啟動時間為 1936 年 1 月、揭曉日期為 1936 年 12 月 15 日相比，分別比「良友文學獎金」晚了近半年時間。可是一提到首創性，人們卻記住了「大公報」，反而忘記了更早的「良友」，其中的道理何在？通過以下比較，我們似可找到答案。

在徵文的參選條件上，「良友文學獎金」的限制過多，不如「大公報文藝獎金」涉及面廣，容易評出佳作。從徵文要求看，「良友文學獎金」顯然限制過多：要求為尚未發表的長篇小說、字數在十萬到二十萬字之間……這些限制也許是出於叢書出版以及版稅計算方面的考慮，但作為文學評獎，則有過苛之嫌。另外，徵稿期限過短也是大問題，良友公司從宣布設立文學獎金到徵稿截止，只有 7 個月的時間（最初設定期限僅為 5 個月），難以產生長篇小說佳作。「大公報文學獎金」對作品的要求卻很寬泛，凡在 1936 年內用本國文字發表過的文學作品（包括單行本及在重要文學刊物登載者）均可參選。我們從評選操作者蕭乾先生的回憶中可以得知，他們這樣做的目的就是為了減輕評選操作難度、擴大影響力，為此借鑒了美國哥倫比亞大學普立茲獎金的成功經驗，僅評選已發表的作品，對體裁併不限制。事實證明，這樣的評選不僅易於操作，選出的作品也經得起時間的考驗。

在評獎活動的宣傳上，良友公司活動的力度不如大公報館大。一項評選的成功舉辦，不僅在於獎項設置的合理，與宣傳力度大，能夠產生廣泛影響也有很大關係。大公報館依靠自己辦報的優勢，在 1936 年 9 月 1 日《大公報》上刊登「本報復刊十週年紀念舉辦科學及文藝獎金啟事」，此後還連續刊登啟事以廣告世人。而良友公司自己的傳播媒介是《良友》畫報及其他月刊，發行量比不上《大公報》，為舉辦文學獎金評選，廣而告之的途徑是《申報》。而當時《申報》由於發行量大，廣告費並不低廉，除商務印書館這樣的大書局可以整版作廣告外，一些中小出版書局都是共用版面才付得起廣告費用。良友公司在

上海是一中小型的民營書局，很難連篇累牘地在《申報》刊登廣告。「大公報文學獎金」還巧妙地利用了名人效應來宣傳。《大公報》10月10日公布「大公報科學文藝獎金章程」時，除規定「獎金總額每年暫定一千元，贈給本屆作家一至三人」，「本獎金之給予，由館方聘請委員五人至十人評定分配之」外，還公布了評委名單：楊振聲、沈從文、巴金、靳以、葉聖陶、李健吾、朱光潛、凌叔華、林徽因、朱自清。這些評委的知名作家身份為文藝獎金的評選定下了較高的層次。而「良友文學獎金」的評委——蔡元培、郁達夫、葉聖陶、鄭伯奇、王統照五人雖然也非常聞名，但良友公司卻始終對外界保密直至評選揭曉。看似避免了麻煩，保證了評選的公正性，卻未能充分發揮名人效應。

在得獎作品的藝術水平上，「良友文學獎金」的作品也要比「大公報文學獎金」遜色。一項文學獎金評選的權威與否，一般來講，最後還是要以作品水平的高下來評判的。「良友文學獎金」並沒有徵求到符合「意識技巧皆臻相當完成者」要求的作品，所選出的這兩部僅稱得上「較有勝色」，但都有「進行號」的概念化色彩。而「大公報文學獎金」三部獲獎作品曹禺的《日出》、蘆焚的《穀》、何其芳的《畫夢錄》都是在藝術水平上上乘的佳作，體現了當時評委們反對「注入式的教育」，希望糾正「在政治上殆有輕視個人自由忽略思想問題之趨向」「以共扶翼中國文藝界之振興」的意圖。今日觀之，思想性、藝術性較高的作品往往能夠穿越時空，而出於某種需要、主題先行的作品一旦脫離了當時的語境則很難流傳，這兩種標準不同的獎金其後的迥異命運也側面說明了這一點。這兩項民間文學獎金創辦時都稱為「首次」，但由於戰爭的原因均沒有續辦下去，這兩項民國時期的文藝獎金也就都成為僅舉辦過一次的文學獎金，從此再無下文。

通過比較也可看出，良友公司舉辦的這兩次圖書徵選活動都是以促進圖書出版為目的，他們重在編選優秀圖書，因此不強調名人效應，與「大公報」為了借活動做廣告有很大不同。良友重在編書，注重實際；「大公報」重在廣告，產生了很好的社會影響和文化影響，從這一角度看，良友的這兩次全國性的文學活動基本上也都達到了初衷。

第三節　畫冊出版

良友公司的畫冊出版與《良友》畫報一樣，其銷售市場有一半是定位在

海外華僑間的，所出版的畫冊也與雜誌一樣照顧到中英雙語讀者的需要，通常配以英文說明。良友公司介紹《良友》畫報為「是包羅萬有的圖畫雜誌，內容中外時事照片占重要位置，每月以大洋三角購閱一冊，則天下大事，一目了然，欲得公民常識，不可不讀。」而良友公司出版的不定期畫冊通常是《良友》畫報的衍生物，選題基本上都圍繞《良友》展開，內容豐富，涉及領域非常之多。為論述的方便，筆者以時間上劃分，將之歸為平常時期所出的畫冊和戰事性的畫冊兩大部分，探討不同時代大環境下良友的畫冊出版。

一、非戰時畫冊

良友的非戰時期的畫冊以傳播文化、普及教育為主旨，分為國內和國際兩大部分，國外的內容以時事類為多，如報導蘇聯五年建設成果的《活躍的蘇俄——俄國五年計劃畫刊》；國內畫冊有風景名勝、藝術作品、新聞時事等多種，如風景類的《故宮》、時事類的《遠東運動會》《北伐畫史》等。在出版成績方面，以《中國大觀》《中華景象》《中國現象》系列最為突出，在當時產生了很大的社會反響，是良友公司畫冊最高成就的代表。

（一）對中國現實的影像報導：以《中華景象》系列畫冊為例

1930 年，良友在公司成立五年已進入全盛期的時候，出版了一本受人矚目的攝影作品合集，中文名為《中國大觀》，英文名為 *THE LIVING CHINA：A PICTORIAL RECORD 1930*。良友公司自稱這是公司成立以來的重大舉措之一。這本《中國大觀》畫冊由伍聯德、梁得所、陳炳洪等人齊力合編，前所未有地用圖像專輯的方式報導了中華大地上的景物、人民生活以及文化歷史，良友宣布出版此畫冊的目的是：「將中國各方面概況，全用圖片表揚，使國人見之，如身歷其境，知中國是進步的，生長的，建設的……藉此喚起國人知做中華民國國民的責任之重，更當如何奮鬥，努力，以促進中國達到富強之地步。」〔註99〕

這本書《中國大觀》全書用百廿磅銅版紙硬皮金邊精裝，封面用熨金字印刷書名，面積長十二寸半寬九寸半，全書三百多頁，內容包括：各省名勝風景，各大城鎮形勢，陸海空軍活動，學校團體生活，新美流行時裝，雕刻圖案藝術，舞臺古裝戲劇，社會風俗攝影，當代名人照像，歷史流傳古蹟，工商實業規模，

〔註99〕《良友》第 41 期，1929 年 11 月，插頁廣告。

婦女現狀寫真，古今宏偉建築，電影明星表演，共刊登了一千餘幅圖片，每圖都附有詳細的中英文說明，色彩豐富有三色、二色、單色三種圖片，定價每冊大洋二十元，預約特價大洋十二元。為了促進銷售，與後來的《中國新文學大系》等重要書籍一樣，印有精美樣本，函索付郵花一角即寄。

由於《中國大觀》受到多方稱讚，在國內外銷售再版三四次，鼓舞了良友公司諸位同人，將這種報導中國國情景象的工作進行下去：「當時，我們就感到手頭照片的陳舊而缺乏，尤其是數年來經營圖畫出版事業所得的經驗告訴我們，至今還沒有國人幹過有系統的全國攝影工作。中國大觀出版後，在國內外即獲得意外的讚揚，我們更覺得有從速實現這個理想的必要。」〔註100〕為此，伍聯德、余漢生、梁得所三個人通盤籌劃，於1932年春開始著手準備，9月組織了一個由梁得所帶隊、成員包括張沅恒、歐陽璞、司徒榮的四人攝影團，原計劃用半年的時間在內地做政治、經濟、教育、文化、風俗、藝術等多方面的考察攝影，9月15日良友全國攝影旅行團出發，伍聯德也在上海申報等各大報刊刊登消息，以廣告國人。

伍聯德在《為良友攝影團發言》中，談到此舉的初衷為：「其目的即可為良友另闢稿源，復可供給世界各國書報之宣傳，至今內部籌備妥善，故派遣攝影隊出發全國，實地攝影照片，天然景物，人工創造，歷史古蹟，時代建設，邊事國防，工業文化，凡足以代表顯揚我國者，兼收並取，除供給世界各國報章及良友報之用外，專編一書，擬題名曰『中國實況圖鑒』，異日書成，不特對內可以啟迪民智，對外亦可以發揚國光。」〔註101〕。梁得所擔任此行的團長，他在出發前介紹了此行的路線：「攝影旅行的路線，分黃河流域，長江流域，和西南諸省三大區。因天氣關係，先行北上，由西北折回中部，沿長江入四川而下西南諸省，然後取海道返滬。九月中旬出發，以半年時日周行各省，預計明年二三月結束。」良友此舉受到文化界人士的肯定，葉恭綽特意寫來兩千字的長文，蔡元培也撰文為之稱讚：

> 我國土地的廣大，歷史的悠遠，久已為世界所注目。海禁大開
> 以後，各國學者，到內地探險考察的，不勝計數。最近美國的探險
> 隊，和褚民誼先生所領導的西北學術考察團，更引起學界的注意。
> 不過我國人士對此，尚無自動的組織，可稱遺憾。

〔註100〕《中華景象·編者附言》，上海良友圖書公司，1934年。
〔註101〕《良友》第69期，1932年9月，第28頁。

良友公司,自創刊良友雜誌以來,以圖畫之力,介紹我國的國情風俗於海內外,成績昭著,久為識者所仰佩。現在又組織攝影旅行隊,將遍遊全國,採取壯麗的山川,醇美的風俗,以及種種新的建設,都收之於印畫,宣示世界,以為文字宣傳的佐證。其目的之遠大,實堪稱讚。故贅數語,以作贈言。〔註102〕

上世紀 30 年代,中國內地的交通非常落後,西北交通尤其不便,良友旅行團的全國攝影活動可謂歷盡艱辛,「行旅多藉車馬,而騾車尤為普遍。惟道路崎嶇,流沙如浪,亂石塞途,車行顛蕩;且久晴則塵土飛揚,雨後則泥濘沒徑。」〔註103〕他們在各地都受到當地的政府長官、軍部警署和青年會學校團體的熱忱招待,提供各種便利,可見良友公司的此舉是中國文化界急需從事並且深受社會各界人士歡迎的。攝影團一共行程三萬里,拍攝了一萬多張珍貴的照片。1934 年 5 月攝影團返回上海後,從中選取二百多張照片在上海、南京、漢口、北平、香港、廣州、濟南、開封、天津等地輪流舉行展覽會,隨後緊張地進行圖冊編輯工作:「伍聯德主持材料的選擇和照片的編排,中英文說明則由張沅恒、陸上之分別擔任,萬籟鳴負責封面裝飾以及書中的圖案,趙家璧馬國亮在編輯出版方面協助一切,我們計算由攝影旅行團在各地攝影,到這部書裝訂成冊,所費的時間和精神,確是不可數計的。但是看到案頭上放著剛從機器房裏送來三寸多高的樣本,連我們自己也不敢相信,這一件重大而艱難的工作,有一天會功德圓滿的。」〔註104〕

這本成本巨昂、工程浩大的畫冊,其視野之廣闊、構思之縝密、製作之精美在當今的出版物中也是少見的。該畫冊封面是非常厚重的黑色浮雕面紙板燙金字「中華景象 CHINA AS SHE IS A Comprehensive Album」,其後是多張扉頁:九龍壁的彩色照片、白色厚宣紙、白底中華景象四個彩色字的扉頁、白底黑字的扉頁:中華景象——全國攝影總集;主編 伍聯德;助理編輯 趙家璧 張沅恒 馬國亮 萬籟鳴 陸上之;攝影者 梁得所 張沅恒 歐陽璞司徒榮以及雙鵝圖案的標誌、英文扉頁,此後頁面是全國地圖、發刊旨趣以及北海公園、錢塘江、大成殿龍柱、喇嘛唪經、閩江、貢嘎雪山、嶽麓秀色、衡山雪

〔註102〕蔡元培:《題良友攝影團》,《良友》,第 69 期,1932 年 9 月,第 28 頁。
〔註103〕《中華景象》中前面插頁中一幅西北征程的圖片解釋文字「上圖輪痕蹄跡,甚足表現西行征程之苦況」,上海良友圖書公司,1934 年。
〔註104〕《中華景象·編者附言》,上海良友圖書公司,1934 年。

松、灘江日落等近二十張風景彩圖，畫冊內文為按區域劃分的彩色照片集：江蘇、浙江、安徽、江西、湖北、湖南、四川、河北、山東、山西、河南、陝西、甘青寧、福建、廣東、廣西、雲南、貴州、東三省、新疆、熱察綏、康藏、蒙古，每一區域均用中英文的千字介紹，而且還用燙金紙壓彩圖做區域局部的封面；每幅照片均為銅版紙細膩印刷，且均附有一層保護膜紙。

《中華景象》畫冊不僅製作精美，還有數據統計的史料價值。畫冊在第468頁之後附有九幅表格圖紙，分別為：

1、中華民國土地及人口（包括中國領土領海喪失圖）

2、中國黨政組織及國防統計

3、內河通航里程統計

4、各省電報局及線路里數統計、郵政局統計、全國郵路里數統計、全國長途電話線路長度比較、全國國營電話一覽、全國民營電話一覽

5、全國教育統計（一）學校教育

6、全國教育統計（二）社會教育、學術團體、宗教、出版物〔註105〕

7、全國農業、林業、水產業統計

8、全國工業統計

9、全國礦產貿易統計

均為手繪製表和繪圖，數據詳細，繪圖規範整齊，包含中國現實情況的方方面面，是一個數據庫式的「中華景象」總集。

《中國景象》可謂良友公司的傾注全力之作。其《發刊旨趣》以中英文雙語書寫，把成書的意義以及良友公司的出版理想表達得非常充分〔註106〕。

〔註105〕總計4522種，其中最多的為文學類827種。

〔註106〕原文為：「人患不自知，國族亦然。方今中華命脈之危，不絕如線，然通達國情，深知民瘼者，幾何人矣？無堅確不搖之事實以為根據，則論議徒屬浮詞，見解鄰於懸揣，不特良法美意無所附麗，即民族決心之喚起，亦未易言也。同人等有見於此，曾於民國十九年刊行中國大觀，分編十六，照片千餘，新猷與古蹟兼搜，文字與圖畫並載，藉揚震旦之光華，覘時代之進步。出版以來，風行宇內，然成書倉促辛，疵纇孔多，同人等不敢以讀者諸君之善言厚意，稍萌自滿之念也。慰寵之餘，益自努力，爰於客歲組織全國攝影旅行團，歷程凡三萬里，費時凡八閱月，所攝照片，數逾萬幀，舉凡山陬海涯，窮荒邊徼，民情風俗，景象物產，罔不均衡注意，儘量搜羅。用力之勤而且

其英文前言與中文相比，除了介紹出版緣起、成書過程和畫冊內容基本相同外，還是有區別的。中文版文字強調更多的是「觸目警心，庶竺舊者知所維新，偷懦者咸思奮發」的社會功用，而在英文版中，更強調畫冊內容是「今日中國」的真實景象〔註107〕。編者介紹說，自《中國大觀》出版三年來中國發生了很多的變化，「is apt to appear incomplete after a lapse of three years during which many changes, at once extensive and profound, have taken place in this country.」而他們的目的是為讀者提供充足的信息來瞭解中國，而不是為了宣傳而粉飾現實，因此採取的立場是客觀的，所呈現的中國景象是真實的可信的〔註108〕。

這本畫冊從籌備預約時起就受到歡迎，初版印 3000 部，預約售出 2600 部，出版半月內全數售罄。「當時因鑒於世界不景氣象之濃厚，故預料千五印數，必夠分配。乃數月以來，蒙國內外良友讀者之不棄，預約定單，源源而來，至去年年底，總計預約售出至二千六百三十部之多。國民政府各院各部，亦分別訂購數百部，饋贈國外元首，以資宣揚國光。」這種讀者踊躍購買的情形使良友公司深受鼓舞，「敝公司深感讀者之隆情盛意，乃一方電知瑞典紙廠，添購紙料油墨；一方於內容方面，加倍充實，聊副預約諸君之雅望。二月二十八日本書出梓，全書篇幅，超出預算甚多，而重量亦越至八磅。凡目睹該書者，無不交相讚美，稱為中國出版界空前未有之大書。蓋不特內容充實，

久，可謂空前。茲者編輯排比，端倪畢具，爰刊總集，獻諸國人。是書以省為經，繫以子目，以圖為主，輔以說明，若網在綱，有條不紊。名曰景象，蓋從其實，取材標準，純乎客觀，不誇飾，不隱諱，家珍敝帚，觸目警心，庶竺舊者知所維新，偷懦者咸思奮發，不特可補方志遊經之不逮，其於保國強民之業，亦有秋毫蟻子之勞，是則同人等編刊此書之微意也。明達君子幸垂教焉。」伍聯德：《中華景象·發刊旨趣》，上海良友圖書公司，1934 年。

〔註107〕原文為：We seek to present in the following pages a valuable collection of materials illustrative of the widely divergent aspects of Chinese life and manners and conducive to a sound understanding of the Middle Kingdom. It is almost superfluous to say that despite a whole century of open and continuous international contacts, China has remained to the present day to many casual observers a land of mystery.

〔註108〕原文為：In selecting materials for inclusion in this album, we have followed a purely objective standard. Our aim is exposition and interpretation _not propaganda. We seek to present China's foibles as faithfully as her excellences, thus supplying our readers with a wealth of information and facts, but leaving them at the same time entirely free to pass their own judgments and draw their own conclusions. 見《中華景象》，FOREWORD，上海良友圖書公司，1934 年。

編排新穎，而裝潢之華麗，印刷之精良，更破國內一切之記錄也。」〔註109〕
後來該書經讀者不斷催問而再版了一千部。這本在當時售價頗昂的畫冊（大
洋25元）受到社會各界如此歡迎，充分顯示了畫冊的價值。

此後，良友公司又出版了《中國現象》一書，用1000餘幅照片反映自
「九·一八」以後幾年國內的一些重大歷史事件，揭露日軍侵略暴行和我軍
民英勇抵抗的情景。對當時天災人禍頻仍，人民缺衣無食，饑民載道的中國
現象進行了揭露。

（二）對國外現實的影像報導：以《活躍的蘇俄──俄國五年計劃
畫刊》為例

1929～1933年，西方世界經歷著一場嚴重的經濟大蕭條：農業衰退、1929
年華爾街股市暴跌，資本的短缺導致幾乎所有的工業化國家中出口和國內消
費的銳減，導致工廠破產、工人大規模失業。美國有1370萬失業人口，德國
560萬，英國280萬。而在當時的一派蕭條景象中，蘇聯正處在社會主義建設
的新高潮前期。1932年，蘇聯已經用四年多時間完成了第一個五年計劃，建
立起一大批現代化骨幹企業，尤其是在鋼鐵、機械、燃料動力、化工、汽車、
拖拉機、飛機、造船等新的工業部門。良友公司的《活躍的蘇俄──俄國五
年計劃畫刊》就是在這個時機推出的。在此之前，良友已做過一系列關於蘇
聯迅速發展現狀的報導，如《蘇維埃式的現代農場》《五年計劃的故事》《史

〔註109〕《人間世》第3期，《中華景象》發售再版預約，1934年5月3日，封底。

太林》等，而《活躍的蘇俄——俄國五年計劃畫刊》則是從影像的角度報導蘇聯的工廠、農場、農牧業、人民生活、學校生活等蘇聯景象。畫刊共 207 頁，每頁有 2～3 幅照片，均為攝影圖片，沒有目錄。附原書作者阿‧道利耶諾夫斯基的漢譯序言：「五年計劃，世界各國莫不以最大之注意監視其實施。蓋因五年間提高工業產額 200%，增大穀類收穫 60%，且將全經濟生活建立於集團的原則之上，即農業亦包含於其中。此巨大之任務，成為問題之中心，固其宜也。……實現五年計劃最主要之成果，為蘇聯對內對外，均日見強大，成為全世界進步之一大要素。蘇聯與外國之通商，輸出輸入，亦甚增高，而蘇聯人民之幸福與文化程度亦見提高。」〔註 110〕畫冊封底還刊出了良友已出版的《史太林》（方仲益編譯，再版）、《五年計劃的故事》（再版）、《蘇維埃式現代農場》的圖書廣告。

二、戰時畫冊

　　每當重大戰事發生的時候，良友公司就會及時出版一些戰時畫刊，如針對日帝侵略暴行的《上海戰事畫刊》《甲午戰事畫刊》《日本侵佔東北真相畫刊》《黑龍江戰事畫刊》《錦州戰事畫刊》。戰事畫冊及時向海內外讀者報導戰爭真實情況，以事實勝於雄辯的方式粉碎侵略者的謊言，喚醒國人，呼籲全世界的理解和幫助，起到了單純文字所無法實現的影響力。

（一）對侵略者罪惡的影像呈現：以《濟南慘案畫刊》為例

　　1928 年，日本帝國主義為阻止北伐軍北上，第二次出兵山東，派遣第六師團 5000 人在青島登陸，對青島和膠濟鐵路沿線實行軍事佔領。為了搶先控制濟南，日軍駐天津三個步兵中隊於 4 月 20 日侵入濟南。25 日，日軍第六師團在青島登陸，26 日，第十一旅團開抵濟南商埠，呈現出一副臨戰態勢。當北伐軍部隊進入濟南時，日本軍隊就尋釁開槍，打死中國軍民多人。5 月 3 日，日本軍國主義按照預謀向國民黨北伐軍駐地發起了大規模的軍事進攻，將北伐軍 7000 餘人繳械。日軍又以種種藉口在濟南姦淫擄掠，無所不為。一時間，濟南成了日寇屠殺中國軍民的殺人場。在 5 月 3 日這一天，被日本侵略者野蠻屠殺的中國軍民在 1000 人以上。日本軍國主義還踐踏國際法準則，殘殺了國民黨政府山東特派交涉員及 16 名外交人員。特派交涉員蔡公時堅持民族氣

〔註 110〕　《活躍的蘇俄——俄國五年計劃畫刊》，原畫冊未印譯者和出版時間，應為
　　　　　　1933 年。

節，怒斥日軍暴行，被日軍將他的鼻子、耳朵、舌頭、眼睛挖去，並對其他人也百般摧殘。最後，除一人僥倖逃脫外，其餘的人全部被日軍殺害。11 日，日軍佔領濟南城後，肆意殺人搶掠，姦淫婦女，據濟南慘案被難家屬聯合會調查：「濟案」中國軍民死亡 6123 人，傷 1700 多人，財產損失 2957 萬元。慘案發生後，日方否認日軍屠殺中國人民的罪行，反而要南京國民政府道歉、賠償、懲凶。

為了揭露侵略者暴行，良友公司迅速編輯出版了《濟南慘案畫刊》，採用萬國新聞社著名記者王小亭在濟南冒著奇險拍攝的大量日軍屠城照片以及明耀五撰寫的長篇報導文字，用事實揭露了侵略者的殘暴，粉碎了侵略者「保護僑民」的謊言。

《濟南慘案畫刊》的封面非常醒目：白紙、黑字書名、一大灘鮮紅的血。該畫冊的發刊詞交代了事件的緣起以及出版畫刊的目的——向全世界的人揭露事件的真相：

> 濟南五三日兵暴行發生，我方軍民慘遭毒手者，眾達數千。暴日一方既移屍滅跡，披和服於死難華人身上，而強謂日人遭難；復利用靈通之通訊社，以傳達消息，攝製影片以淆惑觀聽。我方為其禁止攝影，使彼得從容從事狡飾，如最近暴日提出國際聯盟之參考書，強詞奪理，固不待言，倡言「日軍決無殺害無抵抗市民之事，況至於割耳削鼻等事，在日本人之性質習慣上，斷不能為此慘無人道之舉動」云云。惟其彼等知此等舉動為慘無人道，故一則禁止攝影，一則指鹿為馬，強飾其非。吾人深滋惶懼，蓋恐證據湮沒，於將來交涉殊為不利。用是為協助政府將來交涉計，為提醒國人知暴日之毒辣手段計，特從事搜集證據。適萬國新聞社王小亭君來自濟南，出示萬難冒重險所得之照片，吾人認為足以昭示日本人之性質習慣上，慣為此等慘無人道之舉動，且於交涉前途不無小補，特印行此刊，以廣宣傳；並得中山特刊編者明耀五君撰文詳敘此案經過。吾人除對於數千之死難國人虔致哀悼外，並代表全國對王君與明君敬表謝意。

畫冊採用的是依時間順序敘述的方式安排圖片。第一、二頁是「北伐軍入濟南城時情形」的照片。圖片上，北伐軍人們打著「國民成功萬歲」的標語進入濟南城，周圍圍觀的百姓百姓微笑著注視。整幅畫面和平而寧靜。接著，良

友隆重刊發了烈士蔡公時的遺像和傳略：「蔡公時先生，江西人，曾留學日本，得碩士學位。返國後致力革命，隨孫宗禮及李烈鈞參助軍政。此次隨北伐軍出發至濟南，任交涉特派員，五三事發，為日軍所捕，臨危尤力爭，日軍怒，挖目割鼻而槍殺之。」整本畫冊充滿真實的慘狀，其中「慘死者」一頁尤其令讀者震撼：那是幾張尺寸放大的照片，均為慘死者的屍體，畫面旁邊用中英雙語釋文：「（右）北伐軍被慘殺者之一，注意眼鼻均被割去，（下）被用火油燒死之北伐軍屍體」，英文釋圖：Victims of The Tsinan Tragedy. Above——Eye And Nose Were Badly Done With. Below——Greased And Burned to Death.

整本《濟南慘案畫刊》氣氛壓抑凝重，用影像的方式講述了濟南城是如何從一座安詳和平的古城變成人間地獄的。在當時沒有其他新聞影像傳媒的情況下，真切地再現了暴日橫行的歷史，記錄下了中國歷史上恥辱淒慘的一頁。

（二）報導戰爭實況，喚醒國人：以《日本侵佔東北真相畫刊》為例

《日本侵佔東北真相畫刊》是良友公司出版的「九一八」事件主題戰事畫冊中一本，這本畫冊更像是一部夾敘夾議的「紀實新聞」報導，不僅有大量的圖片，還有被佔領區和被占紀實、外界評論摘引，記錄了日本侵略東北的真實情況。這本畫冊在 1931 年 10 月 10 日出版，距事發不到一個月的時間，可見良友出版之迅速。

《日本侵佔東北真相畫刊》封面是一幅震撼人心的照片：山海關前站著一隊日本軍人，照片上印著大字「鐵蹄辱我關山何時雪？！」封二為《瀋陽事件》一書的廣告，封底為東三省的時局地圖。畫冊第一頁是兩張大幅照片，上圖為上海市民集會的全景，人山人海，下圖為近景，群情激奮，反映了事發之後中國民眾的激憤情緒。第二頁為東北時政要人張學良等人的照片，第三頁為日本主要長官的照片；第 6～7 頁合為一整張具有震撼力的大尺寸照片：日軍佔領瀋陽城牆，向我軍射擊的實況，圖片中穿插編者撰寫的警語，「以目前中國的現狀論，日本進兵侵佔滿蒙，自然是易如反掌……我們相信，日本人要陷入目前德國人的困境，享受目前德國人忍受的痛苦——有子子孫孫還不清的外債，償不盡的賠款。」此後數頁是關於被佔領區慘狀的全面報導。

畫冊後 31～36 頁題為《遼吉被占紀實》，是一篇長篇時事報導，文中穿

插各大報紙的評論，如天津《大公報》的《國聯發言後之遼吉事件》報導摘
要，「中國年費一萬兩萬，養兵百餘萬，一旦禍作，數日耳失兩省，而稱之曰
不抵抗，曰鎮靜，而以訴諸國際聯盟與不戰公約為目前惟一之表現，此在中
國本身，可謂頑鈍無聊，無以復加者矣；是以由中國言，不應專依賴國聯與
不戰公約，而由國聯與公約言，則對本事件不容不問。」〔註111〕再如《時事
新報》的社論：「此國人所應深思明白，知後患方殷，而遼寧之被占僅為開幕，
國人若不以救國為己任，不以救一己切身之勇氣救東省，猶復若袖手旁觀於
舞臺上之群眾之以旁觀始者，無不以被宰割被屠戮之幕中人為終，嗚呼國人，
勇於私鬥，自殺也……」〔註112〕評論文字比正文大兩倍字體，用黑框框出以
強調。良友在《日本侵佔東北真相畫刊》中，採取的是圖片和評論相結合的
方式，重點既在揭露日本侵略者罪行，又批評了政府的「不抵抗政策」，用呈
現鐵蹄下東北的恥辱景象喚醒國人，以救國為己任，產生了單純的文字性報
導無法傳達的號召力。

　　綜上所述，「良友出版」在期刊、圖書、畫冊三方面都卓有建樹。期刊方
面，良友公司以《良友》畫報這本中國第一本大型攝影圖文雜誌開創市場，
奠定了它在畫報界的地位；公司所創辦的電影、體育、藝術、婦女讀物、知識
讀物等眾多類型的期刊覆蓋了大眾閱讀的方方面面，而且都具有創刊時間早、
內容豐富、圖文並茂的特點，注重以趣味化的姿態進行知識的傳授。公司出
版的三本純文學期刊《人間世》《新小說》《文季月刊》都在中國現代文壇上
產生過一定的影響。在圖書出版方面，良友公司以出版高質量的文藝叢書見
長，由趙家璧主編的《中國新文學大系》和「良友文學叢書」彙集了中國新文
學以來的重要作品和史料，影響了一代文學史的構建和敘述，作用可謂深遠，
其他叢書和單行本圖書同樣注重傳授新文化、新知識，圖文並茂、富於趣味。
畫冊出版方面，良友出版的畫冊起到了日常生活中傳播知識、普及文化，戰
爭時期及時報導戰爭實況，揭露侵略者罪行的新聞傳媒作用。尤其是它傾其
全力出版的大型畫冊《中華景象》，以圖像的形式記錄了一個真實立體的現實
中國，不僅在當時具有揚我國威、振奮民族自信心的作用，在今日也是寶貴
的歷史資料。

〔註111〕《日本侵佔東北真相畫刊》，1931年，第34頁。
〔註112〕《日本侵佔東北真相畫刊》，1931年，第32～33頁。

第四章　良友的文學天空

　　在前面的三個章節中，本書從良友圖書公司發展歷程、良友編輯群體、良友出版物三個層面，考察了良友出版的特點。從中可以看出，良友的編輯群體在出版旨趣上重視出版物的社會功用，力圖通過良友的出版工作來普及教育、發揚文化、開啟民智。他們所採取的方式不是通常的教化方式，而是平等的和趣味化的。由於良友文學出版內容豐富多樣，筆者在此選取良友代表性出版物《良友》畫報的文學部分，解讀其特點。

　　《良友》的文學天空與其影像世界同樣絢麗多彩，魯迅、郁達夫、田漢、施蟄存、穆時英、茅盾、丁玲、鄭伯奇、黑嬰、巴金、老舍、予且、豐子愷等知名作家都在《良友》上發表過作品，不同的文學流派以《良友》為舞臺各自粉墨登場。《良友》為這些文學作品配上了精彩有趣的插圖，對其文本進行了獨特的影像化演繹。圖文對讀，讀者可以體會到與純文學刊物相比完全不同的閱讀效果。此外，《良友》的傳記文學、遊記文學等紀實性作品以及外國作品翻譯都別具一格，獨具風采。

第一節　「良友」的自我與世界

　　認識世界、認識自我，是良友啟蒙的核心目標，也是《良友》雜誌注重實用的一種表現。《良友》通過對國際時事、時人的介紹幫助讀者瞭解新聞時事動態，介紹各種新生事物，並通過時事評論的方式為讀者解開國際國內風雲之謎，起到了趣味化的知識介紹功用。同時，《良友》專門開闢成功人士自述專欄，約請社會上的知名人士介紹自己的成長經歷和對人生的感悟，為讀

者樹立成功的榜樣，使讀者能夠藉此觀人、觀己，以此樹立成功的信心。同時，《良友》還通過刊登大量國內、國外風景、民俗遊記的方式，幫助讀者更好地認識中國和世界。其眼光是世界性的、開放性的，其敘述特點是趣味化的、輕鬆化的，以趣味的方式向讀者展現「良友」眼中的「自我」（中國與個人）與世界，實現它獨特的文化啟蒙。

一、國際國內時人時事評論

《良友》每期都有對國際時事動態和新生事物的報導，多採用圖片和文字相結合的方式，起到了今日電視傳媒的效果。可以說，《良友》帶有強烈啟蒙色彩、令讀者閱之難忘並有所教益的，是對國際時事人物的深入報導。《良友》的這類文字並不是直接從外文的原文翻譯得來，而是經過編輯加工過的創造性很強的「譯述」。這類譯述宣揚積極奮發、勤勞努力、奉獻社會的精神，鮮明地體現了讀者良友的特點。其中，陳炳洪譯述的《美國七大恩人》、明耀五譯的《甘地自傳》可視為代表。

《美國七大恩人》一文向讀者介紹了美國七位名人：發明家愛迪生 Thomas A. Edison、汽車大王亨利福特 Henry Ford、影相機與軟片發明者佐治伊士門 George Eastman、飛機發明者粵威爾賴特 Orville Wright、郵貨公司大巨頭羅森和 Fulins Rosenwald、汽車的橡皮輪胎發明者法施登 Harvey Firiston、鋼鐵建築大王許華勃 Charles M. bscbwa。文章開篇即用大號字體醒目地印著：「個個起家是貧苦，七人中無一有讀大學之機會；奮鬥——勉力——勤勞——不怕困難——意志堅定至成功；豐功偉業把世界完全革新改造！」[註1] 譯者陳炳洪稱這七個人是「美國的恩人」「世界的恩人」「人類的大恩人」，文章概述了這七人的創業故事，多次指出這七個人造福社會之精神：「他們不過可以代表那無數的改造美國的恩人中的傑出者而已。無論哪個人，他若有堅強毅力把一生的光陰去發展一個抱定的思想或夢想，能將人類的生活改造較為容易，快樂，對於人群總有一點有益的貢獻，他就可有希望坐在當晚偉人領袖的宴會席上。他的事業功效比做那總統為宏大廣闊。」[註2] 從文章寫作的風格來看，全文沒有一板一眼的記述，更多的篇幅給予了充滿感情的評論，而這種鼓舞人、感染人的譯作特點在《良友》文學中是經常出現的。

〔註1〕陳炳洪：《美國七大恩人》，《良友》第 34 期，1929 年 1 月，第 14 頁。
〔註2〕陳炳洪：《美國七大恩人》，《良友》第 34 期，1929 年 1 月，第 34 頁。

印度民族解放運動的著名領袖甘地是世界政壇的風雲人物。1922 年 2 月，甘地曾因第一次非暴力不合作運動失敗而身陷囹圄，出獄後致力於重振民心士氣，1930 年 3 月率領 78 位志願隊員開始「食鹽長征」，揭開了第二次非暴力不合作運動的序幕，給英殖民主義者以打擊。《良友》及時關注這一民族解放運動，將《甘地自傳》重點推出，用了四個版面詳述並配以四幅插圖「甘地畫像」「甘地近影」「在南非任律師時之甘地」「甘地之英文筆記」詳述。不僅如此，《良友》還少見地為《甘地自傳》同時附了按語和編後語，這是很少見的。這篇文章的編後語點出了《良友》如此大力介紹的目的，就是通過借鑒印度反英運動經驗，為改變中國現實而服務，其為國民啟蒙教育的良苦用心可見一斑：

> 被壓迫民族之反抗，是現代歷史的核心。印度反英運動方興未艾，臺灣反日的舉動又起。本期發表臺番和日兵戰鬥的寫真，更譯刊印度革命領袖的自傳，讓我們從圖畫和文字雙方面，窺見民族自決的趨勢。……印度國內階級複雜，人心一向散漫，獨立運動原本是極困難的，幸而還有一個好領袖，在軀體上似乎渺小的甘地，他的人格，主義，和精神之偉大，喚醒了怠惰的同儕，撼動了世界的思想。反觀我們天天講革命的中國，多少貪污領袖，即如最近被告發而拘禁的陳德徵之流，作革命的文章而過著官僚腐敗的生活。比較之下，我們簡直一額冷汗。〔註 3〕

《良友》在做國際時人介紹的時候，有時也強調趣味性。如第 44 期《開末拉：世界名人對於攝影之怪癖》就是如此。在當時，照相是比較時尚的行為，《良友》對這幾位世界名人面對照相機的種種怪癖一一列舉，讀後令人捧腹，顯現了《良友》追求趣味性的特點：

> 飛渡大西洋名航行家林碧氏是個最怕拍照的名人。他的朋友說林碧近來神經受刺激，必需休養。林碧的神經受刺激緣故，不少是受了攝影機的影響。他痛恨拍照，他寧願冒險在暴風雪中飛行，也不願對著一群新聞攝影員呢。……美國總統胡佛也是駐美京的攝影記者一個難攝人物。胡佛雖有變通之才，但他只有一個姿勢給攝影機——就是硬直直的而無風采底望著攝影機。所以胡佛的照相是差不多皆一樣的……英王子恐怕是世界上拍照最多的人了。不特如

此，他而且是一個常常跌落馬下而被拍照的貴族人物吧。……已故
金融大王摩根氏是攝影員的著名的仇敵。他就是把木棒驅逐攝影員
的創始者。他到六十歲才肯拍照。〔註4〕

在時事報導方面，《良友》畫報在刊登大量圖片報導新聞動態的同時，經常通
過撰寫長篇的時事點評深入報導。《良友》畫報兩位主編梁得所、馬國亮都曾
在「編者往來」中點評時事。為了更為集中深入地報導，他們還邀請專人開
闢專欄，點評時局。申報新聞主筆黃天鵬、左翼作家鄭伯奇、良友的年輕編
輯李青等人都為之撰寫過時事點評文字。黃天鵬時事評論的新聞腔較足，基
本上是站在國民黨的角度談論時事變化，如《蔣抵平後北方政局》：「國都難
定，河北去京邊遠，遂為反動勢力活躍之中心。蔣主席當此時會嚴重際之，
對馮出洋問題及西北善後事宜，亟思與閻會商解決，乃有北平之行。六月廿
五日晚抵故京，即發通電勉勵西北將領，希望效忠黨國，一致服從中央。廿
六日赴陸軍大學訓話……〔註5〕而鄭伯奇在《良友》用盧舟、華尚文、鄭君平、
樂遊等多個筆名在《良友畫報》發表的國際國內時事述評敏銳、生動、深刻，
使這一時期的《良友》充滿左翼的凌厲氣息。由於作者本人的文學才華，鄭
伯奇的時事評論寫得酣暢淋漓，如署名盧舟的《瘋狂了的世界——經濟會議
後的國際形勢》分析獨裁現象：「獨裁政治是目前國際形勢的普遍現象。為什
麼要獨裁？理由很明白的。當一個階級或某個集團感覺到自己的支配不強固，
就不得不用一種力量來強制別個階級或集團。所以，在獨裁的反面必有強有
力的敵對階級或集團存在著，這是很明白的事。現在風行一時的獨裁政治可
以作為有力的證明。」〔註6〕他在《悲慘的插話》寫了日本狂熱的民眾為關西
海軍志願兵出發送行發生的踩踏事件，並分析日本人的變態心理：「自從日本
軍閥積極地布置『九一八事變』以來，日本的一部分民眾受了宣傳的麻醉，
的確跟著軍閥在做統一東亞的幻夢。這些軍閥的工具大概是小商人，小地主
及落伍的知識分子和沒有自覺的工農大眾。他們不理解自己所受的痛苦是不
良的社會組織給他們的，而只想跟著軍閥向海外發展來另求解放。他們甘心
給軍閥當砲灰。他們把真正的解放運動視同仇寇。……」〔註7〕有的評論則富

〔註4〕 塵雄：《開末拉：世界名人對於攝影之怪癖》，《良友》第44期，第22頁。
〔註5〕 《良友》第38期，1929年8月，第28頁。
〔註6〕 《良友》第81期，1933年10月，第9頁。
〔註7〕 《良友》第85期，1934年2月，第11頁。

於文學色彩，如他在《新三都賦——南京，洛陽，長安……》一文中，把南京、洛陽、長安這三個城市擬人化，借寫陪都命運而寫時事，這種生動的筆墨，以及對「黨國」「國都」的嬉笑調侃的態度，這是黃天鵬所不能及的。鄭伯奇之後，編輯李青也曾寫過不少時事評論，如「世界動向」的系列評論，但沒有達到鄭伯奇的水平。

二、國內外遊記

　　「良友」遊記文體文學的刊登，最初始自《良友》第四期旅行家王海升（王小亭）的西北探險見聞《王君探險記》。此後，伍聯德為了學習先進經驗、爭取華裔經濟支持先後出遊南洋與美國，他走出國門的第一步也即開始了《良友》用文字輔以圖片的形式向讀者介紹世界、介紹中國的歷程。《良友》的遊記除了由伍聯德、梁得所撰寫之外，更多依靠的是來自社會各界人士，這些遊記因作者年齡、身份、經歷、性格各異而呈現多姿多彩的樣貌。

　　《良友》的遊記通常有兩種方式，一種是描述了讀者難以親歷的旅行，如學者對西南偏僻地方的調查行記《民族調查冒險記》，或者幾位大學生利用假期從南方走到東北的《華北徒步旅行記》，以及國外民風景色的介紹，此類遊記以文字見長，內含大量人文知識，寓啟蒙性於知識和趣味之中，《良友》通常為這類遊記留出很多版面，字號也比較大，同時輔以圖片。另一類則以景色見長，如郁達夫的風景遊記《雁蕩山》，於是《良友》就把雁蕩山圖片放在版面的中心位置予以充分的渲染，而文字的地位退而次之，用很小的字號、比較少的版面來刊登。從中可以看出，《良友》畫報更看重啟蒙性與趣味性，而不以是否為名人稿件而權宜內容的辦刊特點。

　　《良友》第 42 期上刊登了楊成志的《民族調查冒險記》記敘了社會學者楊成志單人獨行調查雲南少數民族地區的情況。由於同行諸人的因各種原因離去，他獨自考察人所畏懼的西南蠻荒之地。「我的目的是把川滇交界沿金沙江西岸長約二千公里，寬約三四百里，漢人稱為『蠻巢』，外國人稱為『獨立盧鹿』（Indedendentlolo）地的巴部涼山下一個詳細探討的」。儘管行前他不斷接到善意的勸阻，但堅持前往。途中，他遇到了種種危險，「……即晚聞江風怒號，流聲澎湃及『蠻子』下山搶劫漢民的槍聲，感慨頓生，終夜不寢！翌日因水土不服勞困過度，病魔遂把我征服下去，何來消息非常靈通，當夕陽已下，月亮初起的時候，有四十餘個攜刀帶槍的『蠻子』竟來圍攻衙門，意圖擄

我及搶財物。」〔註8〕但他想方設法終於得到一位「最有權利而稍知漢理的酋長」的首肯，得以進入涼山。「我同他一齊過部落時代的衣食住的野蠻生活凡七天，覺得耳目一新，殆有如呷李華遊大小人國那般景象的遭遇：我住在『六畜同堂』的茅屋裏；我吃過號稱上品的『肝生』（生豬肝，肺，心，血加以辣子）；……一班裸體不怕冷的小孩爭挖吃生牛皮的牛肉，曾令我見而結舌；我曾測量他們的房子而被忌，我更會被使與死屍對面而睡。……凡此種種，真令我身體上受著無限痛苦，然而精神上卻非常慰藉。」〔註9〕雖經種種磨難，但楊成志終於平安返回，取得了很大的收穫。他思考最多的仍然是國家的問題：

> 我們已深知雲南是一個動植礦的天然寶庫，又是一座民族，語
> 言和歷史的人文博物院，外國人早已做及許多調查和收羅的研究工
> 作，惟我國學術專家到此地考察者寥寥可數，寶貴資料獨讓外國人
> 容易地攫去，是多麼可歎惜的事情！我深望國內學術團體，科學家
> 對此錦繡河山，文化鄉土加以注意及挖掘！……〔註10〕

這篇遊記按楊成志涼山之行的行程順序配有九幅照片，首先是他的個人騎馬、肖像照，其次是「驢馬負箱隨行以便途中收集民族物」，接著是「雲南巴部涼山在金沙江之濱山腳為漢人居屋頂為蠻子居」，隨後是楊成志拍攝的「婦女化裝之楊君」「『溜繩』渡急流」，最後的三幅圖則是楊成志此行的收穫：二張是「滿載而歸：楊君所收集之民族物，其中有銅鼓，弓弩，衣服，戰甲，飲食具，蠻書，夷書，苗書等甚為豐富」最後配文的一張照片是與當地人的合影「在蠻地結識之朋友臨別留影」。梁得所認為這篇遊記很寶貴，因此給了充分的版面並專門寫了「編者志」予以介紹。

　　《良友》遊記文學中所洋溢的關心國家、為理想獻身的情懷在《華北徒步旅行記》也得到了充分的展現。《華北徒步旅行記》是暨南大學學生趙榮光所寫，並非名人，寫的也非奇聞軼事，但《良友》給了此文六個半的版面，共配了35幅圖片，這樣的篇幅在《良友》畫報中是比較少見的。這篇文章記錄了趙榮光與幾個同學一起從暑熱的廣東出發，沿途邊遊邊記，行至東三省，共徒步行走五千里的路程。他們曾冒大雨行進；在從高資到南京的路上遇到兵匪對峙，

〔註8〕楊成志：《民族調查冒險記》，《良友》第42期，1929年12月，第10頁。
〔註9〕楊成志：《民族調查冒險記》，《良友》第42期，1929年12月，第11頁。
〔註10〕楊成志：《民族調查冒險記》，《良友》第42期，1929年12月，第24頁。

被軍隊的人捉住綁在樹上搜身；沿津浦路走的時候，看到每次上下的貨車，每列車上載著貨物和畜生，而在車底的鐵條上，和列車底上面，竟臥著無數的貧民。在山東，不僅看到了悠久的文明古蹟，同時看到了戰爭給山東人民帶來的苦難，百姓們如今已被摧殘得極端貧窮，民不聊生。照片上，小孩子肚子都是鼓脹如孕婦，「這裡的人們窮極了。連麵都沒得食，每天只食瓜度活的。這正與我們沿途所見的農民沒有衣服穿的苦況相同。想起張宗昌在這裡底時候，預徵錢糧至民國二十年終，覺得我們國民大埠底生活費，已經被內戰底火藥耗費去了。」〔註11〕在遊覽完古都北京的景色後，他和另外一同學又去了中俄關係緊張情況下的東三省。沿途經過唐山煤礦，看到了那裡礦工們工作的艱辛和危險，飽覽了山海關秀美的景色，最後來到了滿洲里，看到了戰壕。在與士兵的交談中，他們瞭解了戰士們平日艱苦的生活。文章寫道，在和他們一起度過的兩天時光中，「看他們底奮發，動作，忠誠，謙愛，一致……無一不可為我們底模範。」這篇遊記以憂國憂民的思緒貫穿全文，以從士兵處看到的希望作為結尾，使讀者閱讀後感到強烈的震撼，啟人深思。

對世界風情的介紹也是《良友》遊記的報導重點。尤其是在 1934 年名家創作減少的情況下，良友開出了時尚的「讀者列車」，為讀者介紹了世界著名城市的美麗風光與豐富歷史、人文知識。如李言三的《魏馬，歌德的故鄉》、玉河的《詩一般的希臘》、耐雪的《瑞士，歐洲的消夏場所》等。這些遊記樸實無華，忠實於遊覽所見，但由於描寫對象深厚的人文底蘊，因此，當作者將景物與歷史夾敘夾議地向讀者說明的時候，同樣起到了寓啟蒙於趣味的效果。這一特色以《魏馬，歌德的故鄉》為代表。《魏馬，歌德的故鄉》發表於 1935 年 3 月《良友》第 103 期，文章附多幅照片，如歌德的住宅、歌德孫女阿瑪的雕像照、畫家所繪的「歌德臨終之情狀」、魏瑪最老的餐館照、以及歌德與德國歷史學家敘勒並肩站立的雕像照片等。文章以典型遊記的寫法按旅行時間的順序記錄了作者在歌德故鄉的見聞，其間夾雜歌德的軼事以及作者的評論，為讀者把名勝之地介紹得充分而細緻。

三、名人傳記

早在《良友》第三期，即已開始了對於中國社會成功人士的介紹。伍聯

〔註11〕趙榮光：《華北徒步旅行記》，《良友》第 43 期，1930 年 1 月，第 11 頁。

德在撰寫《良友》新聞圖片來源的時候，曾用七八百字的篇幅介紹過萬國通信社三位供稿的攝影師——范濟時、雷榮基、黃海升。梁得所接任主編後第一篇描寫成功人士的文章，當為伍聯德去南洋時結識陳嘉庚而寫的《陳嘉庚先生小史》：

> 陳嘉庚先生，福建人。起於貧家，年十七，隨父營雜貨於新嘉坡。父歿後，創辦波羅蜜廠，出品暢銷於南洋及歐美。歐戰時，營業大受影響。於是另圖企業：開橡皮園，設生橡皮廠，營業大為發達，獲利甚厚。近又充擴營業，國內外分銷處五十餘所。所經營的包括有橡皮廠，波羅蜜廠，餅乾廠，肥皂廠，木廠，磚廠，南洋商報等。君以每年所獲餘利，半用於擴充營業，半用以開辦廈門大學集美中學等校。現年五十四，有八男七女。為人勤奮熱心，為實業界所不多見，其成功固非偶然也。余以良友公司任務至南洋，得晤君於新嘉坡，蒙贈以照片，茲特介紹於《良友》。——伍聯德志〔註12〕

旁附「實業家陳嘉庚先生像」及陳嘉庚捐助興建的廈門大學全景。《良友》此後刊登過很多成功人士的介紹性文章，如梁得所撰寫介紹博克先生的《六十年前的一個荷蘭童子》（第 27 期），《我的父親》（第 29 期），以及《最近逝世之國學家梁啟超》（33 期），《王雲五先生傳略》（35 期）等。

《良友》設置固定欄目來刊登名人自傳始於第 44 期。梁得所認為：「所謂名人，不是人云亦云的名人，他們每人都有所成就。教育界，體育界，文藝界……許多成功的人，都從奮鬥中鍛鍊出來。每人的經歷，敘成真小說，相信必為大眾所愛讀。這類文字已在徵集中。」在《良友》第 45 期「編者講話」中介紹「成功人士自傳」這一欄目的設立：

> ……當現在開始介紹各界成功人的時候，特別希望大家能夠欣賞自己的事業，無論什麼職業，即使所謂雕蟲小技，也不要自輕。因為中國各面正在開墾時代，我們在份內努力，可以達到作開荒牛的期望；倘若稍為自棄或自私，就連開黃牛都不配做了。〔註13〕

在這個欄目中刊登的社會知名人士自傳有：足球體育家李惠堂的《離了母胎到現在——球王李惠堂自述》（第45 期），畫家徐悲鴻的《悲鴻自述》（第 46 期），鄺富灼的《六十年之回顧——著述家鄺富灼述》（第 47 期），丁福保的

〔註12〕《良友》第 13 期，1927 年 3 月，第 14 頁。
〔註13〕《良友》第 45 期，1930 年 3 月，第 2 頁。

《醫學與佛法——藏書家丁福保述》（第 48 期），黃警頑的《二十年社交經驗談——交際家黃警頑自述》（第 50 期），王立明的《由家庭到社會——婦女節制會總幹事王立明女士自述》（第 53 期），伍連德的《得之於人，用之於世——醫學家伍連德自述》（第 58 期）等。這些社會名流職業分布在各行各業，《良友》畫報最看重的不是他們取得的成就，而是他們奮鬥的過程。比如，通過頑強努力最終贏得成功，是《良友》一貫倡導的精神；為國贏得榮譽更是《良友》力邀李惠堂為之撰稿的原因。如李惠堂所述：「我們在澳三月有餘，連來回航程去了剛剛半載，我們遊了不少的地方，受人家很熱烈的歡迎。最重要的，我們卻無形中提高了中國的地位，改變了澳人對華的心理。我們這次外徵，可算得非常的美滿，而我個人呢，第一場竟獲了表演最佳的金獎章。到完結後卻得了善射將軍的美譽。」編者在編者按中介紹了約稿的過程，並引用李惠堂的話「不敢當，我那裡能夠受名人和成功者的頭銜；而且，我雖然在球界內有多少貢獻，但是那也不過匹夫之責罷了。」將自己的成績視為「匹夫之責」、與祖國榮譽聯繫到一起，是良友著重強調之處。

　　《良友》不以文體為限制，在第 45 期刊登了藝術家徐悲鴻用文言文撰寫的傳記。徐悲鴻的這篇傳記文筆樸實，詳細回顧了自己的在貧窮的壓迫下追求藝術的人生經歷，突出了對事業執著的追求。同時，《良友》也重視這些成功人士身上的敬業與樸素品質，如對交際家黃警頑樸實生活的介紹。《良友》的成功人士傳記系列在讀者間得到了積極的反響。一名叫李舒容的長沙讀者來信表示：「良友每期的名人回憶錄給我非常的感動。我常常對朋友說，《良友》光是這一篇東西，已經值四角錢以上。我看到現代許多名人的出身，都是如此的刻苦，實在使人起敬，同時也使我得到無限的勇氣，我現在的境遇也非常難過，但我看見許多有名的人物都同受過這樣的命運，並且可以說比我更甚，我便不敢自怨。貴志這幾篇文字實在給我許多力量，我特地寫信給你們致謝，並望你們能繼續多登幾篇。」〔註 14〕可見《良友》從文化啟蒙的角度為讀者培養民族自信、樹立人格榜樣作出了貢獻。

　　通過以上分析可以看出，《良友》的國際國內時人時事報導有助於讀者瞭解國際時事動態，國內外遊記開闊了讀者的眼界，對中國現實的深度報導對增進國人和海外人士對中國的瞭解有重要意義。良友的成功人士傳記等帶有紀實性質的文學作品都具有正直向上的品格，以輕鬆和富有趣味的文化啟蒙

〔註 14〕《良友》第 107 期，1935 年 7 月，「讀者廣播臺」。

姿態鼓勵讀者奮發振作、關心國事、樹人立人，產生的社會效果是積極有益的。

第二節　文學韻味與都市情調

《良友》每期都刊登文藝作品，有的時候是一兩篇，有的時候則有七八篇之多，使這本圖畫雜誌具有了較濃的文化韻味。在作品類型上有外國文學翻譯、小說、隨筆、散文、詩歌等不一而足。這些作品在篇幅上以短篇為主，其中很多是知名作家的創作。馬國亮說：「為了使畫報做到圖文並茂，爭取更多的名家為《良友》寫作，讓讀者讀到優秀的作品，是編輯部應有的責任。反過來說，編輯部也必須在選材的主旨、方針方面，有較高的品格，得到公眾讚許，才能獲得有識之士的支持。《良友》畫報經過多年的努力，幸而在這方面獲得認同。」〔註15〕良友的文學創作除知名作家作品外，另一些文藝作品則是來自良友同人的創作與翻譯。

一、通俗化的文學翻譯

《良友》畫報剛創刊的時候，雖然影像內容刊登的是海內外大尺幅的新聞圖片和藝術攝影，給人耳目一新之感，但文學欄目刊登的卻是一些無聊的文言小說和市井故事，不符合這本雜誌的現代時尚定位。刊登外國文學翻譯始自第二任主編周瘦鵑。〔註16〕周瘦鵑在受邀擔任《良友》畫報主編後，很快新設了一個欄目「穿珠集」，刊登自己的小說譯作：

> 不惠裏為中華書局輯譯歐美名家短篇小說叢刊，所採達十四
> 國。得五十篇，讀者善之，且得教育部褒獎。覆瓿之作，荷此榮寵，
> 殊自慚也。前歲郵購世界短篇小說傑作集二十卷於英倫，採集之廣，
> 殆十倍於吾叢刊。夜中偷得餘暇，輒篝燈讀之，並選其短峭有思致
> 者若干篇，從事遷譯。匯為一編，蓋尤掇拾明珠無數，而乙乙穿之
> 也，因名之曰穿珠集。〔註17〕

〔註15〕馬國亮：《良友憶舊》，第 131 頁。

〔註16〕周瘦鵑不僅是民國時期著名的鴛鴦蝴蝶派作家、出版家，還是出色的翻譯家，
　　　　一生從事大量著譯工作，曾先後編譯出版了《福爾摩斯偵探案全集》（該書最
　　　　早的中譯本）和《歐美名家短篇小說叢刊》（曾榮獲由魯迅代為頒發的教育部
　　　　嘉獎）。

〔註17〕《良友》第 5 期，1926 年 5 月，第 18 頁。

周瘦鵑在「穿珠集」欄目一共發表過七篇譯作，分別是《畫師的秘密》《別一世界中》《快樂之園》《一封信的一節》《未婚妻》《療貧之法》《情書》。這些作品的原著者並不出名，因此周瘦鵑會向讀者做簡單介紹，如對《畫師的秘密》《別一世界中》《快樂之園》的作者許麗南女士，周瘦鵑介紹為「許麗南女士，Olive Schreinuer 英人。以一千八百六十二年生於南非洲。所著短篇小說一部。多含哲理，以此得名」〔註18〕，對《一封信的一節》《未婚妻》的作者法國鄔度女士，周瘦鵑介紹為：「按鄔度女士，M. Audoux 為巴黎一縫衣婦，略知書。工餘之時，草《茉莉葛蘭》，『Marie Claier』，閱十年，竄改數度，始出以問世。當代文豪見之，大為激賞，因以成名。又有短篇小說多種，散見巴黎叢報中，此其一也。」〔註19〕他的介紹比較隨意，對後兩篇譯文的作者「英國培來潘恩」就沒有介紹。

　　周瘦鵑翻譯作品的主題基本圍繞家庭、愛情、責任展開。他經常寫到責任問題，這可能與他本人的經歷有關。周瘦鵑自小在貧寒之家長大，成年後也因門第懸殊不能與心許的女子結合。雖然後來作品暢銷收入頗豐，但因子女多、窮親戚多，始終辛勤著譯不敢懈怠，對生活的真相有很多體會。《畫師的秘密》寫一位畫師的畫閃耀一種獨特的美感，等他死去人們才發現他胸前有傷口，原來他是用心血作顏料的。《快樂之園》寫小女孩在「快樂之園」裏走著，但「責任」板著嚴靜而蒼白的臉，一次次地要走她手中的花朵，甚至奪走了她藏在胸前的最後一朵小花。「到此伊再也沒有甚麼可以給與了。便沒精打采的渡將開去。那灰色的沙。繞著伊打鏇子。」〔註20〕，周瘦鵑附言「此篇言人生於世，為責任所逼，乃不得不盡去其人生之樂趣，陷入於悲哀之境，嗚呼！責任之逼吾也甚矣，吾又安從而擺脫之哉。」〔註21〕「串珠集」中寫得最多的是愛情婚姻，如《未婚妻》，寫一個單身漢羨慕別人家庭和美，「我不能打定主意，回到我那寂寞的小房間中去。我已二十歲了，還從沒有人和我講這戀愛咧。」〔註22〕再如《情書》：男子發現別人寫給妻子的情書，氣惱不已。妻子向她解釋自己還是愛丈夫的，只是因為已經 41 歲不再自信，情書是證明她還能被愛的「保證書」。後來女兒生病，二人忙著照顧孩子，重歸於

〔註18〕《良友》第 5 期，1926 年 5 月，第 18 頁。
〔註19〕《良友》第 10 期，1926 年 11 月，第 25 頁。
〔註20〕《良友》第 7 期，1926 年 8 月，第 3 頁。
〔註21〕《良友》第 7 期，1926 年 8 月，第 3 頁。
〔註22〕《良友》第 10 期，1926 年 11 月，第 25 頁。

好〔註 23〕。這些翻譯作品譯筆順暢，言辭婉約，與一些新文學作家的生澀譯作有很大差別。

其中，譯筆最為曼妙的，當屬《別一世界中》：女子用自己的鮮血向空靈中的神明祈願，給自己愛的男子幸福。得到神的允諾後卻發現心愛的男子正飛快地乘船離開了她。她氣惱不已，這時那個神秘的聲音告訴她，幸福已給與他了，「就是使他離開你」〔註 24〕。小說的寫作頗為詩意，開頭充滿了一種神秘飄忽的氣氛，「在一個很遠的星球中。別有一個世界。他們那邊所發生的事情。和這邊世界中發生的事情不同。」〔註 25〕小說結尾同樣回音嫋嫋，韻味悠長：

那女子悄悄地呆立著。

遠遠的海面上，那船已在月光外不見了。那聲音又很溫和的問道，「你滿意了麼？」

伊道：「我滿意了。」

伊的腳邊，海浪輕輕地推上岸來，碎作一條長的水紋。〔註 26〕

「穿珠集」為《良友》畫報開啟了刊登外國文學作品的先河，開闊了文學視野。雖然周瘦鵑在《良友》畫報工作的時間很短暫，也不甚愉快，但在他之後，梁得所、馬國亮這兩位主編都重視刊登外國文學作品，甚至親自執筆翻譯。總體而言，《良友》文學翻譯量不小，而且類型多樣，包括外國民間文學、小詩、名著等，其中最多的是知名作家名作的翻譯。據筆者不完全統計，在《良友》文學上登場的外國作家及作品有：莫泊桑的《父子》（今我譯，第 14 期）、都德的《葛克神甫底酒》（今我譯，第 18 期）、愛倫坡的《阿芒鐵拉杜的酒桶》（朱維基譯，第 25 期）、霍桑的《酣睡中》（梁得所譯，第 36 期）、小仲馬的《茶花女》（陳炳洪譯述，第 37 期）、霍桑的《紅字》（陳炳洪譯，第 38 期）、西班牙伊本納的《四騎士》（陳炳洪譯述，第 39 期）、安徒生的《蝸牛和薔薇花樹》（海鷗女士譯，第 43 期）、紀伯倫的散文詩《倘若》（梁得所譯，第 60 期）等。

《良友》翻譯文學的一大特點是不以「信達雅」為追求目標，而以故事

〔註 23〕《良友》第 12 期，1927 年 1 月，第 18 頁。
〔註 24〕《良友》第 6 期，1926 年 7 月，第 17 頁。
〔註 25〕《良友》第 6 期，1926 年 7 月，第 17 頁。
〔註 26〕《良友》第 6 期，1926 年 7 月，第 17 頁。

的生動有趣和語言的流暢通順為旨歸，可視為一種對外國文學名作所做的通俗化翻譯。他們常在作者署名後面標注「譯述」，作品內容夾雜了大量譯者的發揮，更重視故事情節的曲折性和吸引人，而對是否忠實原作，是否如實傳達作者主旨並不在意。比如梁得所翻譯的《酣睡中》就很有代表性，文章寫的是20歲的大衛孫在從家鄉去波士頓打工的路上，在路邊清泉飲水後因困倦而睡著了。就在他酣睡的時候，很多人從他身邊走過——一對富有的老夫婦曾慈愛地注視他，考慮將他過繼為自己的孩子；一位美麗的少女替他趕走過蜜蜂，臉兒紅紅地注視他然後若有所思地離去；兩個匪徒曾想殺死他而搶他的包袱，這時一條小狗跑過來，匪徒怕別人發現而收回利刃。後來大衛孫睡醒後歡快地乘一輛載客馬車走了，「他不知道在短短一個鐘頭的酣睡中，富貴之神把金色的染料滴到泉水裏！愛之眼睛溫柔地凝視著澄碧的清泉！和死之神幾乎取他的血染紅泉中的水。在酣睡中，在醒著時，意外的事情常常踏到人生的路上，然而有誰能聽見像空氣一般的腳步聲呢？！」〔註27〕

　　這篇翻譯的有趣之處在於，在標題處僅寫了「酣睡中　梁得所譯」，沒寫著者姓名，只在文末的小角落處用黑線圈出了一個方框，寫道：「這篇小說原名『David Swan』，著者是美國小說家霍桑（Nathaniel Hawthorne）也就是紅字（Scarlet Letter）的作者，霍氏的小說結構嚴整，描寫細膩，在文學上是第一流的作品。」〔註28〕《良友》的其他翻譯作品，如第23期梁子才譯的俄國民間故事《金雞公》、第31期楊成志譯的《希臘故事兩則》、第44期馬國亮譯的意大利神話《三根獅鷹毛》都是明顯的通俗化翻譯。

　　《良友》畫報文學翻譯的另一特色，是良友同人自己翻譯編寫的「影戲小說」。所謂的「影戲小說」並不是《良友》獨創，而是鴛鴦蝴蝶派作家的發明。電影在民國時期還是個時尚的新生事物，包天笑、范煙橋、朱瘦菊、徐卓呆、程校慶、嚴獨鶴等鴛鴦蝴蝶派作家都曾經熱衷參與電影劇本的創作和改寫，甚至自編自演。他們有時候會用文言文寫一些介紹劇情的短文，稱為「本事」、「電影小說」、「影戲小說」。良友公司與電影有重要淵源，比如出版過當時中國唯一的定期電影刊物《銀星》〔註29〕，但《良友》的「影戲小說」與

〔註27〕《良友》第36期，1929年3月，第11頁。
〔註28〕《良友》第36期，1929年3月，第11頁。
〔註29〕《銀星》月刊創辦於1926年，共出版了18期，後改名為《新銀星》《新銀星與體育》。1933年，良友公司又創辦了《電影畫報》。

那些作家的劇本創作又有不同，不具有原創性質，而更接近於今天的劇情介
紹。梁得所曾在「編輯餘談」上談到關於刊登縮編影戲小說的事：

> 影戲劇情多取材於世界小說名著，如法國小仲馬的《茶花女》，
> 俄國托爾斯泰的《復活》，美國霍桑的《紅字》，不勝枚舉，都是不
> 朽之作。可是原著很長，或更未有中文譯本，許多人未得一閱。現
> 在挑選有價值而情節曲折的，復述成短篇小說，並有劇中插圖。這
> 樣既可當小說讀，又彷彿看一齣影戲。〔註30〕

《良友》從第 37 期開始系列刊登「影戲小說」——配有電影劇照的名著「復
述」式翻譯，包括《茶花女》《紅字》《復活》等。

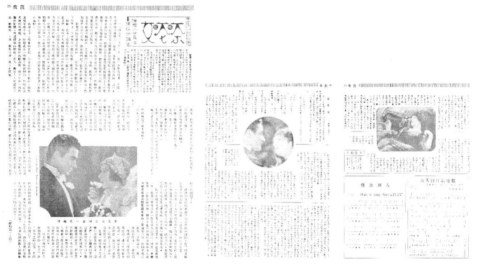

《良友》第 37 期影戲小說《茶花女》

以影戲小說《茶花女》為例。《茶花女》是中國最早的翻譯小說，由林紓化
名冷紅生翻譯為《巴黎茶花女遺事》而在中國不脛而走，被嚴復稱為「可憐一
卷《茶花女》，斷盡支那蕩子腸」。而《良友》版的《茶花女》與原著相比，篇
幅被大大地壓縮了，譯者陳炳洪——良友公司的創辦者之一、大股東，不僅始
終從作者的角度敘述整個故事，並且按照自己的喜好敘述情節，把作者怎樣見
到了茶花女瑪格麗奢華的住宅，以及怎樣與阿蒙結識等情節，用了差不多二分
之一的篇幅敘述，但對瑪格麗與阿蒙相愛到被迫離開同居的阿蒙，重過墮落的
生活，以及被阿芒誤會等重要情節用敘述的口吻匆匆帶過。《良友》為這些文字

〔註30〕《良友》第 36 期，1929 年 3 月，第 29 頁。

配上了由喬治・庫克執導、葛麗泰・嘉寶和羅伯特・泰勒主演、米高梅公司出品的《茶花女》的三張大幅電影劇照：第一幅為茶花女瑪格麗手捧茶花與阿蒙深情對視，圖片下面配有說明「茶花女與阿蒙一見鍾情」〔註31〕；第二幅是阿蒙用手輕撫茶花女臉頰的二人臉部特寫，配有對白：「茶花女說，『我若不受你的愛，你會怨恨我；然而受你的愛，你就愛上一個傷心不幸的薄命女了』」〔註32〕，第三幅則是茶花女臨終前孤獨地躺在床上，配的是「『我思念你！阿蒙！你啊，你在哪裏？』茶花女臨終，孤寂淒涼」〔註33〕。陳炳洪的敘述本身無甚精彩之處，但這三幅圖片卻比較生動，將文字襯托得有些味道了。

二、文學潮流之舞

　　《良友》雜誌是一本出版於上海的具有一定時尚氣質的雜誌，它所具有的地緣性和時尚性特點使它很容易地受到文學潮流的影響。在《良友》雜誌上，鴛鴦蝴蝶派、新感覺派、左翼文學等文學流派的相繼上演，生動地呈現了當時文學潮流的發展變化。

　　《良友》的前十二期具有比較強烈的舊派文學趣味。小說方面，《良友》最初以固定版面連載兩篇長篇小說《鬼火熒鷥記》《春夢餘痕》，其作者盧夢殊、劉恨我均為鴛鴦蝴蝶派作家。其中，《鬼火熒鷥記》全篇用文言寫作，走常見的苦情哀情之路；《春夢餘痕》為描寫報界人士愛情故事的白話小說，故事情節今日看來也是陳詞舊調。而《良友》主編伍聯德當時顯然也並不認為「舊派」文學落後，他不僅刊登這樣的作品，自己也用文言寫作，他曾在《良友》上刊登盧夢殊的照片，用文言文《曼殊與夢殊》向讀者介紹盧夢殊。在創辦初期，除以上兩篇長篇小說外，《良友》還登過一些短篇小說，如第二期的滑稽短篇《遊滬記》，第三期的《龍華春色》《一封未完的情信》，都是言情小說。可見當時的文學風尚還是偏重與舊派言情文學的。這一點亦可從1921年《小說月報》革新後的境遇側面觀之。儘管「茅盾接編後的第一期即印了5000冊，馬上銷完，商務印書館各處分館紛紛打電報要求下期多發，於是第二期印了7000，到12卷末一期時已印10000。」〔註34〕但這種踴躍購買的現象也

〔註31〕《良友》第37期，1929年7月，第19頁。
〔註32〕《良友》第37期，1929年7月，第30頁。
〔註33〕《良友》第37期，1929年7月，第31頁。
〔註34〕錢理群、溫儒敏、吳福輝：《中國現代文學三十年（修訂本）》，北京大學出版社，1998年，第94頁。

不排除讀者獵奇的心理。市民讀者紛紛反映「看不懂」。范伯群說，「市民讀者群看不懂也是真的。這就是《禮拜六》在 1921 年 3 月復刊的背景。」〔註35〕伍聯德邀請周瘦鵑任《良友》主編就是對這種市民喜好的投合，從而使良友與鴛鴦蝴蝶派結緣。關於此事前文已有論述，此處從略。

梁得所正式接任主編一職後，首先做的就是在雜誌面貌上改變舊派文人氣息，注入新的時代活力。在《良友》版式方面，第 13 期的《良友》的卷首語即選用岳飛的《滿江紅》「莫等閒白了少年頭，空悲切！」用黑體加粗，給讀者以視覺的衝擊感。在作品選用方面，梁得所宣稱要改變風格，注入新的時代質素，「我們想這雜誌不是供少數人的需求，卻要做各界民眾的良友。」〔註36〕梁得所在「良友目標」中明確點出了「要做各界民眾的良友」這一要點，那麼，何為「各界民眾」呢？顯然已經不是閱讀舊派言情小說的讀者群了，而是新的知識階層，如青年學生、關注國內外時事變遷的人士。梁得所為此增加新的內容，將之稱為「都是加增我見聞的，有科學上的價值」〔註37〕。

文藝作品方面，梁得所刊登的第一篇作品是清華大學學生韋傑三的遺作，書信體小說《海上生涯》。梁得所特意撰寫「編者志」強調作者的身份，「這篇描寫孤獨者切實的悲哀的小說，是韋傑三君未進清華大學前在滬上所作。當日我在廣州主編一刊物得接這文稿，稿末還寫著排印後請將原稿寄還，誰料稿未付印他已於三月十八在北京段執政槍下做了民眾的犧牲者了。我未見過韋君，然而七八年前已在文字上認識他，而且略知他幾年來冒難奮鬥，造成這樣抑鬱的文字。現在把他的遺作給《良友》發表，只可惜無從徵求他的同意。」〔註38〕此後，梁得所還刊登過描寫青年學生苦悶生活的文字，如史喦獨幕喜劇《晨鐘》（獨幕喜劇）、春萍《微弱的聲音》等，很注意強調作者的學生身份。

此後，梁得所大力邀請新文學作家為《良友》畫報寫作，如田漢、郁達夫，這些作家更為《良友》帶來了較為明顯的新文學氣息。田漢的《荊棘之路》是良友發表的第一篇知名新文學作家文稿，是田漢回憶亡妻易漱瑜的悼亡之文。文章深情款款，回憶了自己接到易漱瑜病危的信後，立刻返鄉，於

〔註35〕范伯群：《中國現代通俗文學史》（插圖本），北京大學出版社，2007 年，第254 頁。

〔註36〕《良友》第 13 期，1927 年 3 月，第 35 頁。

〔註37〕《良友》第 13 期，1927 年 3 月，第 35 頁。

〔註38〕《良友》第 13 期，1927 年 3 月，第 12 頁。

她彌留之際見了最後一面的經歷。田漢的這篇散文開頭引了 John Masefield 的詩 *Her Heart*，「Her heart is always doing lovely things, Filling my wintry mind with simple flowers; Playing sweet tunes on my untuned strings, Delighting all my undelightful hours.」〔註39〕，並將之譯成中文詩，文章的結尾則引了田漢的十首悼亡詩之一，「兩聞危篤殊難信，細雨寒風奔到門；掀帳挑燈看瘦骨，含悲忍淚囑遺言。生平一點心頭熱，死後尤存體上溫；應是淚珠還我盡，可憐枯眼尚留痕。」〔註40〕文章首尾各以中西詩文寫出，不僅展現了田漢這位浪漫主義詩人的才學和風采，也為《良友》的文藝版面提高了文化檔次。田漢的這篇文章配的圖片是他與新婚妻子的合影，與悼亡文字同時刊登，使人讀了有種不由得感歎世事無常之感。此後，田漢還在《良友》畫報上發表過《日本印象記》等文章。

田漢《荊棘之路》

〔註39〕《良友》第 15 期，1927 年 5 月，第 11 頁。
〔註40〕《良友》第 15 期，1927 年 5 月，第 11 頁。

　　郁達夫名作《祈願》刊登在了 1927 年 8 月的《良友》第 18 期上。小說採取的是自敘傳寫法，描寫了知識分子「我」與女主人公妓女銀弟的感情糾葛。小說同樣寫了「欲望」，但卻不是病態沉醉的，而是欲望滿足之後心靈的自責、落寞與疏離，充滿了對底層婦女的同情。

　　《良友》與新文學著名作家的交往以及新文學作品的刊登逐漸改變了《良友》創刊初期的舊派文人風格。此後，即便是鴛鴦蝴蝶派作家盧夢殊其文風也有了很大改變。盧夢殊在《良友》第 15、16 期連載的小說《戰雲》，描寫上海租界外的華界「戰雲」籠罩下老百姓的生活。文中描寫了國民黨與直魯軍作戰，民房燃燒，百姓生活在彈雨下，受驚受怕，妻離子散。他的《十三夜》寫的是一個香港小職員下班後在臘月的寒夜裏徘徊的落寞生活。梁得所對盧夢殊的這篇小說點評為：「盧夢殊的《十三夜》這篇文藝使人讀了作嘔，然而這就是偉大之點，盧君描寫貧民窟裏的狀況，使讀者彷彿能嗅著臭蟲的氣息一般。」〔註 41〕

　　與其他純文學雜誌都是文字的版面相比，刊登在《良友》上文學作品因有大量的趣味插圖，會產生非常不同的閱讀效果。以新感覺派的小說為例。施蟄存是新感覺派的代表作家之一，《現代》雜誌的主編，《良友》的作者，打開由施蟄存主編的、與《良友》畫報同一時期的《現代》雜誌，除了扉頁幾張銅版紙印刷的插圖：「拿破崙之遺書」、「雷氏大廈」（第一期）「閘北風景」木刻、「高爾基在蘇倫多」（第二期），內文裏面密密麻麻的都是方塊字，確實大氣端莊，但對於文化程度不高的人來講，會望而卻步。而《良友》對小說的版式安排則活潑多了，他們在「良友人影」這樣幽默風趣地介紹施蟄存，「他的面孔，看來是嚴肅而冰冷的。瞧見他，你會想起你從前的學校裏的教師的。但，你不要以為他一輩子是個很拘謹的人，他愛向別人開玩笑，愛輕輕地挖苦你一下子……他的作品，以描寫心理見勝。你讀過他的《善女人行品》嗎，他差不多把女人的心都鏤通刻透了。」〔註 42〕在文字旁邊還配上美術編輯萬籟鳴製作的施蟄存剪影。施蟄存將自己的新感覺派小說《春陽》發表在《良友》畫報第 76 期（1933 年 5 月 31 日）上。《春陽》寫鄉間富婆嬋阿姨年輕時為了繼承死去未婚夫的三千畝田產，抱著牌位成親，卻從未享受過夫妻生活的快樂。一次偶然的機會，年華已逝的嬋阿姨來到上海辦事，在春陽的觸動

〔註 41〕《良友》第 26 期，1928 年 5 月，第 39 頁。
〔註 42〕《良友》第 86 期，1934 年 3 月，第 18 頁。

下，對身邊陌生的青年男子悄然產生了愛慕之心。讓我們看一下《良友》畫報對小說《春陽》出色的藝術演繹。

施蟄存名作《春陽》，萬籟鳴配圖

萬籟鳴為嬋阿姨在上海的三個場景都配了很大尺寸的插圖：一是嬋阿姨剛到上海，到店鋪看綢緞。插圖中的嬋阿姨人到中年身體略微發福，身著保守的長袖深色駝絨旗袍，正在店鋪裏挑揀東西，她對面的櫃檯裏站著一個年輕店員，正拿著筆，胳膊肘支在櫃檯上，用問詢的眼光望著她；二是嬋阿姨坐在小飯店桌前吃飯，旁邊的座位上一家三口幸福的樣子使她很羨慕，又使她為自己的獨自一人感到難堪。這時，她被一個年輕男子的身影所吸引。《良友》的配圖表現了這樣生動的一瞬：嬋阿姨手拿筷子，眼睛卻凝望著前面一位頭戴禮帽、身著長衫的文雅男子。三是嬋阿姨重回銀行，要求重開保險箱，聽到年輕職員稱呼她為太太，幻想破滅。《良友》的配圖為：嬋阿姨背對畫面，正跟一位年輕的男職員說話，男職員笑容滿面地望著她。

《良友》配的這三幅圖有一個共同的特點：凝望。男店員和銀行職員對嬋阿姨的凝望，可以理解為外部世界對嬋阿姨這樣富有的、望門寡女人的好奇，觀者（讀者）循著男性的目光觀察嬋阿姨，在他們的目光中，嬋阿姨是窘迫的、尷尬的。而飯館一幕的配圖，用嬋阿姨的凝望精彩地展現了她的內心世界——對男性的好奇、渴望，對男女生活在一起的憧憬——這些對於普通人而言正常不過的事情，而於嬋阿姨則是可望而不可及的夢。這三幅描述了

婵阿姨上海之行春心萌動的趣味畫面，形象地為這篇充滿現代氣質的心理分析小說進行了闡釋，引導讀者閱讀，起到了溝通雅俗的作用。

　　穆時英（1912～1940）被稱為「新感覺派的聖手」、「鬼才」，是一位洋場小說家。穆時英的《黑牡丹》為《良友》畫報第 74 期帶來了夜上海迷亂沉醉的氣息。萬籟鳴為這篇小說配了三幅生動的插圖。第一幅描寫舞廳中的舞女黑牡丹的慵懶之態：美麗而慵懶的美人「黑牡丹」在舞廳的桌上靠著，體態豐滿迷人，身著包身的旗袍，雙目低垂略帶倦怠，鬢前帶一朵白花，背後是舞廳裏的成雙人影。第二幅「我」的朋友聖五夜晚救助黑牡丹的一幕：美麗的女子「黑牡丹」驚慌無助地躺倒在地，雙乳袒露，背景是黑漆漆的樹叢，一條狼狗伏在她雪白的胸前；第三幅是聖五為「黑牡丹」療傷：「黑牡丹」身著質地柔軟的長裙，胸襟解開，一隻手放在乳房的位置上，雙目含笑，而聖五站在背後探身向前看她的傷口，使讀者的目光也隨著轉移。

穆時英名作《黑牡丹》，萬籟鳴配圖

　　萬籟鳴的這三幅插圖都突出了女主人公「黑牡丹」形象，將讀者的注意力吸引到「黑牡丹」這個洋場女郎的曼妙身體上，甚至在一定程度上淡化了作者的敘述，極富都市情調的濃豔聲色。李歐梵評價穆時英擅長寫「現代尤物」〔註43〕，而萬籟鳴的插圖則為觀眾提供了極佳的視覺範本。

〔註43〕李歐梵曾在他的《上海摩登》一書以「臉、身體和城市」為題，專章討論劉
　　　　吶鷗和穆時英的小說，將他們的作品視為一個以「現代尤物」為代表的都市
　　　　辭藻序列，說「劉吶鷗是中國第一個建立這個意象的現代作家，而更富天才
　　　　的穆時英則將之變得活色生香。」

新感覺派後續作家黑嬰的三篇小說也刊登在《良友》畫報上。第一篇帶有濃鬱南國氣息的作品《南島懷戀曲》刊登於《良友》第 76 期。作品用倒敘的寫法，描寫自己與一個叫黑妮子的女孩在故鄉南島相戀，情節簡單、純淨，有少男少女戀情的朦朧感，《良友》為這篇小說配著海島椰樹搖曳的明淨圖片，帶有濃鬱的熱帶風情。第二篇《當春天來到的時候》刊登於《良友》第 87 期，講述的是都市愛情，語句跳躍。《良友》為這部小說配了多達十幅都市場景，呼應了小說跳躍的文字，降低了其語句雜亂帶來的凌亂感，賦予其一種簡約的現代氣質。第三篇小說《聖誕節的前夜》發表於《良友》第 102 期，描寫的是流落在哈爾濱的白俄貴族兄妹的痛苦生活。妹妹安娜為了掙錢決定在聖誕夜「變賣」自己的初夜，哥哥發現後在暴怒下殺死了日本嫖客而被投入監獄。萬籟鳴為這篇小說配了三幅插圖：一是哥哥在夜晚手拿香煙的側影；二是哥哥在酒館買醉，妹妹在外面躲藏著，怕被他發現；三是日本人在侮辱安娜，哥哥推門衝進去阻止。這三幅插圖的尺寸都比較大，甚至在一定程度上喧賓奪主，使讀者的注意力被大幅的圖片吸引過去了。這也可以看出《良友》編輯對小說內涵的理解——突出其異域風情和激烈衝突的情節。

《良友》創辦之初在政治上基本保持中立，帶有少許左翼氣息，這種左翼氣息最初表現在對國民黨左派的報導上。其中一篇是《良友》主編梁得所很少見的創作小說《黨證》，發表在 1928 年 1 月《良友》第 23 期上，梁得所的這篇小說裏有兩個聲音存在：一個是傷感的、同情沈傑的聲音，描述沈傑的內心活動；另一個是譏諷的敘述式的語言，感情淡漠，兩種感情糾纏在一起，形成一種複調。小說一開頭就用倒敘的寫法描寫青年國民黨人沈傑患盲腸炎進醫院，很快死去，在整理遺物中發現了他的國民黨黨證，由此引起倒敘。沈傑五年前在大學擔任學生會主席時充滿了熱情，後逐漸對政治運動失望。政治活動在他眼中變得荒誕無聊：「一陣陣的掌聲，從人叢中發出。那是因為演講臺上有某團體代表演說，大聲之句講完，馬上停頓一下，給觀眾一個拍掌的機會。民眾舉手通過幾條議案，（當然那時沒有異議提出）呼了口號之後接著巡行。」〔註44〕沈傑感到很淒然，此後離開大學到北方與朋友創辦 M 小學，在給朋友的回信中表明心跡：「我固然不是說青年人去做政治活動都是投機的，但我敢說革命工作不止一種，那種工作許多人比我擅長。我們這裡的事工像很微弱，只是我們抱著一種奢望——要地切實訓練一班將來可以

<hr />

〔註44〕梁得所：《黨證》，《良友》第 23 期，1928 年 1 月，第 14 頁。

站在世界戰場上為中國爭勝的將士。或者不能練成一班，就練出一個，也不
負我們的希望了。」如果小說到此結尾，給人還是一種光明的印象，但作者
最後又寫了這樣一段評論：「現在他死得既不榮，又不烈。呸，一個小學教員，
盲腸發炎死了，有什麼稀奇？……至於他那平時很少拿出來，而裏面貼有照
片的黨證，其實應該放在衣袋裏，貼近心坎，永遠同葬著。何必留在人間？
更何必贈給愛人，使他增加無限的感傷呢？」〔註45〕第24期發表署名李焰生
的《迷途》（1928年2月）也有著非常複雜的內在情緒，結尾很淒涼，「廣州
的政治黨務因軍事的變動而變動，寒松在倦遊的當中，窮病失望之鬼，不斷
在旅途中如土匪般襲擊，以朋友南邀，又決意南歸。……寒松躺在被窩裏把
幾年來的回憶重新撩起之後，又遠憶著他的為他求學而毀家的慈樣父親，又
憶著他那未成年的小弟弟還未得入學，一股辛酸的熱淚，汩汩由眼裏暗淌出
來。」〔註46〕這兩篇小說都充滿一種複調，反映了在政治大動盪下青年思想
的苦悶與懷疑。

　　《良友》真正表現出左翼傾向是在三十年代之後，尤其是左翼作家鄭伯
奇的加盟之後。《良友》刊登了包括鄭伯奇在內很多左翼陣營的作家作品，如
魯彥、袁殊、何家槐、穆木天、樓適夷、周楞伽、洪深、茅盾等。其中發表作
品最多的，還是鄭伯奇在良友公司工作期間連續發表的國際國內時事點評，
篇幅長而氣勢凌厲，一時間改變了良友多少有些「軟性」的風格，本文此前
已有論述。1933年丁玲失蹤後，馬國亮在《良友》第78期刊登出丁玲「突告
失蹤，或傳被捕遇害，紛疑不一」的小段消息，還配上了丁玲的照片，接著在
第79期《良友》刊登了丁玲的日記體小說《楊媽的日記》，配上了作者手跡
並附編者按。與此同時，趙家璧出版了一些左翼作家的創作，還在良友門市
部出售有丁玲親筆簽名的《母親》，這些行為發展成為良友門市部被暴徒搗毀
的導火索，良友的左翼氣息由此受到國民黨當局的關注。

　　左翼作家在《良友》上發表的作品更多的，是帶有左翼氣息的散文。
如樓適夷的報告文學《紡車的轟聲》發表於《良友》第80期，署名適夷。
寫幾個知識分子到棉紡廠去的所見所聞：工廠門口的森嚴彷彿監獄一般，
通過對比廠長環境的優雅清淨寫出工人們工作環境的惡劣。接著用充滿動
感的文字寫工廠中工人呼吸著「帶著棉屑的空氣」、「滿身染著雪一樣的棉

〔註45〕梁得所：《黨證》，《良友》第23期，1928年1月，第14頁。
〔註46〕李焰生：《迷途》，《良友》第24期，1928年2月，第16頁。

屑」，在「空氣裏有跟暴風雨中的海波一樣，喧騰著轟隆的機聲」的環境中
工作場景，描寫了人與機器的對立，在「機器是美的，急速度的動，力，
奔馳的運轉，規律性」的現代大工業機器奇蹟的映襯下，是他們可悲的身
份「悲慘失耕的農民，小女孩子，老太婆」，是大工業對人的摧殘，「污濁
的空氣，劇烈的十二小時的勞動，汗水，塵灰，黯淡的光線，三毛四毛的
工資」、「那摩溫領班的怒罵和耳光」這些現代化工業中非人道的壓榨在對
比中寫出，觸目驚心。

　　穆木天在《良友》82 期上發表了紀念「九一八」事變的散文《秋日風景
畫》。穆木天用優美和充滿感情的筆觸描述了自己身在上海對其他地方秋日的
回想。他寫故鄉東北「只是狂風暴雨在咆哮著，在這九一八的夜間。可是，在
日間，在太陽旗之下，日本在歡聲雷動地慶祝著九一八紀念。而殖民地的民
眾卻是屏聲息氣地連反對的聲音都不敢公然地吐出來。」他沿著人生的軌跡，
寫童年故鄉的野外、讀書時在天津與朋友在野外散步、參加青年會的秋日旅
行、在日本京都的吉田山與同學討論「美化人生，情化自然」、在日本伊豆的
海邊旅行、在天津的強子河邊的風景，最後寫「九一八事變」在狂風暴雨中
到來。散文針砭現實，帶有左翼的氣息。有趣的是，作者穆木天本人在這一
期《良友》上還以趣味化的方式與讀者見面：在「良友人影」中萬籟鳴為他做
了側影，馬國亮配上了幽默小文，「瞧瞧這影像，你一定會說，這是個和尚。
對！他的綽號就叫做「和尚」，雖然他愛女人，也不反對吃狗肉。因為他是個
詩人，穆木天就是他的名字。」〔註47〕生動展現了《良友》追求趣味化的特
點。

三、都市情調的隨筆散文

　　《良友》經常刊登一些具有海派風格的散文。在《良友》開創隨筆之風
的，應當屬雜誌年輕的主編梁得所。他在編輯這本雜誌的時候，經常刊登自
己日常創作的散文，幾乎每期《良友》都有他的隨筆發表。梁得所的隨筆有
時候充滿勵志的昂揚之氣，如《聖經與失眠》（《良友》第 65 期），偶而也流
露憂鬱的情緒，帶有英式隨筆痕跡，如《酒和煙》（《良友》第 61 期）。他的
繼任者馬國亮也經常為《良友》撰稿，發表了《當黃葉飄零時》《散文碎書之
三·夢的低徊》《竊犯馬國亮》等充滿幽默感的隨筆。1932 年前後，海派作家

予且的《飯後談話》專欄把《良友》文學的隨筆之風推向高潮。予且的《飯後談話》系列就有六篇，此後還連續發表了《龍鳳思想》《酒色才氣》《天地君親師》《福祿壽財喜》，累計達十幾篇。如此連續刊登某一位作家的創作，這在《良友》畫報是唯一的一次。予且這十幾篇率性而談、篇幅頗長的隨筆為《良友》畫報增添了濃鬱的文學情調。

《良友》文學中，有近三分之一的小說和散文涉及上海都市生活，如張若谷的《上海的湖心亭面面觀》（第 118 期）、袁殊的《為了不忘卻的紀念》（第 119 期）等。其中，由多位上海文化名人撰寫的上海地方素描系列：曹聚仁的《在回力球場》（第 109 期）、穆木天的《弄堂》（110 期）、洪深的《大飯店》（111 期）、郁達夫的《上海的茶樓》（112 期）、茅盾的《證券交易所》（114 期）等，描摹了上海都市文化的形形色色，這些知名人士以自己生花妙筆在《良友》上為讀者記錄了民國時期上海這一時尚之都的都市風貌，在《良友》的稿件質量上是第一流的文字。這些作家文筆傳神，對上海都市景觀既白描，又議論，使讀者讀來如臨其境。曹聚仁對上海回力球場的描寫既幽默詼諧，又帶有學術研究的味道。他不僅對回力球的陷阱何在、賭徒和老闆的心態都進行了細緻描摹，以「可憐的小市民」、「幾幅變態心理的圖畫」來歸納，而且對賭博背後的玄機分析得很透徹。他以注釋的方式介紹了寫作的背景：「我研究回力球，整整一年八個月。有三篇文章在寫：一篇是學術論文，題名《機遇在歷史上之地位》。……我的研究對象——回力球，也是一種賭博。一篇是勸世文，題名回力球必輸論證。回力球場每年所得百萬金都是小市民經年累月的血汗錢；我用圖表來客觀證明必輸的原由和實在數目，給小市民一張有用的備忘錄。還有，便是這一篇，試來分析回力球場的群眾心理，希望能寫成一篇比較有趣的雜感小品。」〔註48〕

證券交易所這一極具上海都市特色的「現代」空間在茅盾筆下中聲色並茂。《證券交易所》一文配有多幅手繪的諧趣插圖，畫面上的人形象而略帶誇張，用的是白描之筆，滑稽詼諧地刻畫出人的變形，「被外圈的人們包在中央的，這才是那吵得耳朵痛的數字潮聲的發動器。很大的圓形水泥矮欄，像一張極大的圓桌面似的，將他們圍成一個人圈。他們是許多經紀人手下做交易的，他們的手和嘴牽動著臺上牆頭那紅色電光數目字的變化。然而他們跟那

〔註48〕《良友》第 109 期，1935 年 9 月，第 21 頁。

紅色電光一樣本身不過是一種器械。使用他們的人——經紀人，或者正交叉著兩臂站在近旁，或者正在和人咬耳朵。」〔註49〕

　　文人寫地方志，最具中國傳統名士風情又兼顧針砭現實之意的，當屬郁達夫筆下的《上海的茶樓》。這篇文章發表於 1935 年 12 月《良友》112 期，郁達夫寫出了上海這一摩登都市的傳統一面，沒有這一面，上海的「時尚」就會成為對西方現代都市的簡單模仿；有了這傳統的一面，上海的「時尚」才有了根。郁達夫是這樣以悠閒散漫之筆開頭的：「茶，當然是中國的產品。爾雅釋為苦荼，早採為茶，晚採為茗。」隨後他宕開筆墨，寫外國人的茶，「所謂梯，泰（Tea，The）等音，說不定還是閩粵一帶，土人呼茶的字眼。日記大家 Pepys 頭一次吃到茶的時候，還娓娓說到它的滋味性質，大書特書，記在他的那部可寶貴的日記裏。」〔註50〕接著，他又回顧茶樓的傳承，「茶店的始祖，不知是那個人；但古時集社，想來總也少不了茶茗的供設；風傳到了晉代，嗜茶者愈多，該是茶樓酒館的極盛之期。以後一直下來，大約世界越亂，國民經濟越不充裕的時候，茶館店的生意也一定越好。」竟有些玩笑之意了。因此，當他寫到上海茶樓極盛、人跡混雜時，就帶有了一定的針砭意味。郁達夫這樣結尾，「還有茶樓的夜市，也是上海地方最著名的一種色彩。小時候在鄉下，每聽見去過上海的人，談到四馬路青蓮閣四海升平樓的人肉市場，同在聽天方夜譚一樣，往往不能夠相信。現在因國民經濟破產，人口集中都市的結果，這一種肉陣的排列和拉撕的悲喜劇，都不必限於茶樓，也不必限於四馬路一角才看得見了，所以不談。」〔註51〕僅僅千字之文就從傳統文化的悠閒開場寫到了現代社會的悲苦現狀，作家筆力的高超可見一斑。《良友》為他的這篇隨筆配了四幅茶樓的插圖，這四幅圖錯落地構成一種街景，而郁達夫的文章就在這「街景」中，圖文融合一處，渾然一體。

第三節　趣味啟蒙天下良友

　　自從中國國門被西方的堅船利艦攻破後，中國人就飽受著一種民族自信力的困擾。從老大帝國的自尊自大到突然間發現自己落後、積貧積弱，這種

〔註49〕《良友》第 114 期，1935 年 10 月，第 28～29 頁。
〔註50〕《良友》第 112 期，1935 年 12 月，第 44 頁。
〔註51〕《良友》第 112 期，1935 年 12 月，第 44 頁。

恥辱感折磨著國人，也摧殘著國人的民族自信。這種民族自卑的形成不僅是由於與西方國家的強弱對比之後形成的，還有一個原因就是不瞭解自己，認識不到自己有何強勢，有何優點，因此在失去盲目的自大之後就會陷入盲目的自卑中。在當時民族危亡的時刻，這種民族自卑感是急需改變，樹立民族自信的。民國國學館館長、前交通總長葉恭綽曾說：

> 世上大約只有我們的國，是一種特別的情形，就是立國四千年，究竟現在我們的國土有多麼大？人民數目有多少？我們始終說不出的。這彷彿一個人連自己是不是有兩隻眼，一個鼻，都弄不清楚，更說不到研究體質腦力性情何如了。……大約參謀部所出本國軍用陸地圖（係用日本東亞與圖局的底子）要算一件大事，海軍就沒有出版的海圖（現用的我國海圖是英國出版的）郵政出了一份全國郵線圖，因內地村莊距離注得很清楚很有用處。此外就聽不見什麼了。……

> 內地的老太太或小孩們還有問現在是同治幾年的，各地有些華僑一面稱所在國為祖國一面以為我是中華世家，這種現象姑不去說他，可憐自居智識階級的人們，也未見有多少勝過他們的地方。因為僅僅知道某種的不合某種的需要，而不去矯正他，供給他，其結果也與他們一樣。〔註52〕

葉恭綽的話痛切地指出了當時國人和一些華僑普遍存在的蒙昧，大力呼籲中國人走出混沌，呼喚人的覺醒。《良友》作為民國時期發行量最大的畫報，它的銷量一半在海外，一半在國內，國內的普通讀者、華僑以及部分西方讀者是《良友》面對的三類讀者群。而這三類讀者社會身份各異，知識背景各異，文化層次各異，有著不同的閱讀需求。如何滿足他們各自的閱讀願望，達到良友公司確定的普及教育、傳播文化的目的？良友採取的方法是趣味化地進行文化啟蒙。事實證明，良友的這一文化姿態選擇是正確的，不僅滿足了當時讀者的文化需求，而且使人今日讀之有味，具有很強的生命力。

一、讀者的需求

讓我們簡要回顧一下中國人移居海外的歷史及境遇。中國人到海外謀生

〔註52〕葉恭綽：《對於良友全國攝影旅行團的感想》，《良友》第69期，1932年9月，第27頁。

據說已有近二千年的歷史，但政府對國人出洋最初是堅決反對的，清政府的態度尤其嚴厲，甚至將其視為叛國罪，「應照交通反叛律，處斬立決。」〔註53〕後來隨著英人入侵國門洞開，情況才發生變化，「自一八六○年與英訂約，始承認華人有出洋之權。」〔註54〕華僑對清政府持長期敵對的情緒，有的華僑甚至視領事為滿政府在國外的奸細，「一八九六年十月，孫逸仙博士在倫敦使館被陷之事發生，更足以堅僑民之信。」〔註55〕直至辛亥革命情況才發生變化，「辛亥革命，滿清退位，國內外華人領袖人物之態度，為之一變。始則匯寄大批鉅款回國，以推翻滿清政府；繼則聯袂返國，以助新邦之發展；不幸滿清雖去，國難未已，以致乘興而來，敗興而返，間有少數堅忍不去，皆能有大造於中國。」〔註56〕由於長期以來得不到清政府的保護，以及國勢衰微，華僑在國外是非常沒有地位的，常處於任人欺凌的生存環境中，「北美合眾國以其排華諸律，並其實施之嚴厲，以及其對待中國僑民之態度，較之他國，在在相形見絀。……如吾者，豈不嘗因係華僑之故，致為人踢打毆擊，以致逃命者屢乎？且所述者，皆精選自官書者也。」〔註57〕「如今在美國舊金山海灣天使島上，仍保留著1910～1940年中國移民被扣留和關閉的木屋……從一幅幅當年拍攝下來的照片上，你依然可以看到當年華工擁擠、期待、彷徨、受辱的情景。從他們在牆壁上留下的呼號、控訴的詩行裏，你會深切地嘗到『國弱與家貧』的苦澀與辛酸。」〔註58〕

當時華僑在國外不僅政治地位低下，而且大部分的社會地位和文化層次都不高。「十九世紀及二十世紀，到海外去的中國人，大概都是學生，商人，及勞動者，尤以後兩種居大多數」〔註59〕，1920年的調查：美國有華僑61639人，「多數僑民，來自東南閩廣二省，向沿太平洋各地以去，約計其數，當計

〔註53〕《華僑志》，原著者宓亨利，譯述者岑德彰，商務印書館，1928年，第1頁。

〔註54〕《華僑志》，原著者宓亨利，譯述者岑德彰，商務印書館，1928年，第152頁。

〔註55〕鄺富灼：《華僑志・序》，原著者宓亨利，譯述者岑德彰，商務印書館，1928年，第12頁。

〔註56〕鄺富灼：《華僑志・序》，原著者宓亨利，譯述者岑德彰，商務印書館，1928年，第12頁。

〔註57〕鄺富灼：《華僑志・序》，原著者宓亨利，譯述者岑德彰，商務印書館，1928年，第12頁。

〔註58〕張子清：《中美文化的撞擊與融匯在華裔美國文學中的體現》，劉海平編：《中美文化的互動與關聯》，上海外語教育出版社，1997年，第53～54頁。

〔註59〕何漢文：《華僑概況》，神州國光社，1931年，第27頁。

八百萬人以上。」「各大城市中，華僑經營各種商業：專業進口者，有二萬五千人；其餘多為洗衣匠。大概華人初至，皆以洗衣為業，後以美人喜食華餐，遂改設酒館。」〔註60〕華僑自身的生存現實導致大多數人對中國當時的情況是很不瞭解的，即便一些受過教育的第二代華僑，雖能講漢語卻不認識漢字，無法閱讀中文書籍。然而，他們漂泊在外，而且身處急劇變化的國際環境中，中國是他們的根與榮辱所繫，迫切需要瞭解國內情況。

當時也有一些相關刊物面對華僑的刊物出現，但基本上都是各地華僑聯合會辦的，如上海華僑聯合會的《華僑》，福州福建僑務委員會的《福州僑務公報》，其中很多為無定期的雜誌，其中九種為非賣品，至少五種為無定期的，基本沒有什麼正式的連續性刊物〔註61〕，具有文化檔次的正規出版物難覓蹤跡。而西方世界長期存在著對中國的隔膜和誤讀，表現為誇飾美化和貶低誣衊兩種極端。西方關於中國形象的第一本學術著作是西班牙人門多薩1585年應羅馬教皇的要求撰寫的《大中華帝國史》，該書上溯到唐堯時代，將中國寫成極其強大、發達一體化的大帝國，七年中以歐洲七種主要語言出版，發行了46版，傳播很廣。意大利教士利瑪竇的《中國文化史》則基於他在中國生活27年的經驗（1583～1610），比較客觀地介紹了中國，寫了中國的穩定與強大，也寫了明朝廷的腐敗，此後西班牙水手品托的《遊歷者》和法國教士白晉為路易十四撰寫的《中國史》進一步把對中國的美化、粉飾、浮誇推向極致。思想界中則有排斥中國的潛流，如孟德斯鳩、伏爾泰、黑格爾等，黑格爾說中國仍處於「人類意識和精神發展進程開始之前，並一直處在這一過程」〔註62〕。而在民間，東方國家尤其中國是以神秘莫測等難以捉摸的形象出現的，有時象徵富貴美好，有時則代表陰暗蒙昧，如，中國的「龍」在西方是可怕的惡魔形象，這裡很大原因是地域遙遠以及巨大的文化差異帶來的文化隔膜。如樂黛雲所言，「人類對異域文化的好奇、想像、探索已經有很長的歷史……它有時表現為一種『求同』的強烈的意識形態傾向，即有意識地表現自身文化的普世性，力求將異國他鄉描述為理想的天堂，以反襯對自身處境的不滿。前者總是希望在他種文化中找到和自己相似的東西……當他們找不

〔註60〕《華僑志》，原著者宓亨利，譯述者岑德彰，商務印書館，1928年，第38頁。
〔註61〕據當時的中央僑務委員會調查，有22種華僑刊物。參見何漢文：《華僑概況》「華僑雜誌月刊一覽表」，神州國光社，1931年，第291～293頁。
〔註62〕參見樂黛雲：《文化對話與世界文學中的中國形象》，劉海平編：《中美文化的互動與關聯》，上海外語教育出版社，1997年，第44～46頁。

到他們想像中的與自己同一的東西，他們就會認為他種文化是不開化，是野蠻。『求異』的傾向則力圖向其意識形態極力保持的社會秩序的『一致性』質疑，以至顛覆。他們努力尋找的，是與本土文化全然不同的美好理想的寄託」〔註63〕

　　《良友》所面對的海外華僑讀者為數眾多，有著瞭解中國現實狀況的需求。「民國十四年，我國政府曾令各地領事調查一次，其報告如下：……共計5，135，293，上面的調查，還未包含全部的華僑。實在數目，必定更多，據各方推算，大約總數在八九百萬之間。」〔註64〕因此，《良友》所面對的讀者群不僅是知識分子和專業化人士，更多的是海內外的普通讀者，他們有的文化程度較高，有的甚至不會說漢語，不識漢字。然而，他們又有著瞭解現實中國和世界的願望。面對這樣範圍廣泛的讀者群，必須採用大多數人所能夠接受的有效的啟蒙方式，《良友》所尋找的方法就是：趣味化地進行文化啟蒙。

二、平等與趣味

　　初創時期的《良友》畫報曾有這樣一幅手繪的廣告〔註65〕：一位捲曲長髮的年輕女子，悠閒地倚在鬆軟的沙發裏讀雜誌，那本大開本的雜誌擋住了她的臉龐，雜誌封面上寫著兩個大字：良友。這位閱讀《良友》的年輕女性就是《良友》的目標讀者之一。她的身份和閱讀姿態至少傳達三個信息：其一，閱讀《良友》不需較高文化水平。中國女子自古以來受教育的機會就比男子為少，明清時期貴族官宦和文人士子家庭的女子能夠進入私塾或幼承庭訓，大多數平民家庭的女子卻無從讀書認字。到了民國這種情況雖有所改變，但大多數女子的文化程度還是要比男子低。其二，斜倚在沙發裏的姿勢表明了《良友》的休閒色彩。《良友》曾稱自己雜誌的閱讀情境為做工之餘、電影院裏、家裏甚至床上〔註66〕，可以當作休閒讀物來看。其三，捲曲的長髮、鬆軟的沙發都是當時小資時尚生活的代表，再加上讀者年齡的年輕化，說明了《良友》的都市時尚風格。這一廣告用無聲的語言在說明：《良友》是連年輕

〔註63〕 樂黛雲：《文化對話與世界文學中的中國形象》，劉海平編：《中美文化的互動與關聯》，上海外語教育出版社，1997年，第43～44頁。
〔註64〕 《中國民族海外發展狀況》，龔學遂編，大華書社，1929年出版，第4～5頁。
〔註65〕 該廣告刊登在良友公司的多本雜誌上，如《銀星》《良友畫報》《體育世界》等。最初的人像為一男子，後很快變成女子像。
〔註66〕 《良友》第2期，卷首語，1926年3月，第2頁。

女子都可以倚在沙發裏讀的雜誌，它是通俗化和時尚化的。《良友》是一本圖像為主的雜誌，而「圖像」本身就具有大眾化的特點，即直觀、再現適合文化普及，正如伍聯德所說，這在「中國人口之眾，幅圖之大，文化食糧，固甚感缺乏」的情況下，非常契合實際〔註67〕。

　　但這幅廣告只是表明了閱讀《良友》的「門檻之低」，它的讀者群在文化層次上、在閱讀態度的嚴肅性上，其實是上不封頂的。《良友》大量國內外新聞時事照片的刊登，可以還原歷史圖景給讀者以現場感，同樣適於嚴肅閱讀。據編輯稱《良友》主要在學界出售，說明當時的知識分子是很喜歡《良友》的。《良友》100期做過一個回顧，在「我們的良友」的小標題下刊登了黃英、王小亭、伍千里等12位先生的照片，下面還用小字號寫「戈公振等人也多為撰文」；在「良友無人不讀」小標題下寫明：《良友》的讀者有主婦、學生、戲院的觀客、小學生、公園的遊客、工人、巡捕……刊登了褚民誼與子女共讀《良友》的照片，文化名人們對《良友》的評語：如老舍「良友是挺好的，因為它常常有我的文章」，張天翼「良友實在不差」等。《良友》這種適合多種文化層次、多種閱讀需求的特點，在電影傳媒進入中國不久、尚無其他影像傳播媒介的年代裏，令人耳目一新。這也是《良友》半數銷往海外華人的原因——《良友》彷彿一面窗口，使漂泊在海外的華人看到了祖國的影像。這種來自雅俗的雙重追求，被伍聯德抒情地表達為致主編梁得所的題詞：「得所良友：願你栽著的美麗之花，在人們的心坎裏結得善果。」〔註68〕「美麗之花」「人們的心坎裏」，強調《良友》的雅俗共賞性，而「結的善果」，則強調了《良友》的社會功用，即具有啟蒙教化作用。

　　民國時期是中國被迫打開國門融入全球化的時代，同時也是災難頻仍廣大百姓流離失所的時代；是上海等大城市迅速都市化的時代，也是現代中國人突然間感受都市環境壓抑的時代。如何放鬆讀者緊張的神經，帶給讀者愉悅感，這就體現了趣味化的重要。梁得所曾這樣表述畫報在現代生活中的價值：「曾聞外國有學者非難現代的畫報，說畫報發達，看書的人就趨於膚淺，人人愛看一目了然的圖片，就不去細讀詳整的文章了。說來似有道理，但我仍贊成辦畫報，而且贊成畫報中有注重趣味的材料。現代刊物應具備一種使

〔註67〕伍聯德：《一百期之回顧與前瞻》，《良友》第100期紀念號，1934年12月，4頁。
〔註68〕《良友》第25期，1928年4月，第39頁。

人腦根鬆解的作用，因為許多人患了緊張病，現代上海裏面藏著許多緊張病病菌。……近來勸在學校的弟妹多打球，勸朋友睡午覺，勸人晚上看畫報。自己寫文字呢，寧可淺薄一點，想著什麼就記錄什麼，像談話，不是文章。」〔註69〕馬國亮也曾在與讀者的對話中讚賞那位在戰場上吹笛的戰士，希望《良友》就像那位愉悅的戰士一樣，能夠冷靜、泰然地面對各種嚴酷的場面。

　　《良友》是較早報導九一八事變的媒體，在得知事變後及時抽換稿件代之以相關新聞照片。第 62 期（1931 年 10 月號）整個扉頁刊登岳飛的書法「還我河山」，後面的插頁（一）為關於日本人侵佔東三省的漫畫「耗子不會生蛋，趕來和母雞尋釁，妄想奪此蛋為己有」，插頁（二）為一張美麗的地毯，題為「蔣主席消夏公邸地毯圖案」，附字：「蔣主席公邸地毯圖案，色彩莊嚴華麗，表現國體尊榮。然而際此十月國慶節期，內憂外患頻仍。東北一角，崩缺糜爛。即使毯毀損已堪惋惜，況國土失陷，可哀孰堪！」讀者一直翻閱到這一頁，都可以看到《良友》在很溫和地揭露現實，但再翻到下一頁就是嚴峻的現實圖片：「日本侵佔瀋陽」；「圖一，日本佔領東北兵工廠，門口大書『非日本軍出入此門者射殺』」「圖二，瀋陽城內日軍在街道上任意射擊行人」，至此，已經層層深入地報導日軍暴行了，而再往後翻，則有 14 幅圖片報導了民眾的苦難，其中包括在火車上被日軍射殺的旅客李豐年的屍體照片，並標明其身份是「遼寧省政府財政所秘書」，但屍體照片的尺寸非常小，顯然避免給讀者以太惡劣的視覺刺激。

岳飛《還我河山》手跡，《良友》第 62 期

〔註69〕梁得所：《夜記之一頁》，《良友》第 82 期，1933 年 11 月，第 12 頁。

黃文農「九一八」時事諷刺漫畫，《良友》第 62 期

　　值得注意的是，《良友》此後的版面安排更是一種對現實人民苦難的暴露與對政府不抵抗的控訴：其後是 14 幅「水災」的照片，再後頁則是「剿共的前線」11 幅圖片，圖片上戰火彌漫，與前面日軍佔領下瀋陽城的不抵抗形成鮮明的對比，不著一字，卻鮮明體現了《良友》編輯們的抗日情緒和對政府不抵抗政策的憤怒。所謂「事實勝於雄辯」，《良友》畫報用圖片的方式呈現了動盪年代的歷史真實，它的報導方式是精心選擇的，於溫和平靜中潛藏鋒芒。《良友》這種溫和化、趣味化的特點既顯示出《良友》對政治敏感問題的一種報導策略，也顯示出它避免讀者受惡性事件圖像刺激的善意愛護。

　　《良友》上經常刊登的時局人物漫畫（如外國元首的漫畫）、時事主題的漫畫（如萬籟鳴的《陸小姐》、葉淺予的《小陳》系列漫畫）等，其趣味化啟蒙的特點明顯。另外，《良友》也有避免血腥報導刺激讀者的特點。在很多圖片報導中，《良友》往往以圖片事實反映現實，但在報導惡性事件時儘量減少圖片尺寸或篇幅，弱化讀者的不良觀感，而將深入報導作為專題在畫冊中刊出。

　　良友的啟蒙姿態是平等的。它不像很多啟蒙者一樣採取自上而下的俯視姿態，而是以「良友」自居，平等地進行文化交流，是站在讀者的立場上開闢一個公共的話語空間。「良友」通過圖文並茂的方式、以平等的姿態接近讀者，為讀者開闊眼界、去除隔膜，在一定程度上達到了它的文化傳播宗旨。而它放鬆的方式，高雅、輕鬆的趣味，使它起到了放鬆讀者緊張神經、緩解壓抑的作用，真正實現了雅俗共賞，具有獨特的意義。

　　《良友》始終定位為廣大讀者的「良友」。對《良友》文學做一回顧可以發現，這位「良友」的文學表情從來不是激進的。且不說那些通俗化、趣味化、可視化的中外文學作品，所刊登的時事評論即使措辭激烈，也往往是對國內現實的批評，很少介入政治鬥爭。有研究者認為，「《良友》的難題是在如何讓娛樂與意識達成統一，其結果是不得不兩頭都做出犧牲。」〔註70〕這一看法有一定道理，但一本雜誌對國家和民族的關懷，對民眾的啟蒙，唯有通過介入政治，用壯懷激烈的文字表達思想之一途嗎？是不是可以有另外的表達方式？對一些純文字刊物而言，也許可選的途徑不多；但對《良友》這樣的圖文刊物，卻不盡然。《良友》畫報為我們展示了這種可能。

〔註70〕鄭績：《從〈良友〉看左翼思潮在大眾層面的傳播》，《中國現代文學研究叢刊》，
　　　　2005 年第 3 期，第 216 頁。

第五章　良友出版的文化懷想

　　在民國時期上海的文化出版格局中，良友公司以其影像化的出版特色和趣味化的文化啟蒙姿態區別於商務、中華等其他圖書出版公司，獨樹一幟。良友的編輯群體也以其富於時代感的文化追求和啟蒙與趣味兼重的出版旨趣，編輯出版了《良友》畫報、《中國新文學大系》《中華景象》等優秀出版物，在中國現代出版史上寫下了獨特的一頁，留給研究者無限懷想。

一、善與美的花朵

　　「良友」尊重讀者的閱讀心理，滿足讀者的閱讀需求，出版物涉及日常生活的方方面面。不僅其核心期刊《良友》畫報從創刊伊始就開闢國際國內新聞時事、文化動態、各地趣聞趣事、文藝作品等專欄，它的系列期刊出版、圖書出版、畫冊出版也涉及文學、電影、體育、婦女讀物等多領域，具有文化啟蒙性和時代感。良友出版物兼具「趣味」與「啟蒙」的雙重特點，「趣味」使出版物能夠引起讀者的閱讀興趣，為「啟蒙」包裹上一層「糖衣」，使「啟蒙」不再以艱澀、古板的面貌出現；「啟蒙」則強調其文化效用和社會使命感，具有普及文化、教化讀者的意味，使「趣味」不流於輕浮。二者相互制約，相互影響。

　　我們再舉「良友」的婦女讀物為例，觀察「良友出版」的這一特點。婦女問題是新文化運動以來社會各界共同關注的重要問題，良友也在 1927 年就創辦了專門的婦女讀物《現代婦女》，而後又創辦了《今代婦女》和《婦人畫報》。對比 1928 年 5 月由上海愛文書局出版的《現代婦女》就可以看出良友出版物與其他刊物的區別。愛文書局的這本《現代婦女》與良友的第一本婦女讀物

同名，與馬國亮的《今代婦女》創辦時間只差一個月，但雜誌外觀卻相差很遠。愛文書局的《現代婦女》只有 32 開大小，非常單薄，而且紙質粗糙；其內容為純文字，包括《女權問題》《今後女子教育應走的路》《中國鄉村婦女運動的設計》《女性的叛徒》《慧琴之死獨幕劇——是情死嗎》等文章，我們即便不說它過於學究氣，但至少不能稱其生動有趣，這樣的刊物又怎麼能吸引廣大沒有受過高等教育的普通婦女閱讀呢？所以，儘管其零售價格僅為八分，但「言之無文，行之不遠」，銷路不好可以想見。而良友的《現代婦女》除探討婦女獨立等理論問題外，已經開始積極關注時事熱點，特設欄目「中華女界聞人錄」「婦女消息」，其「切合時代」之辦刊理念非常清晰。到了馬國亮時期的《今代婦女》，自稱為「婦女界之良友」，更加注重可讀性、趣味性，關注婦女日常生活；既有各類文字性的內容，更有大量的圖片，其中主要是攝影圖片。在當時，攝影在社會上還是一件比較新穎、時尚的事物，良友在婦女讀物中運用大量圖片輔以文字，自然給這本雜誌增加了時尚性和可讀性，成為吸引婦女閱讀的要素之一。他們也以自己的精美包裝做宣傳，宣稱「印刷精美華麗得未曾有，內容圖文並重兼載小說雜文，為研究婦女實際問題，提高婦女新的思想，貫輸婦女新的學識之最新讀物」〔註1〕，注重較高檔次文化趣味的特點，在辦刊旨趣上追求「無論在內容或形式上都充滿著時代新鮮而尖端的感覺」，力圖成為「婦女們一個可愛而美麗的侶伴，善良而美麗的朋友」〔註2〕。這些特點使得良友出版物得到讀者的喜愛。

良友出版物面向大眾、注重趣味的特點在《知識畫報》系列有著更為明確的體現。雜誌的編者明確提出：「專為大眾介紹世界科學知識的工作，以圖片介紹實況的工作的，似乎還沒人注意。也許有人以為這並不是什麼了不得的事情，因而不屑去做。但我們的初衷，卻頗覺得介紹實際智識是比介紹什麼抽象的學問還來得重要」，「理想中的讀者對象也不是什麼專家，卻是為一般渴求普通知識的大眾」〔註3〕，而 1937 年 2 月前後出版的《圖畫智識叢刊》則更為明確地指出與其他出版物的差別，「鑒於最近讀者對於國際時事，特感興味，而市上所見討論國際問題的書，大都枯燥乏味，因而創刊一種圖畫知識叢書，每本請熟悉該問題的專家執筆，分析它的背景和起因，述事實的經

〔註1〕《良友》第 25 期，1928 年 4 月，廣告插頁。
〔註2〕《良友》第 129 期，1937 年 6 月，封二。
〔註3〕《知識畫報》第 1 期，1936 年 8 月，封二。

過，估計未來的作用和影響」〔註4〕。這些雜誌和畫冊辦得確實圖文並茂，知識覆蓋面非常廣泛，吸引人閱讀。良友以出版實績體現了什麼叫寓教於樂，這種看重知識傳播和啟蒙實際效果的出版思想是有其現實意義的。

良友出版物的這種面向大眾、趣味化的辦刊特點，為各類專業人士接近普通讀者、普及文化提供了傳播媒介。就文學界而言，作家最樸素的願望就是希望作品得到讀者的認可，進而起到啟蒙和救亡的社會效用。然而，如何將自己的思想、作品傳播出去？民國時期眾多知識分子親自編輯雜誌、出版圖書，都體現了這種努力。不僅那些關注現實、致力文學啟蒙的作家如此，即便如劉吶鷗等現代派作家同樣追求讀者的認可。劉吶鷗在解釋《無軌列車》紙質不好時說：「重的是質，並不是形……國慶的書廳裏是應該有一本《無軌列車》的」〔註5〕，再到他們辦水沫書店出版《新文藝》時稱：「我們辦這個月刊要使它成為內容最好，最有趣味，無論什麼人都要看，定價最廉，行銷最廣的唯一的中國現代文藝月刊！」〔註6〕，都表達了一種接近讀者的願望。但他們始終解決不了只在同人間發行的問題。施蟄存認為是發行做得不好。但是，出版物要是受讀者歡迎，發行量自然會上去，對比創辦初期的《良友》畫報由學徒到電影院門口兜售、迅速得到讀者認可，長期銷量四萬份就說明了這一點。

「良友出版」為這些知識分子提供了接近大眾的公共文化空間。如本文在第四章中分析《良友》上刊登的新感覺派作品。良友為這些作品配上了萬籟鳴手繪的美麗插圖（如施蟄存的《春陽》），配上了摩登上海的高樓街景、俊男靚女、明星照片（如黑嬰的《當春天來到的時候》），都以具象的方式闡釋了作品，不僅豐富了作品的意蘊，甚至還使作品活色生香（如穆時英的《黑牡丹》），又怎能不被讀者喜讀。而對比同時期的現代派系列雜誌，包括最著名《現代》雜誌，都是排滿密密麻麻的方塊字。雖頗為暢銷的《現代》已經在雜誌上配了數頁銅版紙的插圖，但都是與作品內容無關的「拿破崙之遺書」、「雷氏大廈」（第一期）「閘北風景」木刻、「高爾基在蘇倫多」（第二期）等插圖，其作品的閱讀效果與圖文並茂的《良友》相比還是截然不同的。《良友》不僅對現代派作家如此，對其他流派、風格的作家也是如此，為作家們提供了一個不拘風格流派的文學舞臺。

〔註4〕《婦人畫報》第45期，1937年2月，封底。
〔註5〕《無軌列車》第3期，1928年10月，「列車餐室」。
〔註6〕《新文藝月刊》，1929年10月，廣告。

　　「良友出版」所傳播的知識不拘於文學，涉及社會文化的方方面面。比如，《良友》所設置的「名人自述」「成功人士自述」系列，使讀者有機會瞭解社會上一些知名的人物，從閱讀之中瞭解他們的生平，體會他們的思想。而為這一系列專欄撰稿的人士又是在社會各個領域工作的，他們描述的生活經歷為讀者打開了一扇扇面向世界的窗戶。

　　良友公司的創辦者伍聯德希望出版物成為培育「善」與「美」的花朵的園地。其他「良友」編輯亦秉持啟蒙、趣味兼重的理念，關心讀者文化需求。梁得所注重鼓勵讀者自信、改變自己的命運，進行著「求真」「求美」的啟蒙，將伍聯德所提倡的「開啟民智」、「普及教育」，「對內提高國民的知識和藝術，對外則表揚邦國的榮光」〔註7〕落到實處。馬國亮更注重調整趣味與啟蒙之間的關係，注重反映時代風尚，在主持日益艱難的主編工作時仍不忘讓雜誌保持一定的趣味成分，在一幅幅令人震撼、使人痛苦壓抑的時事攝影畫面後，運用趣味的東西作緩衝與調和，帶給讀者以愉悅。趙家璧將作家視為衣食父母，約請知名作家為良友寫作，走精英文學之路，以出版人的積極姿態介入文壇，與梁得所的提高《良友》文化檔次具有異曲同工之妙。

　　「良友」注重裝幀特點也為這些啟蒙趣味兼重的出版物做了包裝。不僅良友的畫報畫冊以圖文並茂見長，趙家璧的圖書出版物也精美考究，作家主編的純文學刊物《人間世》《文季月刊》在包裝精緻上也有良友的風格，厚重、大氣、精美、有藝術氣息，能夠吸引讀者，雜誌因此也可作為精品出版物留存。伍聯德曾說：「我們不敢說在今日我國的出版界裏，有什麼過人之處，但卻不是白紙印黑墨了，也不是只談空理的老調文章了。印刷方面：我們加了許多的顏色，使人看了總感覺有趣而生美的觀感，內容方面：除了那蒼蠅般的文字之外，並加插許多圖畫，使人目靚而易明。」〔註8〕他的話總結了良友出版的外形優勢。

　　無論多麼深刻前衛的文化和思想，都是只有留存下來，傳播出去，才能夠發生影響的；無法為留存、無法傳播則無從影響、無從啟迪，只能消逝於歷史的陳跡中。在這方面，良友出版物以其趣味化的文化啟蒙姿態、精美大氣的出版風格為我們證明了這一點。

〔註7〕伍聯德：《再為良友發言》，《良友》第37期，1939年7月，第37頁。
〔註8〕伍聯德：《為良友發言》，《良友》第25期，1928年4月，第7頁。

二、持中與遺憾

　　還應看到，良友公司是一家中小規模的圖書出版公司，它的創辦者和編輯們年紀輕，閱歷有限——伍聯德創業的時候只有 25 歲，梁得所擔任主編的時候 21 歲，馬國亮到良友公司時 21 歲，趙家璧兼職主編《中國學生》時只是大學一年級學生。並且，他們受教育程度和外出遊歷時間有限，其知識和閱歷在一定程度上限制了他們對中西文化的深刻理解和準確把握。這在民國時期文化精英薈萃的上海文化界，在良友公司所從事的面向世界的文化傳播活動中，是一種遺憾。比如說，良友的圖書出版雖然經典、精緻，但多的是文藝叢書的出版，以及「一角叢書」之類的時事點評、散文、小知識，少有學術書籍、典籍整理以及外國名著經典漢譯這些顯示一家出版公司實力的出版巨著出現。王富仁在《中國現代文化指掌圖》中描述中國文化界的群落問題，指出在 20 世紀的中國有跨國文化界、京海文化界，以及準文化界三種〔註9〕。良友的職業編輯們不屬於魯迅、胡適、徐志摩等跨國文化界的文化精英，同樣也不是京海文化界的中堅，他們在前面兩大文化群落周圍活動，在學識廣博和思想深度上達不到這些文化精英的水平，也就無法把深刻的啟蒙思想和對社會的尖銳批判通過出版物傳達給讀者。

　　在傳播範圍和讀者定位上，《良友》畫報創刊期售價大洋一角，實售小洋一角，幾年間升至每本四角並長期保持這樣的價格。據統計，那時的國幣一元相當於 2003 年的人民幣 30 元〔註10〕，如此計算，《良友》每本價格如果換算成現在的物價也有三十多元一本了。〔註11〕這樣看，雖然《良友》為自己定下的目標是《良友》無人不讀，《良友》無處不在，但雜誌的售價卻決定了其讀者群是有閑暇和有餘錢的人，收入如果低的話即使有知識、有文化，但囊中羞澀，也是訂閱不起《良友》的，實現廣泛意義上的大眾化有點難。

〔註9〕 王富仁：《中國現代文化指掌圖》，人民文學出版社，2004 年，第 159～185 頁。
〔註10〕 馬嘶：《百年冷暖——20 世紀中國知識分子生活狀況》，北京圖書館出版社，2003 年，第 66 頁。
〔註11〕 南京政府時期，一般的知識分子月收入僅為幾十元，且因地區不同而差異很大：那時候金克木先生作安徽省壽縣鄉村教師期間，半年僅得 20 元薪金；《中學法》規定專任教員月薪 70 元至一百數十元，校長薪金 100 元，這屬薪金較高人士，而普通的圖書館職員收入多為 30 元左右。因此，倘若訂閱《良友》一年，需鄉村教師一個多月的薪水。見馬嘶：《百年冷暖——20 世紀中國知識分子生活狀況》，北京圖書館出版社，2003 年，第 67～68 頁。

　　再讓我們回到歷史現場，體會一下良友出版的持中。在民國時期那種風雲激蕩的年代，早期的《良友》對時事的敏感性不足，這一點與同期的《東方雜誌》相比較可以比較明顯地看出。《東方雜誌》是商務印書館的重要雜誌之一，該館作為民營書局也有力圖保守、避免激進的傾向。1925年《東方雜誌》曾因為五卅慘案的專刊報導而惹火當局，罰了王雲五200元的罰款。這要是在一般的出版書局很容易被震懾，但到了1926年關於「一二八」事件報導，《東方雜誌》依然有鋒芒：不僅有專文介紹事件真相，而且在1926年3月發行的第二卷第六期上刊登了關於此次事件的題為「北京國務院大慘案之真相」的十六幅照片，其中包括「府衙隊兵士以槍敲打受傷倒地之學生」「受重傷學生由軍警運送他處」「北大被難黃克仁李家楨張仲超之三棺木」這樣暴露當局製造慘案的照片，體現了《東方雜誌》刊物的正義與勇氣。而《良友》也許是剛創刊的緣故，1926年3月出的《良友》第2期對此重大事件竟沒有報導，卻報導了郭松齡事件的兩幅圖「北京軍學各界在中央公園圖書館前追悼郭松齡」「排日返奉之演說會兼示威活動」，以及新聞「孫傳芳禁止女子穿旗袍」，後者的標題更為醒目，淡化了郭松齡事件的報導，說明此時伍聯德選擇新聞時還是更看重娛樂化的事件；第三期《良友》則報導了五卅慘案在廣東的餘音——那是一張幾個人站在房屋前的照片，附文字說明：「五卅案起於滬，六月廿三日又繼於粵。民情湧沸，罷工罷市。奔走呼號，以救國家危亡。奈怨尚未白，恥尤未雪，各地相爭復業開市。其能一息尚存志不懈，堅持以待最後之成功者，只粵省一隅而已。」〔註12〕照片解釋說這幾個站著的人是在罷工之後做飯。而這一報導是夾雜在「粵省一瞥」的報導中出現的，是四幅照片中之一幅，圖片尺寸比較小也並不醒目，從中我們可以看出早期《良友》的趣味化過重的傾向，《良友》在後來的發展中逐漸調整，但其重視趣味的傾向有時會影響對一些社會問題的洞察。

　　《良友》的時事評論往往是對國內現實的批評，很少介入國內政治鬥爭。所暴露的現實也多為戰爭現實、民不聊生的現實、災難的現實，態度更傾向於守成和持中。對良友這家小公司而言，這是一種安全的、不引人注目的姿態，但同樣也容易會變成「沉默的大多數」。鄭績說：「《良友》的難題是在如何讓娛樂與意

〔註12〕《良友》第3期，1926年4月，第2頁。

識達成統一，其結果是不得不兩頭都做出犧牲。」〔註13〕筆者的看法是，良友希望啟蒙與趣味能夠兼顧甚至融為一體，但在那個年代，這種理想比較難實現。有的時候，良友不得不遊走於兩者之間——在戰爭年代，趣味消失；在和平年代，娛樂喧囂，這其實是「時代主題」和「大眾化需求」共同為良友設的一個難局：鄭伯奇的《新小說》邀文壇名家寫作、力圖實現大眾化，卻被曹聚仁好心地建議去速記說書人的臺詞——這說明新文學作家想實現真正的大眾化其實很難；同理，要「無人不讀，無處不在」的《良友》實現深刻的啟蒙，也是不容易做到的。《良友》強調休閒趣味的風格也決定了《良友》的舞臺雖然寬廣，但它的高度仍然是有限的。《良友》雜誌儘管聯繫了一大群新文學作家，包括老舍、郁達夫等，但他們的作品在《良友》上的刊登由於篇幅和刊物風格所限，思想也很難特別深刻。這與良友的畫報形式有關，也與它能夠含蘊的思想深度有限有關。

　　但我們也應認識到《良友》的豐富性和複雜性。《良友》選擇的影像化、趣味化的表達方式有時會影響啟蒙深度的表達，但有時候則因影像圖片的真實清晰，與文字相互印證，會達到普通文字所無法企及的震撼人心的閱讀效果。比如對濟南五三慘案的報導，死難百姓的慘狀、歷史名城慘遭浩劫、生靈塗炭，那些文字表達不出的慘烈和殘酷通過影像圖片清晰地呈現給世人。再比如對戰爭場面的影像報導，各種戰地細節、炮火硝煙，讓讀者有身臨其境之感。這樣的啟蒙又是文字所無法實現的。

《良友》1938 年第 136 期報導臺兒莊大捷，中英雙語文字說明

〔註13〕鄭績：《從〈良友〉看左翼思潮在大眾層面的傳播》，《中國現代文學研究叢刊》，2005 年第 3 期，第 216 頁。

在經營模式方面，良友公司後期存在令人遺憾的地方。像《良友》畫報主編梁得所是那種特別努力，也特別願意負責的人，對良友圖書公司的發展功勞甚偉，但他最後不甘心「只作個保姆」而離開良友創辦大眾出版社，從良友公司幹將變成勁敵。這是不是說明良友公司在管理方面有讓他心寒的地方呢？鄭伯奇的拂袖而去也說明了良友公司在員工管理上存在一定問題。如馬國亮所言，在管理層內部「共患難易，共安樂難」，財政財政管理又混亂，導致良友公司走向頹勢，說明伍聯德、余漢生雖然在創業上有魄力和才幹，但還是沒有達到張元濟、陸費逵這些大出版家那樣的高度。儘管如此，如果沒有國際大環境的整體蕭條，沒有「一二八」的大轟炸造成良友周圍文化環境的大破壞，沒有 1937 年日本侵略者轟炸上海，良友公司不會完結得這樣快，毀滅得這樣徹底，復興得這樣困難。其實，對「良友」這樣的中小民營書局影響最大的，還是時代和周圍環境。覆巢之下，安有完卵，像「良友」這樣在戰火中消失的中小企業在中國有千千萬萬。中國近現代土地上少有百年出版社存在，究其原因，歷史和時代的問題是中國民族出版業難以逾越的侷限。

三、時代激情與生命承擔

《良友》1932 年第 68 期彩色風景攝影《美麗的中國》

　　良友出版儘管有一些侷限和遺憾，為什麼還能夠透過百年歷史的煙塵傳達出一種歷久彌新的文化魅力？我感覺，這是因為在這些出版物背後，體現著一種令人感動奮發的時代精神。

　　錢理群曾指出，民國時期的一代學人是有獨立、自由、創造精神的一代知識分子，他們做人做事都有一種承擔。對社會、歷史和民族，「他們都自命為『公共知識分子』，他們代表的，不是某個利益集團的利益，更不是一己的私利，而是社會公共利益，是時代的正義和良知的代表，即所謂『鐵肩擔道義』」〔註14〕。他們對事業有一種承擔，「那一代人，無論做學問、講課、做事情，都是把自己的生命投入進去的，學問、工作，都不是外在於他的，而是和自我生命融為一體的。」〔註15〕良友公司的編輯們雖然是供職於商業化出版機構的知識分子，但在他們身上同樣體現著這種對社會、對民族、對時代的承擔精神。當初伍聯德赴美考察時，向輕視他的船員攥緊拳頭憤怒地抗議，此後一再表示要以出版救國、傳播文化、普及教育；身體瘦弱的梁得所率領良友全國攝影團在內地歷盡艱辛攝影，歌頌祖國美好的河山；馬國亮在抗戰時期將「編者之頁」編成戰時的信息通訊臺，奔波採訪政要人物、刊登大量抗戰新聞；趙家璧關注新文學的發展，在抗戰的特殊時期扛著良友的大旗堅持圖書出版事業，攝影師張元恒在抗戰期間以影像記錄歷史堅持編輯出版《良友》畫報，他們的這些行動都體現了知識分子致力文化啟蒙、文化救國的時代精神。

　　這種致力啟蒙、文化救國的精神，同樣也是「良友」其他編輯、記者以及廣大作者們具有的時代精神。他們生於憂患動盪的年代，用自己的筆寫時代、寫人生，寫內心；用誕生不久仍很簡陋的攝影器材拍攝下了那個時代的動盪、殘酷和美麗。比如，像良友的兩位特約記者——拍攝了濟南五三慘案專輯和多幅戰爭照片的攝影家王小亭和遠走青海西藏的攝影家莊學本。他們的名字現在除了專業人士以外，普通人並不知曉，但他們用鏡頭凝固了歷史，記錄下了震撼人心的一個個瞬間，用圖像傳達出了千言萬語難以表達的東西，歷史功績是不應被後人遺忘的。良友人的熱情、理想和信念彌補了閱歷和知識的不足，凝聚成良友的精神，使良友的出版物獲得生命，也使得良友公司這樣一家由一

〔註14〕錢理群：《致青年朋友——錢理群演講、書信集》，中國長安出版社，2008年，
　　　　第132～135頁。
〔註15〕錢理群：《致青年朋友——錢理群演講、書信集》，中國長安出版社，2008年，
　　　　第138頁。

群毫無資歷和外界支持的年輕人創辦的小公司在出版史上留下名字。

民國一代學人那種對自我生命的承擔，表現在良友這些知識分子身上，則體現為一種對文化出版事業的追求與執著。鄭伯奇、林語堂、靳以等作家進入良友圖書公司編輯雜誌，努力在編輯活動中推行自己的文藝主張，表現了知識分子對文化啟蒙事業的執著；「良友」的職業編輯對文化出版事業的執著同樣體現了這一點。伍聯德最初創辦《少年良友》失敗，但屢僕屢起直至《良友》畫報創辦成功，1956 年他在香港又復興良友圖書公司，在出版《良友》「海外版」的同時還創辦了面向兒童讀者的《小良友》，似乎又賦予早年創辦但夭折的《少年良友》以新的生命。趙家璧、馬國亮二位良友知名編輯不僅在抗戰的艱難時期堅持文化出版事業，晚年還筆耕不輟，使良友公司當年的美妙往事在他們的筆下復活。可以說，良友人的毅力和執著是使「良友」綿延不絕、走過了一個世紀的重要原因。

良友人身上的時代精神體現在出版上，就使得這些圖文並茂的出版物形成了一種獨特的文化魅力，使人愉悅，催人奮發。伍聯德曾說：「竊以為在文化落後之我國，藉圖畫作普及教育之工作，至為適宜。」〔註16〕他宣布良友公司的出版宗旨是「不以營業為目標，但以服務社會為宗旨，益自奮勵，邁步前進」〔註17〕。良友出版不僅以大量攝影圖片的方式傳播新聞和文化，還積極創辦各種高品質的文化讀物，在知音甚少的情況下以高額成本出版過《音樂雜誌》《美術雜誌》以提倡高雅藝術文化，甚至不計成本派旅行團赴全國攝影，種種壯舉都體現了他們的出版理想，使這些良友出版物在出版史上留下精彩的一頁。我們今日常常慨歎文化危機、精神危機，感歎在熱鬧的文化繁榮背後是精神的荒涼，對比良友出版物和當今的一些時尚出版物，也許可以得到一些啟迪。倘若沒有思想的力量，沒有信念的支持，再重金打造的文化產品依然會蒼白無力。

「良友」的文化價值和歷史侷限共同構成了良友出版獨特的文化魅力，以其獨特的文化姿態區別於其他機構的出版物，豐富著我們的文化歷史，吸引學人深入研究。

〔註16〕伍聯德：《良友一百期之回顧與前瞻》，《良友》第 100 期，1934 年 12 月，第 4 頁。
〔註17〕伍聯德：《良友一百期之回顧與前瞻》，《良友》第 100 期，1934 年 12 月，第 4 頁。

參考書目

作品‧資料

1. 屠汝涑：《旅美華僑實錄》，華豐鑄字所，1924 年。

2. 宓亨利：《華僑志》，岑德彰譯，商務印書館，1928 年。

3. 龔學遂：《中國民族海外發展狀況》，大華書社，1929 年。

4. 何漢文：《華僑概況》，神舟國光社，1931 年。

5. 張靜廬：《中國現代出版史料（甲—丁編）》，中華書局，1954～1959 年。

6. 中國社會科學院近代史研究所：《民國人物傳》，中華書局，1978 年。

7. 中共中央馬克思恩格斯列寧斯大林著作編譯局研究室：《五四時期期刊介紹》，生活‧讀書‧新知三聯書店，1978 年。

8. 馬國亮：《〈良友畫報〉第一期》，《讀書》，1979 年 7 期。

9. 趙家璧：《想起蔡元培先生的一個遺願》，《讀書》，1979 年 8 期。

10. 趙家璧：《回憶魯迅與連環圖畫》，《美術》，1979 年 8 期。

11. 馬國亮：《且說笑話》，《讀書》，1980 年 2 期。

12. 馬國亮：《魯迅與〈良友畫報〉》，《讀書》，1981 年 8 期。

13. 魯迅：《魯迅全集》，人民文學出版社，1981 年。

14. 趙家璧：《出版〈美國文學叢書〉的前前後後——回憶一套標誌中美文化交流的叢書》，《讀書》，1980 年 10 期。

15. 趙家璧：《回憶魯迅與葛琴的總退卻》，《中國現代文學研究叢刊》，1981 年 2 期。

16. 全國第一中心圖書館委員會全國圖書聯合目錄編輯組：《全國中文期刊聯合目錄1833～1949（增訂本）》，書目文獻出版社，1981年。

17. 中國社會科學院文學研究所：《左聯回憶錄》編輯組：《左聯回憶錄（上、下）》，中國社會科學出版社，1982年。

18. 中國社會科學院文學研究所現代文學研究室：《「兩個口號」論爭資料選編（上、下）》，人民文學出版社，1982年。

19. 趙家璧：《記四十五年前的一部小說年選》，《讀書》，1983年1期。

20. 趙家璧：《幾點感想和一個願望》，《中國出版》，1984年1期。

21. 馬國亮《藝苑風情》，上海文藝出版社，1984年。

22. 趙家璧：《編輯憶舊續集》，北京：生活·讀書·新知三聯書店，1984年

23. 趙家璧：《月亮下去了》，江西人民出版社，1984年。

24. 沈從文：《沈從文文集》，花城出版社，1984年。

25. 嚴家炎編選：《新感覺派小說選》，人民文學出版社，1985年。

26. 趙家璧：《懷念倉石武四郎——中日文化交流的先行者》，《讀書》，1985年5月。

27. 馬國亮：《命運交響曲》，灕江出版社，1986年。

28. 趙家璧：《回顧與展望》，山西人民出版社，1986年。

29. 趙家璧：《編輯生涯憶魯迅》，《編輯學刊》，1987年4期。

30. 趙家璧：《〈良友畫報〉二十年的坎坷歷程》，《新聞與傳播研究》，1987年1月。

31. 趙家璧：《良友畫報憶舊》，《編輯之友》，1987年3月。

32. 趙家璧：《「出書真難」——從聯想到希望》，《魯迅研究月刊》，1987年6月。

33. 趙家璧：《出版家與出版商》，《中國出版》，1988年2月。

34. 趙家璧：《書比人長壽》，香港：三聯書店，1988年。

35. 唐沅等：《中國現代文學期刊目錄彙編》天津人民出版社，1988年。

36. 上海社會科學院文學研究所編：《三十年代在上海的「左聯」作家》，上海社會科學院出版社，1988年。

37. 趙家璧：《文壇故舊錄：編輯憶舊續集》，生活·讀書·新知三聯書店，1991年。

38. 華道一主編:《海上春秋》,上海書店,1992 年。

39. 葉亞廉、夏林根主編:《上海的發端》,上海翻譯出版公司,1992 年。

40.〔日〕尾崎秀樹:《三十年代上海》,賴育芳譯,譯林出版社,1992 年。

41. 北京圖書館:《民國時期總書目》,書目文獻出版社,1994 年。

42. 馬國亮:《生命猜想——哀徐遲》,《上海文學》,1997 年 7 月。

43. 上海魯迅紀念館、上海文藝出版社:《趙家璧先生紀念集》,上海文藝出版社,1998 年。

44. 馬國亮:《人生幾回傷往事——懷念林風眠先生》,《美術》,1999 年 4 月。

45. 南南編注:《靳以書信選》,《新文學史料》,2000 年 2 月。

46. 上海市政協文史資料委員會:《上海文史資料存稿彙編 9:教科文衛》,上海古籍出版社,2001 年。

47. 沈寂:《人生往事》,上海辭書出版社,2002 年。

48. 子通主編:《林語堂評說七十年》,中國華僑出版社,2003 年。

49. 李輝:《和老人聊天》,大象出版社,2003 年。

50. 程德培、郜元寶、楊揚選編:《1926～1945 良友人物》,上海社會科學院出版社,2004 年。

51. 程德培、郜元寶、楊揚選編:《1926～1945 良友小說(上下)》,上海社會科學院出版社,2004 年。

52. 程德培、郜元寶、楊揚選編:《1926～1945 良友隨筆》,上海社會科學院出版社,2004 年。

53. 周立民選編:《1934～1935 文學季刊》,上海社會科學院出版社,2004 年。

54. 周立民選編:《1936.6～1936.12 文季月刊》,上海社會科學院出版社,2004 年。

55. 王曉東選編:《1937～1939 文叢》,上海社會科學院出版社,2004 年。

56. 陳子善選編:《脂粉的城市——〈婦人畫報〉之風景》,浙江文藝出版社,2004 年。

57. 陳子善選編:《朱古律的回憶——文學〈良友〉》,浙江文藝出版社,2004 年。

58. 曹聚仁:《文壇五十年》,東方出版中心,2005 年。

59. 劉增人,等:《中國現代文學期刊史論》,新華出版社,2005 年。

60. 鄭逸梅：《書報話舊》，中華書局，2005 年。

61. 趙家璧：《編輯憶舊》，中華書局，2008 年。

62. 趙家璧：《文壇故舊錄：編輯憶舊續集》，中華書局，2008 年。

63. 趙家璧：《書比人長壽：編輯憶舊集外集》，中華書局，2008 年。

64. 陳墨整理：《孫師毅生平大事年表》，《當代電影》，2008 年 10 期。

論著

1. 戈公振：《中國報學史》，生活·讀書·新知三聯書店，1955 年。

2. 岑德彰：《上海租界略史》，文海出版社，1971 年。

3. 章回、包村等：《上海近百年史話》，上海人民出版社，1963 年。

4. 胡繩：《從鴉片戰爭到五四運動》，人民出版社，1981 年。

5. 曹聚仁：《中國學術思想史隨筆》，生活·讀書·新知三聯書店，1986 年。

6. 朱金順：《新文學資料引論》，北京語言學院出版社，1986 年。

7. 李澤厚：《中國現代思想史論》，東方出版社，1987 年。

8. 林毓生：《中國傳統的創造性轉化》，生活·讀書·新知三聯書店，1988 年。

9.〔法〕埃斯卡爾皮：《文學社會學》，符錦勇譯，上海譯文出版社，1988 年。

10.〔美〕微拉·施瓦支：《中國的啟蒙運動——知識分子與五四遺產》，太原：山西人民出版社，1989 年。

11. 唐振常主編：《上海史》，上海人民出版社，1989 年。

12. 宋原放、李白堅、陳生錚：《中外出版史》，北京師範大學出版社，1993 年。

13.〔美〕費正清、費維愷編：《劍橋中華民國史：1912～1949 年》，劉敬坤，等譯，社會科學出版社，1994 年。

14. 陳青生：《抗戰時期的上海文學》，上海人民出版社，1995 年。

15. 吳福輝：《都市漩流中的海派小說》，湖南教育出版社，1995 年。

16. 馬逢洋：《上海：記憶與想像》，文匯出版社，1996 年。

17. 王唯銘：《欲望的城市》，文匯出版社，1996 年。

18. 王德威：《想像中國的方法》，生活·讀書·新知三聯書店，1998 年。

19. 曠新年：《1928 革命文學》，山東教育出版社，1998 年。

20. 劉小楓：《現代性社會理論緒論：現代性與現代中國》，上海三聯書店，1998 年。

21. 孫晶：《文化生活出版社與現代文學》，廣西教育出版社，1999 年。

22. 李澤厚：《中國思想史論》，安徽文藝出版社，1999 年。

23. 郭太風：《王雲五評傳》，上海書店出版社，1999 年。

24. 陸揚、王毅：《大眾文化與傳媒》，上海三聯書店，2000 年。

25. 李今：《海派小說與現代都市文化》，安徽教育出版社，2000 年。

26. 包亞明、王宏圖、朱生堅：《上海酒吧：空間、消費與想像》，江蘇人民出版社，2001 年。

27. 〔美〕李歐梵：《上海摩登——一種新都市文化在中國 1930～1945》，毛尖譯，北京大學出版社，2001 年。

28. 楊春時：《現代性與中國文化》，國際文化出版公司，2002 年。

29. 張光芒：《啟蒙論》，上海三聯書店，2002 年。

30. 劉禾：《跨語際實踐——文學，民族文化與被譯介的現代性（中國，1900～1937）》，宋偉傑譯，生活・讀書・新知三聯書店，2002 年。

31. 楊義、郭曉鴻：《京派海派綜論（圖志本）》，中國社會科學出版社，2003 年。

32. 倪偉：《「民族想像」與國家統制——1929～1949 年南京政府的文藝政策及文學運動》，上海教育出版社，2003 年。

33. 馬嘶：《百年冷暖：20 世紀中國知識分子生活狀況》，北京圖書館出版社，2003 年。

34. 孔海珠：《左翼・上海 1934～1936》，上海文藝出版社，2003 年。

35. 王富仁：《中國現代文化指掌圖》，人民文學出版社，2004 年。

36. 朱曉進等：《非文學的世紀：20 世紀中國文學與政治文化關係史論》，南京師範大學出版社，2004 年。

37. 陳旋波：《時與光——20 世紀中國文學史格局中的徐訏》，百花洲文藝出版社，2004 年。

38. 劉淑玲：《〈大公報〉與中國現代文學》，河北教育出版社，2004 年。

39. 黃開發：《文學之用——從啟蒙到革命》，十月文藝出版社，2004 年。

40. 方維保：《紅色意義的生成──20世紀中國左翼文學研究》，安徽教育出版社，2004年。

41. 路英勇：《認同與互動──五四新文學出版研究》，安徽教育出版社，2004年。

42. 夏志清：《中國現代小說史》，復旦大學出版社，2005年。

43. 謝泳：《儲安平與〈觀察〉》，中國社會出版社，2005年。

44. 林偉民：《中國左翼文學思潮》，華東師範大學出版社，2005年。

45. 李楠：《晚清、民國時期上海小報研究──一種綜合的文化、文學考察》，人民文學出版社，2005年。

46. 朱曉進：《政治文化與中國二十世紀三十年代文學》，人民出版社，2006年。

47. 盤劍：《選擇、互動與整合：海派文化語境中的電影及其與文學的關係》，浙江大學出版社，2006年。

48. 石曙萍：《知識分子的崗位與追求──文學研究會研究》，東方出版中心，2006年。

49. 楊聯芬等：《20世紀中國文學期刊與思潮 1897～1949》，百花洲文藝出版社，2006年。

50. 范伯群：《中國現代通俗文學史》，北京大學出版社，2007年。

51. 艾小明：《中國左翼文學思潮探源》，北京大學出版社，2007年。

52. 吳果中：《〈良友〉畫報與上海都市文化》，湖南師範大學出版社，2007年。

53. 周其厚：《中華書局與近代文化》，中華書局，2007年。

54. 錢理群：《致青年朋友：錢理群演講、書信集》，中國長安出版社，2008年。

55. 秦豔華：《現代出版與二十世紀三十年代文學》，山東人民出版社，2008年。

56. 忻平：《從上海發現歷史──現代化進程中的上海人及其社會生活 1927～1937》，上海大學出版社，2009年。

57. 李揚：《沈從文的家國》，上海交通大學出版社，2014年。

58. 黃開發：《言志文學思潮論稿》，花木蘭文化事業有限公司，2020年。

59. 汪文頂、劉勇主編:《中國現代文學百年沉思——中國現代文學研究會第 12 屆年會論文集》,社會科學文獻出版社,2020 年。

60. S.Welch. *The Concept of political culture*. St. Martin's Press,1993.

61. Lydia H.LIU. *Translingual Practice: Literature, National Culture, and Translated Modernity——China, 1900~1937*. California: Stanford University Press, 1995.

62. *Leo Ou-fan Lee. Shanghai Modern: the Flowering of a New Urban Culture in China, 1930~1945*. Cambridge: Harvard University Press, 1999.

附　錄

表 1：良友圖書公司期刊出版目錄

期刊名稱	出版時間	主　編	簡　介
良友	1926.2～ 1945.10	伍聯德，1～4 期 周瘦鵑，5～12 期 梁得所，13～78 期 馬國亮，79～138 期 張沅恒，139～171 期 張沅吉，172 期	月刊，中國第一本大型綜合性的新聞畫報，半數分銷海外各地，國內同類畫報中創刊最早，出版歷史最長，編輯和印刷質量也較高一籌。開始為銅版紙印刷，後為影印版，開一代畫報之先河。第 1～130 期由良友圖書公司在上海出版，131～138 期因戰火遷香港出版，139～171 期由復興良友公司在上海出版，後被查封。172 期在上海出版了最後一期。
上海週報	1926.4～ 1926.6	劉恨我	至少出版過五期，每逢星期六出版一大張。用上等報紙精印，每期顏色不同，較尋常四開小報加大一倍。
銀星	1926.9～ 1928.7	盧夢殊	月刊，廣告稱是當時中國唯一的定期電影刊物，出版了 18 期，後改名為《新銀星》。
汎報	1927.1.1～ ？〔註1〕	孫師毅	每週六出版，每冊 36 頁。偏重於「自由思想」及「大膽說話」，兩類文藝作品每期亦占一半。

〔註1〕《汎報》只出版過幾期即從宣傳廣告中消失，目前也沒有找到原刊，停刊時間不詳。另，此表格中停刊時間存缺的部分均為時間不詳，特此說明。

藝術界週刊	1927.1～1927.12	傅彥長，朱應鵬，徐蔚南，張若谷（張若谷任執行編輯）	週刊，是「民族主義文藝運動」萌芽時期的刊物，普通新聞紙印製，主要刊登文藝理論文章，也有不少攝影和美術的插頁。裝幀簡單，初期小洋一角，後調整為八分。
體育世界季刊	1927.1～1929	余巨賢，李偉才	九開本，照片尺寸和留白都很大，出版時間不連續，後與《新銀星》合併為《新銀星與體育》。文內刊登多幅體育照片，介紹體育名家，並有文字討論體育問題，及記載體育消息，通全國體育界聲氣，引起國人對於體育的興趣。中英雙語介紹。
現代婦女	1927.1～1928.6	余季美	中國早期的新型婦女讀物，倡導婦女獨立，後更名為《今代婦女》。
新銀星（《新銀星與體育》）	1928.8～1930.12	陳炳洪	圖文畫報，側重對好萊塢電影的介紹。後來與《體育世界》合併為《新銀星與體育》，1930年底改為陳炳洪個人承辦。
今代婦女	1928.6～1933.3	馬國亮	圖文並重，照片方面，刊登婦女生活、女界名人介紹、家庭兒童等；圖畫方面，刊登婦女時裝、房室裝飾、漫畫及富有興味之黑白畫；文字方面，刊登關於婦女問題討論之論文，中外女界名人傳記，家庭日常生活之研究，及文藝作品如散文、詩歌、小說等。共出版14期。
婦人畫報	1933～	鄧倩文、郭建英、沈傳仁先後擔任主編	月刊。鄧倩文主編時期雜誌開本較小；郭建英主編時期有很多他本人手繪的都市漫畫，沈傳仁主編時期多明星、家居等圖片，早期每冊兩角，後降為一角。
中國學生	1928.11～1931	趙家璧（第一期由明耀五、趙家璧共同主編）	「學術界之唯一讀物，文字有價值，照片有趣味，漫畫有深意，處處不脫離學校與學生」。以大學生為對象，專門刊載大學生生活的照片、漫畫和文稿。

小世界	1932.5～	陳炳洪	以圖畫為主，多世界知識、風俗、科學、美術、名人、時事照片；文字多短篇，32 開本。
電影畫報	1933～1935	鄭君平，陳炳洪	早期為左翼氣息的電影畫報，推行文藝通俗化。後期側重對國外電影動態的介紹，每冊售價二角。
人間世	1934.4～1935.12	林語堂，陶亢德，徐訏	著名的小品文半月刊，以小品文、譯文為主，裝幀考究精美。
美術雜誌	1934	陳秋草，方雪鴣	包羅繪畫、雕刻、攝影、裝飾等內容，是當時惟一的一本專業美術雜誌。130 頁全部銅版精印，製作考究精美，定價每冊一元二角，僅出版兩三期即停刊。
音樂雜誌	1934～1935	蕭友梅，黃自，易韋齋	季刊，16 開大本，介紹西洋理論和我國作曲家作品為主，銷路不好，維持了一年時間。
新小說	1935.2～1935.7	鄭伯奇	左翼文藝通俗化運動的嘗試，刊登多篇知名作家的小說和隨筆以及對文藝通俗化運動的討論。雜誌多插圖，版式精美。
文季月刊	1936.6～1936.12	巴金，靳以	《文學季刊》的續刊，嚴肅文學月刊，出版 7 期被當局查禁。裝幀考究精美，有多幅藝術插圖。
知識畫報	1936.8～1937.7	李旭丹，余俊人（自第四期開始）	面對普通大眾，介紹世界科學知識，以圖片介紹實況工作。內容豐富，以趣味的方式介紹大百科式的知識。
戰事畫刊（《良友》號外）	1936.8～	良友圖畫雜誌社	新聞紙印刷，中英雙語注釋。多新聞圖片，第五期有戰爭題材的漫畫出現，至少出版了 12 期。
良友戰事畫刊（《良友》號外）	1937.1～1937.6	良友圖畫雜誌社	圖文雜誌，及時報導戰況，多次再版。
軍事知識	1937.11～1938.1	軍事知識社	及時介紹國際軍事動態，多圖片，也有文字性評論，無目錄和頁碼。自第 5 期更名為《國際知識》。

國際知識	1938.1~1938.5	從第 7 期開始署名陳亦雲	用系統照片及時報導世界新聞，文字類多為翻譯轉載國際新聞評論。
第二次世界大戰畫報（《良友》號外）	1939.9~1941.12	趙家璧	中英雙語注釋，報導歐洲戰況，以成組的新聞圖片報導為主，還有電傳照片。尺寸較大，共出版約 14 期半月刊。

表2：良友圖書公司圖書出版目錄

書　名	作　者	譯　者	出版時間	所屬叢書
歸家及其他	葉鼎洛等		1929 年前	良友讀者叢書
昨夜之歌	馬國亮		1929 年前	良友讀者叢書
得所隨筆	梁得所		1929 年前	良友讀者叢書
影戲小說集		陳炳洪	1929 年前	良友讀者叢書
今日四大思想家信仰之自述	胡適等		1931 年 9 月	一角叢書
史太林傳	（美）D.L evive	方仲益	1931 年 9 月	一角叢書
不開花的春天	陳夢家		1931 年 9 月	一角叢書
生命知識一瞥	（英）H.G.Wells 等	明耀五	1931 年 9 月	一角叢書
被當作消遣品的男子	穆時英		1931 年 9 月	一角叢書
潘陽事件	羅隆基		1931 年 9 月	一角叢書
五年計劃的故事	（蘇）M.伊從	張方文	1931 年 10 月	一角叢書
東北抗日的鐵路政策	張恪惟		1936 年 10 月	一角叢書
東北事變之國際觀	胡愈之		1931 年 10 月	一角叢書
人生之價值與意義	李石岑		1931 年 9 月	一角叢書
子平術	潘予且		1931 年 11 月	一角叢書
李師師	施蟄存		1931 年 11 月	一角叢書
秋	徐志摩		1931 年 11 月	一角叢書
生活之味精	馬國亮		1931 年 12 月	一角叢書
現代歐美作家		趙景深	1931 年 12 月	一角叢書
日俄對峙中之中東鐵路		寧華庭	1931 年 1 月	一角叢書
國際互惠之剖視	徐敦璋		1931 年 12 月	一角叢書
最近世界經濟恐慌真相	戴藹廬		1932 年 1 月	一角叢書
老毛的日記	梁得所		1932 年 1 月	一角叢書
白里安	（英）V.湯姆森	彭啟炘	1932 年 1 月	一角叢書
蘇維埃式的現代農場	A.L.Strong	蔡詠裳、董紹明	1932 年 1 月	一角叢書
談心病	予且		1932 年 1 月	一角叢書

芙小姐	王家棫		1932 年 2 月	一角叢書
文化趣事	楊昌溪（編）		1932 年 2 月	一角叢書
第二次世界大戰	何思敬		1932 年 2 月	一角叢書
現代兵器	朱維琮		1932 年 2 月	一角叢書
空閒少佐	穆時英		1932 年 3 月	一角叢書
美俄會聯合戰日否？	林伯修		1932 年 3 月	一角叢書
浮世畫	蓬子		1932 年 3 月	一角叢書
希特拉		方仲益	1932 年 3 月	一角叢書
國防十年計劃	陸為震		1932 年 3 月	一角叢書
溥儀正傳	德齡公主		1932 年 4 月	一角叢書
日本的汎系運動	鄭盧舟		1932 年 4 月	一角叢書
法網	丁玲		1932 年 4 月	一角叢書
蘇聯的新婦女	錢嘯秋		1932 年 4 月	一角叢書
創作與生活	錢杏邨		1932 年 5 月	一角叢書
戰後之中外財政	褚青來		1932 年 8 月	一角叢書
第二次五年計劃	林伯修		1932 年 8 月	一角叢書
洛桑會議評價	朱少軒		1932 年 8 月	一角叢書
惡行	何家槐		1932 年 8 月	一角叢書
高爾基傳	沈端先		1932 年 9 月	一角叢書
蘇聯的音樂	（美）J.佛里門	周起應	1932 年 9 月	一角叢書
從岳陽到萍鄉	唐錫如		1932 年 9 月	一角叢書
寬子城大將	鄭伯奇		1932 年 9 月	一角叢書
新聞大王哈斯特傳	袁殊		1932 年 10 月	一角叢書
神經衰弱症	（日）樫田十次郎等	任一碧	1932 年 10 月	一角叢書
麗麗	王錫鵬		1932 年 10 月	一角叢書
戀愛教育	杜佐周		1932 年 10 月	一角叢書
歌中歌		陳夢家	1932 年 11 月	一角叢書
中蘇復交問題	陳彬龢		1933 年 1 月	一角叢書
馬可尼傳	盧西		1933 年 1 月	一角叢書
英美不免一戰	（美）Ludwell Denny	何思敬	1933 年 1 月	一角叢書

灰色之家	徐衍存		1933 年 1 月	一角叢書
動盪中之中國農村	蔡丹華		1933 年 2 月	一角叢書
脊背與奶子	張天翼		1933 年 2 月	一角叢書
日俄漁業爭霸戰	屈若搴		1933 年 2 月	一角叢書
紅與黑	杜衡		1933 年 3 月	一角叢書
特克諾克拉西	林伯修		1933 年 3 月	一角叢書
北京人	葉為耽		1933 年 3 月	一角叢書
慷慨的王子	沈從文		1932 年 3 月	一角叢書
興登堡	（日）澤田謙	何又璧	1933 年 4 月	一角叢書
巴比塞評傳	沈起予		1933 年 4 月	一角叢書
蘇聯的演劇	趙銘彝		1933 年 4 月	一角叢書
煙和酒	梁得所		1933 年 4 月	一角叢書
中國音樂史話	繆天瑞		1933 年 8 月	一角叢書
伴侶婚姻	（美）J.Lindsey	若虛	1933 年 9 月	一角叢書
西泠的黃昏	林徽音		1933 年 9 月	一角叢書
繪畫欣賞	馬國亮		1933 年 9 月	一角叢書
計劃經濟	陳直夫		1933 年 10 月	一角叢書
蘇聯的教育	林克多		1933 年 10 月	一角叢書
在潮廟	彭家煌		1933 年 10 月	一角叢書
現代意大利文學		漢章	1933 年 11 月	一角叢書
歸宿	吳南嘉		1933 年 11 月	一角叢書
妊娠的傳說	王君綱		1933 年 11 月	一角叢書
黑人文學	楊昌溪		1933 年 12 月	一角叢書
定縣平民教育	李浴日		1933 年 12 月	一角叢書
凱末爾評傳		修仁	1933 年 12 月	一角叢書
豎琴	（俄）E.剳彌亞丁等	魯迅	1933 年 1 月	良友文學叢書
曖昧	何家槐		1933 年 1 月	良友文學叢書
雨（愛情三部曲之二）	巴金		1933 年 1 月	良友文學叢書
一天的工作	（蘇）B.畢力涅克等	魯迅	1933 年 3 月	良友文學叢書
一年	張天翼		1933 年 1 月	良友文學叢書
剪影集	蓬子		1933 年 5 月	良友文學叢書

母親	丁玲		1933 年 8 月	良友文學叢書
離婚	老舍		1933 年 8 月	良友文學叢書
善女人行品	施蟄存		1933 年 11 月	良友文學叢書
記丁玲	沈從文		1934 年 9 月	良友文學叢書
趕集	老舍		1934 年 9 月	良友文學叢書
革命的前一幕	陳銓		1934 年 10 月	良友文學叢書
移行	張天翼		1934 年 10 月	良友文學叢書
歐行日記	鄭振鐸		1934 年 10 月	良友文學叢書
蟲蝕	靳以		1934 年 12 月	良友文學叢書
話匣子（上、下編）	茅盾		1934 年 12 月	良友文學叢書
電（愛情三部曲之三）	巴金		1935 年 3 月	良友文學叢書
參差集	侍桁		1935 年 3 月	良友文學叢書
車廂社會	豐子愷		1935 年 7 月	良友文學叢書
小哥兒倆	凌叔華		1935 年 10 月	良友文學叢書
殘碑	沈起予		1935 年 12 月	良友文學叢書
霧（愛情三部曲之一）	巴金		1936 年 1 月	良友文學叢書
苦竹雜記	周作人		1936 年 2 月	良友文學叢書
愛眉小札	徐志摩		1936 年 3 月	良友文學叢書
孟實文鈔	朱光潛		1936 年 4 月	良友文學叢書
閒書	郁達夫		1936 年 5 月	良友文學叢書
一個女兵的自傳	謝冰瑩		1936 年 7 月	良友文學叢書
燕郊集	俞平伯		1936 年 8 月	良友文學叢書
四三集	葉聖陶		1936 年 8 月	良友文學叢書
新傳統	趙家璧		1936 年 8 月	良友文學叢書
打火機	鄭伯奇		1936 年 9 月	良友文學叢書
新與舊	沈從文		1936 年 11 月	良友文學叢書
意外集	丁玲		1936 年 11 月	良友文學叢書
春花	王統照		1936 年 12 月	良友文學叢書
河邊	魯彥		1937 年 1 月	良友文學叢書
漩渦裏外	杜衡		1937 年 2 月	良友文學叢書
煙雲集	茅盾		1937 年 5 月	良友文學叢書
野火	魯彥		1937 年 5 月	良友文學叢書
在城市	張天翼		1937 年 6 月	良友文學叢書
戲		曹禺	未出版	良友文學叢書

畸人集	張天翼		1936 年 1 月	良友文學叢書特大本
愛情的三部曲	巴金		1936 年 4 月	良友文學叢書特大本
從文小說習作選	沈從文		1936 年 5 月	良友文學叢書特大本
蘇聯作家二十人集	M.扎彌亞丁等	魯迅	1936 年 7 月	良友文學叢書特大本
老殘遊記二集	劉鐵雲		1935 年 3 月	良友文庫
夜航集	阿英		1935 年 3 月	良友文庫
南國之夜	艾蕪		1935 年 3 月	良友文庫
尼採自傳		梵澄	1935 年 4 月	良友文庫
火葬	萬迪鶴		1935 年 4 月	良友文庫
火線內	沈起予		1935 年 4 月	良友文庫
半農雜文二集	劉半農		1935 年 7 月	良友文庫
聖處女的感情	穆時英		1935 年 5 月	良友文庫
父子之間	周文		1935 年 9 月	良友文庫
怒吼吧中國！	（蘇)特萊卻可夫	潘子農	1935 年 11 月	良友文庫
鄉長先生	王任叔		1936 年 1 月	良友文庫
拜侖的童年	（法）Andr6 Maur'oi	唐錫如	1936 年 2 月	良友文庫
說謊者	儲安平		1936 年 4 月	良友文庫
躊躇集	蹇先艾		1936 年 4 月	良友文庫
小珍集	施蟄存		1936 年 9 月	良友文庫
建設理論集	胡適編選		1935 年 10 月	中國新文學大系
文學論爭集	鄭振鐸編選		1935 年 10 月	中國新文學大系
小說一集	茅盾編選		1935 年 5 月	中國新文學大系
小說二集	魯迅編選		1935 年 7 月	中國新文學大系
小說三集	鄭伯奇編選		1935 年 8 月	中國新文學大系
散文一集	周作人編選		1935 年 8 月	中國新文學大系
散文一集	郁達夫編選		1935 年 8 月	中國新文學大系

詩集	朱自清編選		1935 年 10 月	中國新文學大系
戲劇集	洪深編選		1935 年 7 月	中國新文學大系
史料索引	阿英編選		1936 年 2 月	中國新文學大系
大系樣本	趙家璧編選		1935 年 3 月	中國新文學大系
二十人所選短篇佳作集	趙家璧編輯		1936 年 12 月	
蘇聯童話集〔註2〕		適夷	1932 年 12 月	蘇聯童話集
白紙黑字（蘇聯童話集之二）	伊林	董純才	1933 年 4 月	蘇聯童話集
鐘的故事（蘇聯童話集之三）	伊林	潘之一	1933 年 7 月	蘇聯童話集
童子奇遇記(蘇聯童話集之四)	洛扎洛夫	張叔愚	1933 年 10 月	蘇聯童話集
天・地				兒童自然科學叢書
雲・雨				兒童自然科學叢書
日・月				兒童自然科學叢書
星				兒童自然科學叢書
火・空氣				兒童自然科學叢書
中國現代經濟史	施復亮		1932 年 3 月	現代中國史叢書
中國現代教育史	周予同		1934 年 1 月	現代中國史叢書
中國現代藝術史	李樸園等		1936 年 2 月	現代中國史叢書
蘇聯大觀		韓起	1933 年 8 月	世界各國現勢叢書
意大利大觀	董之學		1934 年 5 月	世界各國現勢叢書
蘋果裏	王家棫等		1933 年 5 月	良友文選
飯後談話	予且		1933 年 5 月	良友文選
四年	郭子雄等		1933 年 5 月	良友文選

〔註2〕1940 年 3 月再版，更名為《陽光底下的房子》

南國情調	唐錫如等		1933 年 5 月	良友文選
人間小品甲集			1935 年	人間世叢書
人間小品乙集			1935 年	人間世叢書
人間特寫			1935 年	人間世叢書
人間隨筆			1935 年	人間世叢書
二十今人志			1935 年	人間世叢書
短簡	巴金		1937 年 3 月	現代散文新集
黃花苔	蘆焚		1937 年 3 月	現代散文新集
風塵集	方敬		1937 年 4 月	現代散文新集
山寺暮	嚴文井		1937 年 6 月	現代散文新集
落日	蕭乾		1937 年 6 月	現代散文新集
旱	蔣牧良		1936 年 10 月	中篇創作新集
懺悔	奚如		1936 年 10 月	中篇創作新集
泥腿子	白塵		1936 年 10 月	中篇創作新集
鬼巢	歐陽山		1936 年 11 月	中篇創作新集
老兵	舒群		1936 年 12 月	中篇創作新集
春天	艾蕪		1937 年 1 月	中篇創作新集
在白森鎮	周文		1937 年 1 月	中篇創作新集
歸來	羅烽		1937 年 2 月	中篇創作新集
窯場	葛琴		1937 年 3 月	中篇創作新集
絕地	草明		1937 年 5 月	中篇創作新集
西洋美術大綱		梁得所		
藝術三家言	傅彥長、朱應鵬、張若谷			
文藝論集	田漢			
男與女		明耀五		
到音樂會去	張若谷			
若草	梁得所			
白鳥	郁達夫			
銀色的夢	田漢			
電影與文藝	盧夢殊 編			
古玩	陳大悲			
凱亞——土耳其民間故事集		余季美、梁得所		

出帆		梁得所	
失去的指環		陳炳洪、梁得所	
愛的花園（中英對照）			
快樂與人生		謝劍文	
三民主義（英譯）		馮良玉	
離別詞選	王君剛 編		
男友	葉鼎洛		
俄國西洋畫史		邱景梅	
戲劇研究	（日）菊池寬		
跳舞的藝術	唐傑 編著		
女子造花術	倪貽德 編		
學校唱歌集	潘恩霖 編		
予且隨筆	予且		1931 年 7 月
露露	馬國亮		1931 年 12 月
璿宮豔史	霍爾曼	姚忠伊	1932 年 11 月
卓別麟之一生	楊昌溪 編		1932 年 11 月
戰爭・飲食・男女	張若谷		1933 年 3 月
再給女人們	馬國亮		1933 年 7 月
獵影記	梁得所		1933 年 7 月
金言集	羅蒙譯		1933 年 8 月
我的兒子羅斯福	羅斯福夫人	馮雪冰	1933 年 8 月
信不信由你：世界奇聞錄	立潑萊	蔡維真	1933 年 9 月
高爾基創作四十年紀念論文集	周起應 編		1933 年 10 月
寄健康人	繆崇群		1933 年 11 月
美國十二大女偉人傳		馬學禹	1934 年 6 月
電影故事	謝恩祈		1934 年 9 月
小文章	韓侍桁		1934 年 9 月
半日遊程	郁達夫等		1934 年 10 月
黑牡丹	穆時英等		1934 年 10 月
室內旅行記	伊林	趙筱延	1934 年 11 月
女明星日記	雪映		1934 年 12 月

葛萊泰嘉寶傳		凌鶴	1934 年 12 月	
十七歲		大華烈士	1935 年 1 月	
今日歐美小說之動向		趙家璧	1935 年 1 月	
偷閒小品		馬國亮	1935 年 1 月	
掃帚星	王家棫		1935 年 3 月	
無軌列車	林疑今		1935 年 3 月	
胡蝶女士歐遊雜記	胡蝶		1935 年 8 月	
西北東南風	大華烈士		1935 年 8 月	
庚子國變彈詞	李伯元(阿英編校)		1935 年 8 月	
三百八十個	鮫人		1935 年 10 月	
畫人行腳	倪貽德		1935 年 10 月	
小說閒談	阿英		1936 年 6 月	
不是沒有笑的	（美）蘭斯東・休士	夏徵農、祝秀俠	1936 年 10 月	
愛眉小札（真蹟手寫本）	徐志摩		1936 年 10 月	
南遊雜憶	胡適		1936 年 8 月	
騎馬而去的婦人	（英）D.H.勞侖斯	唐錫如	1936 年 10 月	
蘇聯作家七人集	拉甫列涅夫等	曹靖華	1936 年 11 月	
西班牙遊記	鄧以蟄		1936 年 12 月	
高爾基作品選	汪侖編		1937 年 2 月	
兩棲集	鄭伯奇		1937 年 1 月	
山村一夜	葉紫		1937 年 4 月	
天下太平	左兵		1937 年 4 月	
演技六講	波里士拉夫斯基	鄭君里	1937 年 4 月	
像樣的人	陳涉		1937 年 5 月	
鳳	予且		1937 年 5 月	
春王正月	羅洪		1937 年 6 月	
第四十一（插圖本）	（蘇）鮑里斯·拉甫列涅夫	曹靖華	1937 年 6 月	
蘇聯之兒童保護	中蘇文化		1937 年 6 月	

	協會編			
西班牙的內戰	夏徵農		1937 年 3 月	圖畫智識叢刊〔註3〕
辛博森夫人事件	化青		1937 年 3 月	圖畫智識叢刊
蘇聯新憲法	鄭虛舟		1937 年 4 月	圖畫智識叢刊
蘇聯的黨案	鍾范		1937 年 6 月	圖畫智識叢刊
德日意的大戰準備	漢夫		1937 年 7 月	圖畫智識叢刊
記丁玲（續集）	沈從文		1939 年 9 月	良友文學叢書
一年（普及本）	張天翼		1941 年 7 月	良友文學叢書
法蘭西之悲劇	（法）莫樂	第二次世界大戰叢書社同人	1941 年 1 月	第二次世界大戰叢書
誰出賣了法國	（法）西蒙	第二次世界大戰叢書社同人	1941 年 4 月	第二次世界大戰叢書
荷蘭淪陷記	（荷）克雷芬斯	第二次世界大戰叢書社同人	1941 年 10 月	第二次世界大戰叢書
兄弟們（上卷）	（俄）陀思妥也夫斯基	耿濟之	1940 年 8 月	耿譯俄國文學名著叢書
家事	高爾基	耿濟之	1941 年 5 月	耿譯俄國文學名著叢書
亂莠集	臧克家		1939 年 5 月	現代散文新集
還鄉日記	何其芳		1939 年 8 月	
蘇聯之兒童保護	中蘇友好協會編		1939 年 4 月	
浮世畫及其他	蓬子，沈從文等		1940 年 3 月	
中國新文學大系導論集	蔡元培等		1940 年 10 月	
《中國版畫史圖錄》（4 函 16 冊）	鄭振鐸編		1940 年 5 月至 1941 年 12 月	

〔註3〕 該叢書原計劃從 1937 年 3 月開始每月出版兩種，為「畫報化的國際時事叢書，國際時事叢書化的畫報」，因戰爭原因中止。見《婦人畫報》第 45 期 1937 年 2 月的封底廣告。

兄弟們（第一部）	（俄）陀斯托也夫斯基	耿濟之	1943 年 1 月	
在城市裏	張天翼		1943 年 2 月	
月亮下去了	（美）J.斯坦貝克	趙家璧	1943 年 4 月	
從文自傳	沈從文		1943 年 9 月	
公民湯·潘恩	法斯脫	薩空了	1944 年	雙鵝叢書
間諜的故事	（法）洛勃·鮑克	趙群嶷	1943 年 11 月	雙鵝叢書
日本還能支持多久	（英）諾愛爾拜勃	鄔侶梅	1944 年	
桃花扇	歐陽予倩		1944 年	
不能忘懷的人物和經驗	王家棫		1944 年 2 月	雙鵝叢書
大江	端木蕻良		1944 年 4 月	
時間的紀錄	茅盾		1945 年 7 月	
我的良友(良友創業二十週年紀念文集）上集			1945 年 8 月	
第四病室	巴金		1945 年 9 月	
惶惑（《四世同堂》第一部）	老舍		1945 年 9 月	
偷生（《四世同堂》第二部）	老舍		1945 年 9 月	
我的良友（良友二十週年紀念文集）			1946 年 1 月	
惶惑（《四世同堂》第一部）上、下冊	老舍		1946 年 1 月	

表3：良友圖書公司畫冊出版目錄

畫冊名稱	作　者	出版時間	所屬叢書
北伐畫史	梁得所	1927 年	
奉安大典寫真	梁得所	1927 年	
人體表情美	萬籟鳴	1927 年	
思同鉛筆畫集	潘思同		
紫羅蘭歌舞畫集	南國社		
中國女性人體美			
西洋女子曲線美			
濟南慘案畫刊		1928 年	
美術攝影集		1930 年	良友讀者叢書
美社攝影選刊			
中山陵園大觀	齊公衡		
孫陵畫冊			
名媛寫真集			
二十四孝之研究	徐見石		
故宮圖錄	陳萬里		
中國大觀	明耀五、梁得所、陳炳洪	1930 年 4 月	
全國運動會圖畫專刊	馬國亮		
第九屆遠東運動會特刊	余漢生		
孫中山先生紀念特刊	明耀五		
上海戰事畫刊（三集）		1931 年	
甲午戰事畫刊		1931 年	
日本侵佔東北真相畫		1931 年	
黑龍江戰事畫刊		1931 年	
錦州戰事畫刊		1931 年	
活躍的蘇俄——俄國五年計劃畫刊		1931 年	
良友八週年紀念刊（美術攝影專集）		1933 年 12 月	
國亮抒情畫集	馬國亮	1933 年 10 月	
中華景象		1934 年	

中國現象——九一八之後之中國畫史	趙家璧、汪侖	1935 年 4 月	
蘇聯版畫集	魯迅序，趙家璧編	1936 年 7 月	
日本投降紀念畫片		1945 年 9 月	
一個人的受難（良友木刻畫之一）	麥綏萊勒作，魯迅序	1933 年 9 月	木刻連環圖畫故事
光明的追求（良友木刻畫之二）	麥綏萊勒作，葉靈鳳序	1933 年 9 月	木刻連環圖畫故事
我的懺悔（良友木刻畫之三）	麥綏萊勒作，郁達夫序	1933 年 9 月	木刻連環圖畫故事
沒有字的故事（良友木刻畫之四）	麥綏萊勒作，趙家璧序	1933 年 9 月	木刻連環圖畫故事
第一次世界大戰畫史（史地）		1934 年 5 月	萬有畫庫
日本人生活（史地）		1934 年 5 月	萬有畫庫
英太子畫傳（傳記）		1934 年 5 月	萬有畫庫
獅之生活（科學）		1934 年 5 月	萬有畫庫
夜之巴黎（史地）		1934 年 5 月	萬有畫庫
健美的訓練（衛生）		1934 年 5 月	萬有畫庫
世界人種裝飾（科學）		1934 年 5 月	萬有畫庫
希特勒畫傳（傳記）		1934 年 5 月	萬有畫庫
世界攝影名作（藝術）		1934 年 9 月	萬有畫庫
今昔之比（趣味）		1935 年 1 月	萬有畫庫
室內裝飾美（藝術）		1935 年 11 月	萬有畫庫
神秘的印度（史地）		1935 年 1 月	萬有畫庫
裸體園（科學）		1935 年	萬有畫庫
紐約一晝夜（史地）		1935 年 6 月	萬有畫庫
摩天樓（史地）		1936 年 5 月	萬有畫庫
秀蘭鄧波兒（電影）		1936 年 6 月	萬有畫庫
現代新兵器（科學）		1936 年	萬有畫庫
百狗圖（趣味）		1936 年	萬有畫庫
人獸之間（趣味）		1936 年	萬有畫庫
航海生涯（史地）		1936 年	萬有畫庫

稀見的飛禽（趣味）		1936 年 7 月	萬有畫庫
世界之花園（史地）		1936 年 7 月	萬有畫庫
理想的住宅（建築）		1936 年 9 月	萬有畫庫
五胎兒（趣味）		1936 年 10 月	萬有畫庫
回到自然（趣味）		1936 年 10 月	萬有畫庫
新德意志（建築）		1936 年 10 月	萬有畫庫
柏林世運會（體育）		1936 年 12 月	萬有畫庫
德國的軍備（軍事）		1936 年 12 月	萬有畫庫
德國之青年訓練（社會）		1937 年 5 月	萬有畫庫
獸皮之製造（科學）		1937 年 5 月	萬有畫庫
東京市一瞥（史地）		1937 年 6 月	萬有畫庫
各國飛機寫真集		1935 年 1 月	百科寫真集
世界攝影寫真集		1935 年 1 月	百科寫真集
禽獸形象寫真集		1935 年 1 月	百科寫真集
中國建築美寫真集		1935 年 1 月	百科寫真集
黑白畫寫真集		1935 年 1 月	百科寫真集
裸體畫寫真集		1935 年 1 月	百科寫真集
女性人體寫真集		1935 年 1 月	百科寫真集
中國明星寫真集		1935 年 1 月	百科寫真集
外國明星寫真集		1935 年 1 月	百科寫真集
電影繽紛寫真集		1935 年 1 月	百科寫真集
男性人體寫真集		1935 年 1 月	百科寫真集
胡蝶女士寫真集		1935 年 1 月	百科寫真集